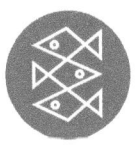

W0038858

Als Elizabeth Gilberts Debüt erschien, war es der verblüffende Auftritt einer großen neuen Erzählerin. Ihr Erzählband (auf Deutsch ursprünglich unter dem Titel »Elchgeflüster« veröffentlicht) wurde mit dem Pushcart Prize ausgezeichnet, stand auf der Shortlist des PEN/Hemingway Awards und machte deutlich: Hier schreibt eine neue Stimme, von der noch viel zu erwarten sein wird. Mittlerweile ist Elizabeth Gilbert Autorin von Weltbestsellern wie »Eat Pray Love« und »City of Girls« – doch ihre frühen Erzählungen beeindrucken immer noch mit ihrer Pointiertheit, Schärfe und Komik.

In ihnen geht es um Esther, die sich als Zauberin mit Wellensittich-Tricks versucht. Um Jean, die in den Bergen von Wyoming dem Flüstern der Elche lauscht. Und um Denny Brown, fünfzehn Jahre alt, der wirklich nicht viel weiß, außer dass er dabei ist, sich in seine Nachbarin zu verlieben. All diese Figuren lieben vergeblich, treffen die falschen Entscheidungen, werden enttäuscht. Und doch sind ihre Leben erfüllt von kleinen Geheimnissen, überraschenden Begegnungen und unerwarteten Wundern.

Elizabeth Gilbert, geboren 1969, wuchs auf einer Weihnachtsbaumfarm in Connecticut auf. Nach dem Studium in New York arbeitete sie u. a. als Journalistin für die »New York Times« und begann, Bücher zu schreiben. Das »Time Magazine« wählte sie unter die hundert einflussreichsten Menschen der Welt. Der internationale Durchbruch kam 2006 mit »Eat Pray Love«, einem Weltbestseller, in dem die Hauptfigur Elizabeth auf Weltreise geht und zu sich selbst findet: Dolce Vita in Italien, Meditation in Indien und das Glück auf Bali. 2010 wurde »Eat Pray Love« mit Julia Roberts in der Hauptrolle verfilmt. Nach »Big Magic« (2015) erschien 2019 ihr Roman »City of Girls«, der wochenlang auf der New York Times-Bestsellerliste stand. Elizabeth Gilbert lebt in New Jersey.

Weitere Informationen finden Sie auf www.fischerverlage.de

Elizabeth Gilbert

Die vielen Dinge, die Denny Brown nicht wusste

Stories

Aus dem amerikanischen Englisch
von Helga Schulz

FISCHER
TASCHENBUCH

Erschienen bei FISCHER Taschenbuch
Frankfurt am Main, 2024

Die Originalausgabe erschien 1997 unter dem Titel »Pilgrims«
bei Houghton Mifflin, New York
© 1997 Elizabeth Gilbert
Die deutschsprachige Ausgabe erschien erstmals 1999 unter dem Titel
»Elchgeflüster« im Wilhelm Goldmann Verlag, München.
Die Rechte an der Nutzung der deutschen Übersetzung
von Helga Schulz liegen beim Wilhelm Goldmann Verlag, München,
in der Penguin Random House Verlagsruppe GmbH.
Für diese Ausgabe:
© 2024 S. Fischer Verlag GmbH, Hedderichstr. 114,
60596 Frankfurt am Main
Die Nutzung unserer Werke für Text- und Data-Mining im Sinne von
§44b UrhG behalten wir uns explizit vor.
Satz: Pinkuin Satz und Datentechnik, Berlin
Druck und Bindung: GGP Media GmbH, Pößneck
ISBN 978-3-596-70813-0

Mit viel Liebe für Mom und Dad

Wenn milder Regen, den April uns schenkt,
Des Märzes Dürre bis zur Wurzel tränkt
Und badet jede Ader in dem Saft,
So dass die Blume sprießt durch solche Kraft;
Wenn Zephyr selbst mit seinem milden Hauch
In Wald und Feld die zarten Triebe auch
Erweckt hat und die Sonne jung durchrann
Des Widders zweite Sternbildhälfte dann,
Wenn kleine Vögel Melodien singen,
Mit offnen Augen ihre Nacht verbringen
– So stachelt die Natur sie in der Brust –:
Dann treibt die Menschen stark die Wallfahrtslust …

GEOFFREY CHAUCER: DIE CANTERBURY TALES

Inhalt

Wanderer

Als mein Alter sie einstellte, fragte ich: »Ein Mädchen?«
Ein Mädchen, wo es doch noch gar nicht lange her war, dass
eine Frau auf dieser Ranch noch nicht mal als Köchin arbeiten konnte, weil es unter den Cowboys ihretwegen zuviel
Schießereien gab. Selbst wenn es sich um hässliche Köchin-
nen handelte. Oder um alte.

»Ein Mädchen?«, fragte ich.

»Sie ist aus Pennsylvania«, sagte mein Alter. »Sie wird ihre
Sache gut machen.«

»*Wo* ist sie her?«

Als das mein Bruder Crosby rausbekam, erklärte er: »Zeit
für mich, mir einen neuen Job zu suchen, wenn meine Arbeit jetzt schon ein Mädchen macht.«

Mein Alter sah ihn nur an: »Ich hab gehört, du bist in
dieser Saison noch nicht einmal über den Dutch-Oven-Pass
gekommen und hast weder auf deinem Pferd geschlafen
noch ein einziges gottverdammtes Buch gelesen. Vielleicht
ist es überhaupt an der Zeit, dass du dich nach einer neuen
Arbeit umsiehst.«

Er erzählte uns, dass sie irgendwie aus Pennsylvania mit der
elendsten Dreckkarre, die er je gesehen hatte, hier aufgetaucht
war. Sie bat ihn um fünf Minuten, um ihn nach einem Job zu
fragen, aber so lange hat das gar nicht gedauert. Sie hielt ihm
ihren Arm hin, um ihn ihre Muskeln fühlen zu lassen, aber
das war gar nicht notwendig. Er sagte, sie habe ihm sofort
zugesagt. Er vertraue da seinen Augen nach all den Jahren.

»Sie wird dir auch gefallen«, sagte er. »Sie ist so sexy wie ein Pferd. Schön groß ist sie. Und stark.«

»Hast doch selber fünfundachtzig Pferde zu füttern und denkst noch immer, dass Pferde sexy sind«, entgegnete ich, und mein Bruder Crosby meinte: »Ich denke, von dieser Art ›sexy‹ haben wir hier herum wohl genug.«

Sie hieß Martha Knox, war neunzehn Jahre alt und ebenso groß wie ich, besaß kräftige, aber keine dicken Beine, trug Cowboystiefel, die sie gerade erst diese Woche gekauft hatte, wie jeder sehen konnte – die billigsten, die zu haben waren, und überhaupt das erste Paar, das sie besaß. Sie hatte ein starkes Kinn, das nur in Bewegung kam, wenn sich auch ihre Stirn und ihre Nase bewegten, und ihre Zähne waren von der Art, die das ganze Gesicht beherrscht, selbst wenn der Mund geschlossen ist. Und vor allem hatte sie einen dunkelbraunen Zopf, der dick wie ein Mädchenarm mitten an ihrem Rücken herunterhing.

An einem Abend am Anfang der Saison tanzte ich mit Martha Knox. Wir hatten einen freien Tag, um den Berg runterzumarschieren, uns zu betrinken, zu telefonieren, unsere Wäsche zu erledigen und uns zu raufen. Martha Knox war keine gute Tänzerin. Sie wollte überhaupt nicht mit mir tanzen. Das machte sie mir klar, indem sie mir ein paarmal sagte, dass sie nicht mit mir tanzen werde, und als sie es dann schließlich doch tat, wollte sie nicht von ihrer Zigarette lassen. Sie hielt sie in der Hand und ließ den Arm runterbaumeln, so dass er nicht greifbar war. Also behielt ich meine Bierflasche in der Hand, um das auszugleichen, und wir fassten uns nur jeder mit einem Arm. Sie war keine gute Tänzerin, und sie wollte überhaupt nicht mit mir tanzen, aber wir fanden immerhin zu einem schönen langsamen Wiegen miteinander; dabei hatte jeder von uns einen

Arm runterhängen, so wie der rechte Arm der Cowboys beim Rodeo oder wie der rechte Arm der Stierreiter, der ins Nichts greift. Sie blickte fortwährend über meine linke Schulter und nirgendwo anders hin, so als wäre sie auf den Teil von sich, der sie mit mir zur guten Tänzerin machte, noch gar nicht gestoßen und wollte ihn auch gar nicht näher kennenlernen.

Mein Alter urteilte über Martha Knox: »Sie ist nicht schön, aber sie versteht sich zu verkaufen.«

Na ja, es stimmte schon, dass ich gern ihren Zopf in der Hand halten wollte. Immer schon hatte ich das vor, gleich als ich ihn das erste Mal sah, und vor allem bei diesem Tanz, aber ich griff nicht danach, und ich stellte auch meine Bierflasche nicht ab. Martha Knox vergab sich nichts.

Wir haben an diesem Abend nicht noch einmal getanzt und auch sonst nicht; es war eine lange Saison, und mein Alter ließ uns alle viel zu hart arbeiten. Es gab dann keine vollen Tage mehr zum Tanzen und Raufen. Und wenn wir mitten in einer harten Woche manchmal wirklich einen Nachmittag frei hatten, gingen wir alle lieber in die Baracke und schliefen; einen festen, totenähnlichen Schlaf in unseren Kojen, in Stiefeln, wie Feuerwehrmänner oder Soldaten.

Martha Knox fragte mich nach Rodeos. »Crosby meint, es ist eine gute Art, zu Tode zu kommen«, sagte sie.

»Die beste, die ich kenne.«

Wir saßen uns bei einem niedrigen Holzfeuer gegenüber, nur wir beide, und tranken. In dem Zelt hinter Martha Knox befanden sich fünf Jäger aus Chicago, sie waren müde oder schliefen schon, wütend auf mich, weil ich es nicht fertiggebracht hatte, sie zu so guten Schützen zu machen, dass sie auch nur einen der Elche erlegen konnten, die wir die Woche über gesehen hatten. In dem Zelt hinter mir waren die Kochherde und die Nahrungsmittel und zwei Schaumstoffkissen mit Schlafsäcken für jeden von uns. Sie schlief unter Pferdedecken, weil das wärmer war, und wir beide betteten uns auf den Jeans, die wir am nächsten Tag anziehen wollten, damit sie dann nicht gefroren waren. Es war Mitte Oktober, die letzte Jagd der Saison; jeden Morgen, wenn wir die Pferde sattelten, hing ihnen der Reif in langen Nadeln von den Mäulern.

»Bist du betrunken?«, fragte ich sie.

»Ich will dir was sagen«, erwiderte sie, »das ist eine verdammt gute Frage.«

Sie sah auf ihre Hände. Sie waren sauber. Trotz all der zu erwartenden Schnittwunden und Verbrennungen waren es saubere Hände.

»Du hast an Rodeos teilgenommen, stimmt's?«, fragte sie.

»Ja, leider einmal zu oft«, antwortete ich.

»Auf Stieren?«

»Auf Broncos.«

»Nennen sie dich deswegen Buck?«

»Ich werde Buck genannt, weil ich mir als Kind mit einem Jagdmesser ins Bein gestochen habe.«

»Hat's dich beim Rodeo schon mal erwischt?«

»Als ich an einem Abend dieses Bronco bestieg, wusste ich sofort, gleich als es losging, dass es mich nicht wollte. Es wollte mich zum Teufel schicken, weil ich's mit ihm versucht hab. Ich bin noch nie auf einem Pferd so in Panik geraten wie auf diesem Bastard.«

»Glaubst du, es wusste Bescheid?«

»Bescheid? Wie konnte es das?«

»Crosby meint, das erste, was ein Pferd tut, ist rauszukriegen, wer auf ihm reitet und wer das Sagen hat.«

»Das ist eine Platte von meinem Alten. Das sagt er, um Typen aus der Stadt zu erschrecken. Wenn die Pferde wirklich so schlau wären, würden sie *uns* reiten.«

»Das ist Crosbys Platte.«

»Nein.« Ich nahm noch einen Drink. »Das ist auch die Platte von meinem Alten.«

»Du bist also abgeworfen worden.«

»Ja, aber mein Handgelenk hatte sich im Zaumzeug verfangen, und ich bin unterm Bauch von diesem Bastard dreimal um den Ring gezerrt worden. Das hat der Menge gefallen. Dem Pferd auch. Hat mich fast ein Jahr lang ins Krankenhaus gebracht.«

»Gib sie mir.« Sie griff nach der Flasche. »Ich möchte auch mal Broncos reiten«, erklärte sie. »Und ich möchte bei Rodeos mitmachen.«

»Genau das wollte ich damit erreichen«, sagte ich. »Dazu wollte ich dich mit der Geschichte bringen.«

»War dein Dad verrückt?«

Darauf gab ich keine Antwort. Ich stand auf und ging zu dem Baum hinüber, wo das ganze Gerät an den Zweigen aufgehängt war, so wie man die Esssachen vor den Bären schützt. Ich öffnete meinen Hosenschlitz und sagte: »Bedecke deine Augen, Martha Knox, ich lass jetzt das dickste Ding in den Wyoming Rockies raus.«

Sie schwieg, während ich pisste, aber als ich zum Feuer zurückkam, sagte sie: »Das ist Crosbys Platte.«

Ich fand eine Büchse Tabak in meiner Tasche. »Nein, stimmt nicht«, wandte ich ein. »Das ist auch die Platte von meinem Alten.«

Ich klopfte die Büchse an mein Bein, um den Priem zusammenzuschütteln, und nahm dann etwas davon. Es war meine letzte Büchse, sie war fast leer.

»Mein Vater hat das Pferd dann gekauft«, fuhr ich fort. »Er fand den Besitzer und gab ihm doppelt so viel, wie das Mistvieh wert war. Dann holte er es aus der Küchenbaracke, verpasste ihm einen Kopfschuss und vergrub es im Komposthaufen.«

»Du willst mich wohl auf den Arm nehmen«, sagte Martha Knox.

»Erwähne das bloß nicht vor ihm.«

»Himmel, nein. Ich denk nicht dran.«

»Er hat mich jeden Tag im Krankenhaus besucht. Wir haben nicht einmal geredet, so verdammt niedergeschlagen war er. Er rauchte immerzu. Er schnippte die Zigarettenkippen jedesmal über meinen Kopf weg, sie landeten in der Toilette und zischten aus. Ich steckte viele Monate in einer Halskrause und konnte nicht mal meinen Kopf drehen und ihn sehen. Höllisch langweilig. Die Kippen über meinen Kopf in die Toilette fliegen zu sehen war so ziemlich das Einzige, wofür ich lebte.«

»Das ist wirklich langweilig«, sagte Martha Knox.

»Mein Bruder Crosby ließ sich auch gelegentlich sehen – mit Bildern von Mädchen.«

»Klar.«

»Na, war schon okay, sich die anzugucken.«

»Klar. Jeder hatte eine Kippe für dich zum Angucken.«

Sie trank. Ich nahm die Flasche, gab sie ihr wieder, und sie trank mehr. Wir waren von Schnee umgeben. Am Tag, als wir angekommen waren, hatte es erst gehagelt und dann fast jede Nacht geschneit. An den Nachmittagen schmolzen auf der Wiese große Stellen weg und hinterließen kleine weiße Häufchen, die wie Wäsche aussahen. Die Pferde zerteilten sie mit ihren Hufen. Es gab fast kein Gras mehr, und so hatten sie angefangen, nachts wegzulaufen, um sich besseres

Futter zu suchen. Wir hängten ihnen deshalb Kuhglocken um den Hals, die einen lauten dünnen Ton abgaben, während sie grasten. Es war ein guter Ton, und ich bemerkte ihn erst, wenn er nicht mehr zu hören war. Diese Stille ohne Geklingel bedeutete, dass keine Pferde mehr da waren, und das konnte mich mitten in der Nacht aufwecken. Wir mussten ihnen dann nachgehen. Doch wir wussten, wo sie hinliefen, und diesen Weg schlugen wir dann auch ein. Martha Knox spürte sie ebenfalls auf, und sie beklagte sich nicht, wenn sie sich in der Kälte mitten in der Nacht anziehen und rausgehen musste, um im Dunkeln dem Glockengeklingel nachzugehen. Es gefiel ihr. Sie lernte es.

»Du kennst doch deinen Bruder Crosby genau?«, fragte Martha Knox. »Er glaubt wirklich, er weiß, wie man mit Mädchen umgeht.«

Ich sagte nichts darauf, und sie fuhr fort: »Aber wie ist das möglich, Buck, wenn es hier überhaupt keine Mädchen gibt?«

»Crosby kennt die Mädchen, er hat in Städten gelebt.«

»Was für Städte? Casper? Cheyenne?«

»Denver. Crosby hat in Denver gelebt.«

»Okay, Denver.«

»Da gibt's schon ein paar Mädchen in Denver.«

»Sicher.« Sie gähnte.

»Er konnte also in Denver lernen, mit Mädchen umzugehen.«

»Ist mir klar, Buck.«

»Die Mädchen mögen Crosby.«

»Klar.«

»Das tun sie. Ich und Crosby werden in einem Winter mal nach Florida runtergehen und so viel Ehen kaputtmachen, wie wir können. Da unten gibt's eine Menge reiche Frauen. Eine Menge reiche Frauen, die sich langweilen.«

»Die müssen ja ganz schöne Langeweile haben«, sagte Martha Knox und lachte. »Sie müssen sich absolut zu Tode langweilen.«

»Du magst wohl meinen Bruder Crosby nicht besonders?«

»Ich liebe deinen Bruder Crosby. Warum sollte ich Crosby nicht mögen? Ich finde, Crosby ist der Größte.«

»Schön für dich.«

»Aber er glaubt, er weiß mit Mädchen umzugehen, und das geht mir auf die Nerven.«

»Die Mädchen mögen Crosby.«

»Ich hab ihm mal ein Foto von meiner Schwester gezeigt. Er hat mir erklärt, sie sieht aus, als hätte sie's mit vielen getrieben. Was ist denn das für eine Art, so was zu sagen?«

»Du hast eine Schwester?«

»Agnes. Sie arbeitet in Missoula.«

»Auf einer Ranch?«

»Nein, nicht auf einer Ranch. Sie ist Stripperin. Sie hasst es, weil das eine Collegestadt ist. Sie sagt, Collegejungs geben kein Trinkgeld, ganz egal, was man ihnen vor die Nase führt.«

»Hast du schon mal mit meinem Bruder Crosby geflirtet?«, fragte ich.

»Hey, Buck«, sagte sie. »Sei doch nicht so schüchtern. Frag schon, was du wissen willst.«

»Ach, Scheiße. Schon gut.«

»Weißt du, wie man mich in der Highschool genannt hat. *Fort Knox.* Weißt du auch, warum? Weil ich mir von keinem an die Wäsche gehen ließ.«

»Warum nicht?«

»Warum nicht?«

Sie stocherte mit einem Zweig im Feuer herum, dann warf

sie ihn hinein. Sie schob den Kaffeetopf von den Flammen weg und klopfte mit einem Löffel dagegen, damit sich der Grund setzte, der angefangen hatte zu kochen. »Warum nicht? Weil ich's nicht so gut fand.«

»Das ist ein verrückter Spitzname.«

»Buck ist besser.«

»Zugegeben«, sagte ich.

Martha Knox stand auf und ging ins Zelt. Als sie wieder rauskam, brachte sie einen Arm voll Holz mit.

Ich fragte: »Was willst du denn damit machen?«

»Das Feuer ist fast aus.«

»Dann lass es ausgehen. Es ist schon spät.«

Sie gab keine Antwort.

»Ich muss morgen um halb vier aufstehn«, sagte ich.

»Dann gute Nacht.«

»Du musst dann auch aufstehn.«

Martha Knox legte ein Stück Holz auf und setzte sich. »Buck«, meinte sie, »sei kein Baby.« Sie nahm einen langen Schluck und sang: »Mama, mach aus deinen Cowboys keine Babys …«

»Das ist Crosbys Platte«, bemerkte ich.

»Ich möchte dich um was bitten, Buck. Wenn wir hier oben fertig sind, dann lass mich mit dir und Crosby auf die Jagd gehn.«

»Ich glaube nicht, dass mein Alter davon begeistert wäre.«

»Ich hab auch nicht darum gebeten, mit deinem Alten auf die Jagd zu gehn.«

»Es wird ihm nicht gefallen.«

»Warum nicht?«

»Hast du überhaupt schon mal mit einem Gewehr geschossen?«

»Klar. Als ich noch klein war, haben mich meine Eltern den Sommer über nach Montana zum Onkel von meinem Dad geschickt. Ich hab dann meine Angehörigen nach ein paar Wochen angerufen und gesagt: ›Onkel Earl hat eine Kaffeekanne auf einen Baumstamm gestellt und mich darauf schießen lassen, und ich hab das alte Ding sechsmal getroffen.‹ Sie ließen mich dann vorzeitig nach Hause kommen. Das hat mir gar nicht gepasst.«

»Hört sich auch nicht gerade an, als würde dein Alter allzu begeistert davon sein.«

»Um meinen Vater müssen wir uns keine Gedanken machen«, erwiderte sie. »Nicht mehr.«

»Wirklich?«

Sie nahm ihren Hut ab und legte ihn sich aufs Bein. Es war ein alter Hut. Er hatte einmal meiner Cousine Rich gehört. Mein Alter hatte ihn Martha Knox geschenkt. Er hatte ihm an einem Morgen unter dem Dampf aus einer Kaffeekanne eine neue Form gegeben und oben mit einer ordentlichen Falte versehen. Der Hut passte ihr. Er stand ihr.

»Hör zu, Buck«, sagte sie. »Ich hab eine gute Geschichte, sie wird dir gefallen. Mein Dad züchtete Weihnachtsbäume. Nicht sehr viele. Er pflanzte genau fünfzig Stück und ließ sie zehn Jahre wachsen. In unserem Vorgarten. Er beschnitt sie die ganze Zeit mit einer Küchenschere, so wurden sie recht hübsch, aber nur so hoch.«

Martha Knox zeigte mit der Hand etwa drei Fuß hoch über den Boden.

»Das Problem war, dass wir auf dem Land wohnten«, fuhr sie fort. »Alle hatten ein Gehölz im Garten hinter dem Haus. Nie hat in dem Ort jemand einen Weihnachtsbaum gekauft. Das war also keine gute Geschäftsidee – fünfzig perfekte Bäume. Kein großes Geld damit zu machen. Aber das war seine Beschäftigung, und meine Mom ging arbeiten.« Sie nahm ihren Hut vom Bein und setzte ihn wieder auf. »Jedenfalls bot er sie im letzten Dezember zum Verkauf an, aber niemand erschien, und er fand das reichlich sonderbar, wo es doch so hübsche Bäume waren. Er ging dann trinken. Meine Schwester und ich fällten schließlich vielleicht zwanzig von den Dingern. Warfen sie in den Kombiwagen. Fuhren eine Stunde zur Autobahn und fingen an, Autos anzuhalten und die Bäume wegzugeben. Jeder, der hielt, bekam umsonst einen Baum. Es war wie … Na ja, verdammt, es war wie Weihnachten.«

Martha Knox fand eine Zigarette in ihrer Jackentasche und zündete sie an.

»Also«, erzählte sie weiter, »wir fuhren nach Hause. Und dann mein Dad. Er stieß Agnes nieder, holte aus und schlug mir ins Gesicht.«

»Hatte er dich vorher schon mal geschlagen?«, fragte ich. Sie schüttelte den Kopf.

»Und er wird es auch nie wieder tun.«

Sie schaute mich an, kühl und gelassen. Ich sah ihr zu, wie sie zweitausend Meilen von zu Hause ihre Zigarette rauchte, und ich dachte daran, wie sie sechsmal auf die alte Kaffeekanne geschossen hatte. Wir schwiegen lange. Dann sagte ich: »Du hast ihn doch nicht getötet?«

Sie wandte ihren Blick nicht ab, und sie antwortete nicht gleich; aber dann sagte sie: »Doch, ich habe ihn getötet.«

»Herr des Himmels«, murmelte ich schließlich.

Martha Knox reichte mir die Flasche, aber ich wollte nicht trinken. Sie kam herüber zu mir und setzte sich. Sie legte ihre Hand auf mein Bein.

»Herr des Himmels«, wiederholte ich. »Herr des Himmels, verdammt.«

Sie seufzte. »Buck«, sagte sie. »Mein Bester.« Sie tätschelte mein Bein und stupste mich dann. »Du bist wirklich der leichtgläubigste Mensch, den ich auf diesem Planeten kenne.«

»Leck mich doch.«

»Ich habe meinen Dad erschossen und im Komposthaufen vergraben. Sag keinem was davon, okay?«

»Leck mich doch, Martha Knox.«

Sie stand auf und setzte sich wieder auf die andere Seite des Feuers. »Es war trotzdem eine großartige Nacht. Als ich auf der Zufahrtsstraße mit blutiger Nase auf dem Rücken lag. Ich wusste, ich war weg von dort.«

Sie reichte mir wieder die Flasche. Diesmal trank ich. Lange Zeit sprachen wir nicht, aber wir leerten die Flasche, und wenn das Feuer niederbrannte, legte Martha Knox mehr Holz auf. Ich hatte meine Füße so dicht an den Flammen, dass die Sohlen meiner Stiefel anfingen zu qualmen, deshalb rückte ich weg, aber nicht weit. Im Oktober ist es da oben nicht leicht, sich warm zu halten, und ich konnte mich nicht so rasch von dieser Wärme losreißen.

Von der Wiese waren die Glocken der Pferde zu hören, die hin und her liefen, aber nicht fortgingen – Glockengeklingel von grasenden Pferden war gutes Geklingel. Ich hätte jedes Pferd da draußen beim Namen nennen und vermuten können, neben welchem Pferd es stand, weil ich wusste, wie sie sich gern paarten, und ich hätte sagen können, wie sich jedes Pferd ritt und auch wie sich seine Mutter und sein Vater ritten. Es gab noch immer Elche da draußen, aber sie hielten sich jetzt weiter unten auf, wie es auch die Pferde wollten, um bessere Nahrung zu finden. Dickhornschafe, Bären und amerikanische Elche gab es da draußen auch; alle waren auf dem Weg nach unten, und ich horchte nach ihnen allen. Diese Nacht war klar. Keine Wolken, außer den eiligen Wolken unseres eigenen Atems, die beim nächsten Atemzug schon wieder fort waren, und es war hell vom Schein des fast vollkommenen Mondes.

»Hör mal«, sagte ich, »ich dachte daran, ein Stück zu reiten.«

»Jetzt?«, fragte Martha Knox, und ich nickte, aber sie hatte schon gewusst, dass ich »jetzt« meinte, ja, jetzt. Bevor sie überhaupt fragte, sah sie mich schon an und erwog die ganze Sache, vor allem die große Regel von meinem Alten, die da lautete: keine Vergnügungsritte während der Arbeit, niemals. Kein Wettreiten, keine Nachtritte, keine waghalsigen, riskanten Ritte, keine Parforceritte, niemals, vor allem nicht während des Jagdlagers. Bevor sie überhaupt »jetzt?« fragte, hatte sie schon daran gedacht, und sie hatte auch daran gedacht, dass wir müde und betrunken waren. Und im Zelt hinter ihr schliefen Jäger, daran hatte sie ebenfalls gedacht. Und an all das hatte auch ich gedacht.

»Okay«, antwortete sie.

»Hör zu«, sagte ich und beugte mich etwas dichter übers Feuer, das zwischen uns war. »Ich dachte daran, heute abend den Washakeepass raufzureiten.«

Ich beobachtete sie. Ich wusste, dass sie noch nie so weit draußen gewesen war, aber ihr war bekannt, was es bedeutete, denn Washakee war für Meilen der einzige Weg in jeglicher Richtung, um über die Wasserscheide, die Continental Divide, und mitten in die Rockies zu kommen. Mein Bruder Crosby nannte ihn Spine – Grat. Er war eng und vereist, und er schob sich dreizehntausend Fuß in die Höhe, führte aber darüber hinweg und in die Rockies, und so weit war Martha Knox noch nie gekommen.

»Okay«, sagte sie. »Gehn wir.«

»Hör zu, ich dachte daran, dort nicht haltzumachen.«

Sie sah mich immer noch an und änderte dabei nicht ihren Gesichtsausdruck. Es war die Miene eines guten Jägers, der nach einem guten Schuss Ausschau hält. Dann erklärte ich ihr: »Wir nehmen jeder ein Packpferd und alle Lebensmittel und Geräte mit, die raufpassen. Ich reite Stetson, du reitest Jake, und wir kommen nicht zurück.«

»Ich reite Handy.«

»Doch nicht dieses gefleckte Scheusal.«

»Ich reite Handy«, wiederholte sie. Ich hatte vergessen, dass sie meinen Alten überredet hatte, ihr dieses verrückte Pferd zu verkaufen.

»Okay. Aber er ist vollkommen ungeeignet dafür.«

»Was ist mit den Jägern?«

»Sie sind okay, wenn sie nicht ausflippen.«

»Sie werden aber ausflippen.«

»Sie sind okay.«

»Du redest über einen Haufen umherziehendes Volk, Buck«, sagte sie. »Bei diesen Burschen kann man nie so genau wissen.«

»Wenn sie gescheit sind, werden sie sich morgen, sobald sie begreifen, dass wir weg sind, auf den Weg machen. Unsere Spur ist ja markiert wie eine regelrechte Autobahn. Frühestens morgen am späten Abend können sie die Ranch erreichen. Der Forstservice könnte uns dann frühestens am nächsten Tag verfolgen. Wenn wir gleich losreiten, könnten wir zu der Zeit schon neunzig Meilen südlich von hier sein.«

»Sag mir, ob es dir absolut ernst ist«, erklärte Martha Knox. »Ich werde es nämlich tun.«

»Ich schätze, in vier bis fünf Tagen kommen wir bis zur Uintagebirgskette, und wenn sie uns dann nicht vorher geschnappt haben, werden sie es nie schaffen.«

»Okay, tun wir's also.«

»Dann wenden wir uns nach Süden. Das müssen wir wegen des Winters. Es gibt keinen Grund in der Welt, warum wir nicht in ein paar Monaten in Mexiko sein sollten.«

»Tun wir's also.«

»Ich hab das alles ausgeknobelt. Wir stehlen Rinder und Schafe und verkaufen sie an all die armseligen kleinen Bergausrüstungsläden, wo keiner Fragen stellt.«

»Buck«, begann sie.

»Und wir reiten in all die winzigen Vorgebirgsstädte in Utah und Wyoming, und wir überfallen Banken. Auf unserem Pferd.«

»Buck«, sagte sie wieder.

»Es muss hundert Jahre her sein, seit jemand auf einem richtigen Pferd eine Bank überfallen hat. Die wissen doch gar nicht, wie sie mit uns fertig werden sollen. Sie werden uns mit Autos jagen, und weg sind wir, über die Schutzgeländer, zurück in die Berge mit all dem Geld. Weg.«

»Buck«, wiederholte sie, und ich antwortete noch immer nicht, aber diesmal hörte ich auf zu reden.

»Buck«, meinte sie. »Das ist doch alles Quatsch.«

»Ich denke, wir können vier bis fünf Monate durchhalten, bis sie uns schließlich niederschießen.«

»Du redest blödsinniges Zeug. Du gehst nirgendwohin.«

»Du glaubst, so was würde ich nicht tun?«

»Darüber rede ich nicht mal mit dir.«

»Du glaubst, ich würde das nicht tun?«

»Du willst dich mit ein paar Pferden davonmachen und zusehen, ob wir da draußen niedergemacht werden? Na schön, ich bin ganz dafür. Aber verschwende keine Zeit mit diesen Räuberpistolen.«

»Na, komm schon«, erwiderte ich. »Komm schon, Martha Knox.«

»Du bist einfach beschränkt. Ja, beschränkt.«

»Du würdest sowieso nicht einfach so abhauen.«

Sie sah mich an, als wollte sie irgendwas Gemeines und Verrücktes sagen, aber sie stand nur auf, goss den Kaffee über das noch verbliebene Feuer, um es auszulöschen.

»Na komm schon, Martha Knox«, wiederholte ich.

Sie setzte sich wieder, aber ich konnte sie nicht gut sehen in der ungewohnten Dunkelheit über der nassen Asche.

»Verschwende nicht wieder so meine Zeit«, erklärte sie.

»Na komm, du kannst doch nicht einfach so abhauen.«

»Und ob ich das kann.«

»Du würdest einfach die Pferde von meinem Alten stehlen?«

»Handy ist verdammt noch mal mein eigenes Pferd.«

»Na komm, Martha Knox«, sagte ich, aber sie stand auf und ging in das Zelt hinter mir. Dann wurde das Zelt von innen erleuchtet, so wie am Morgen, bevor die Sonne aufging, wenn sie ihr Tagesgepäck für die Jagd fertig machte, und ich von der Wiese, wo ich mein Pferd zu satteln begann, sehen konnte, dass im Zelt Licht war, aber nur ganz schwach, denn sie benutzte bloß eine Laterne.

Ich wartete, bis sie schließlich mit der Laterne aus dem Zelt kam. Sie hatte auch ein Zaumzeug dabei, das sie vom Haken neben den Kochherden genommen hatte, wo wir die ganzen Trensen aufhängten, damit die Gebisse nicht vom Tau gefrieren und am Morgen in den Mäulern der Pferde zu Eis würden. Sie schritt an mir vorbei zur Wiese. Wie immer ging sie schnell und wie immer mit dem Gang eines Jungen.

Ich folgte ihr. Dabei stolperte ich über einen losen Stein, dann hielt ich sie am Arm fest. »Du gehst doch nicht allein fort?«, fragte ich.

»Doch, ich gehe. Und zwar nach Mexiko. Mitten in der Nacht. Ich allein mit diesem Zaumzeug.«

Dann sagte sie: »Ich mach nur Spaß, Buck«, obgleich ich ihr nicht geantwortet hatte.

Ich hielt ihren Arm, und wir gingen ein Stück. Der Boden war holprig und an einigen Stellen nass, über anderen lag eine dünne Schneedecke. Wir stolperten über Steine und fielen ineinander, aber wir stürzten nicht, die Laterne half etwas. Wir folgten den Glocken, bis wir bei den Pferden anlangten. Martha Knox stellte die Laterne auf einen Baumstumpf. Wir sahen die Pferde an, und die Pferde sahen uns an. Einige von ihnen entfernten sich wieder, andere gingen zur Seite oder stellten sich hinter uns. Aber Stetson kam herüber zu mir. Ich streckte meine Hand aus, er schnupperte daran und legte sein Kinn darauf. Dann fing er wieder an zu grasen, und die Glocke an seinem Hals klingelte, so als wäre diese Bewegung wichtig gewesen. Aber die Glocken klingelten immer, und es war nichts weiter.

Martha Knox stand zwischen den Pferden und sagte die Dinge, die wir immer zu den Pferden sagten: »Na hey, sachte, Freundchen, ganz ruhig«, so als würden sie die Worte verstehen, obwohl es doch eigentlich nur die Stimme ist, die eine Rolle spielt, und die Worte ganz beliebig sein können.

Sie fand Handy, und ich sah zu, wie sie ihm das Zaumzeug anlegte; die Flecken auf seinem Rücken und Hinterteil in der fast vollkommenen Dunkelheit waren hässlich, wie versehentlich hingestreut, wie Fehler.

Ich ging hinüber zu ihr, sie sprach zu Handy und verschnallte das Zaumzeug an seinem Ohr.

Ich sagte: »Du weißt, dass mein Alter dieses Pferd von seinem Besitzer für hundert Dollar gekauft hat, der Kerl hat es mächtig gehasst.«

»Handy ist der Beste. Sieh dir diese hübschen Beine an.«

»Mein Alter meint, sie hätten ihn *Plage* nennen sollen.«

»*Schön* hätten sie ihn nennen sollen«, entgegnete sie, und ich lachte, aber ich lachte zu laut, und Handy warf den Kopf zurück.

»Ganz ruhig«, sagte sie zu ihm. »Na, sachte; ganz ruhig, Junge.«

»Weißt du, warum Indianer mit Appaloosas in die Schlacht ritten?«, fragte ich.

»Ja, ich weiß.«

»Sie waren nämlich brav und hauten wieder ab, wenn sie angekommen waren.«

Martha Knox sagte: »Willst du mal raten, wie oft ich den Witz in diesem Sommer schon gehört habe?«

»Ich kann Appaloosas nicht ausstehen. Keins von ihnen.«

Sie stand neben Handy und strich ihm übers Rückgrat. Dann fasste sie die Zügel und ein Büschel Mähne und schwang sich hinauf, genauso, wie ich es ihr im Juni beigebracht hatte. Er tänzelte ein paar Schritte zurück, doch sie zügelte ihn, und mit einem leichten Druck auf den Hals brachte sie ihn zum Stillstehen.

»Kommst du nun oder nicht?«, fragte sie.

»So viel Geld kannst du mir gar nicht geben, das mich auf diesem gefleckten Bastard zum Reiten verleiten könnte.«

»Steig auf.«

»Er nimmt nicht zwei ohne Sattel.«

»Er nimmt zwei. Steig auf.«

»Ruhig, Junge«, sagte ich und schwang mich hinter Martha Knox hinauf. Er tänzelte zur Seite, ehe ich richtig saß, aber diesmal ließ sie ihn tänzeln; dann schlug sie ihn, und er war schon in einen lockeren Trab gefallen, während ich noch mit beiden Armen ihre Taille umfasste und nach einem Büschel Mähne griff. Sie ließ ihn traben, dann wurde er langsamer und fiel schließlich in Schritt. Sie ließ ihn laufen, wohin er wollte, und er umkreiste zweimal träge die Laterne. Er schnupperte an der Stute, die rasch von ihm fortrückte. Dann ging er zu einem Baum und stellte sich darunter, ganz still.

»Ein toller Ritt«, sagte ich.

Sie schlug ihn, diesmal nicht nur mit einem leichten Stups, sondern ernsthaft, danach galoppierte er los, und nach zwei weiteren Schlägen fing er an zu rasen. Wir waren zu betrunken dafür, und es war zu dunkel dazu, und es gab zu vieles auf dieser Wiese, über das ein Pferd stolpern konnte, aber wir rasten nur so dahin. Seine Glocken und Hufe machten einen ziemlichen Lärm, und sie überraschten die anderen Pferde, die hinter uns auseinanderstoben. Ich hörte, wie ein paar von ihnen uns mit ihrem Glockengebimmel schnell folgten.

Martha Knox hatte die Zügel in der Hand, aber sie gebrauchte sie nicht, mein Hut war fort, der ihre auch, weggeflogen. Vielleicht war Handy gestolpert, oder er war falsch getreten, wie es bei Pferden, die gerne schnell liefen, manchmal vorkam, oder wir saßen nicht richtig, jedenfalls stürzten wir. Da ich sie noch immer umfasst hielt, fielen wir zusammen, so dass wir nicht sagen konnten, wer zuerst fiel oder wessen Schuld es war. Diese Wiese war der beste Ort für die Pferde bei langen Aufenthalten, aber bei dieser Jagd war sie erschöpft. Im nächsten Frühjahr würde es anders sein, bei frischem Gras, nass vom abfließenden Wasser, doch in dieser Nacht war es gefroren und voller Schmutz, und wir schlugen hart auf. Wir fielen auf die gleiche Weise, alle beide. Wir fielen auf unsere Hüften und Schultern. Ich wusste, ich war nicht verletzt, und dachte mir, dass auch sie es nicht war; doch bevor ich fragen konnte, lachte sie schon.

»Oh, Mann«, stöhnte sie. »Verdammt.«

Ich zog meinen Arm unter ihr hervor und rollte mich von der Hüfte auf den Rücken, und sie rollte sich auch auf den Rücken. Wir waren zwar weit entfernt von der Laterne, aber es war Vollmond, und er schien hell. Ich drehte mich um und sah Martha Knox' Gesicht neben dem meinen. Ihr Hut war fort, und sie rieb sich den Arm, aber sie blickte nirgendwohin, nur gerade zum Himmel hinauf, in einen Himmel, wie wir ihn nicht oft sehen wegen der Bäume oder schlechtem Wetter oder weil wir schlafen oder ins Feuer starren statt dessen.

Handy kam zurück – zuerst seine Glocke, dann sein riesiges Gesicht über unseren Gesichtern, ganz dicht und heiß. Er beschnupperte uns, als wären wir etwas, das er gern haben würde.

»Du bist ein gutes Pferd, Handy«, lobte Martha Knox – nicht mit der Stimme, mit der wir gewöhnlich zu Pferden redeten, sondern in ganz normalem Tonfall, und es war ihr ernst. Ich glaubte nicht, dass sie von mir geküsst werden wollte, aber es stimmt, dass ich *sie* damals küssen wollte. Sie sah großartig aus. Auf dieser abgestorbenen, gefrorenen Erde sah sie so gut und bedeutend aus wie frisches Gras oder frische Beeren.

»Du bist ein gutes Pferd«, sagte sie noch einmal zu Handy, und es war zu hören, dass sie sich dessen ganz sicher war. Er beschnupperte sie erneut sehr behutsam.

Auch ich blickte nach oben, in den Himmel, und die Sterne sahen eigentlich nicht anders aus als sonst, wenn sie auch irgendwie näher zu sein schienen und fremd. Ich beobachtete sie so lange, bis ich einen von ihnen über uns niedergehen sah, lange und tief. Das beobachtet man bei einem klaren Himmel dort draußen häufig. Aber dieser eine Stern hinterließ einen dünnen Bogen, gleich einer brennenden Zigarette, die über unsere Köpfe geworfen wurde. Wenn Martha Knox das bemerkte, dann nur, als sie schon mit einer Hand nach den Zügeln ihres Pferdes griff, und über so etwas sprach sie nicht.

Elchgeflüster

Benny lebte schon seit über einem Jahr bei Ed und Jean. Seine Mutter war Jeans Schwester, und sie lag noch immer im Krankenhaus in Cheyenne im Koma, weil sie eines Abends auf dem Heimweg von einem Zeichenkursus mit ihrem Auto in einen Schneepflug gerast war. Jean hatte sich, sobald sie von dem Unfall erfuhr, erboten, ihren achtjährigen Neffen zu sich zu nehmen, und die ganze Familie war der Meinung, dass dies die beste Lösung für Benny sein würde. Und wenn die Leute Jean fragten, wo denn Bennys Vater sei, sagte sie nur: »Er ist zurzeit nicht abkömmlich«, so als sei er ein Geschäftsmann, der nicht ans Telefon kommen konnte.

Ed und Jean hatten selbst eine verheiratete Tochter, die in Ohio lebte, und als sie aus der Stadt in die Berghütte zogen, erwarteten sie nicht, diese eines Tages mit einem Kind teilen zu müssen. Doch nun war Benny da, und Jean fuhr ihn jeden Morgen fünf Meilen die unbefestigte Straße hinunter, wo er auf seinen Schulbus traf. Jeden Nachmittag holte sie ihn dann von derselben Stelle wieder ab. Schwieriger war es im Winter wegen des dicken Schnees, den es nun einmal gab, aber sie waren auch damit fertig geworden.

Ed arbeitete für das Fisch- und Wild-Department und fuhr ein großes grünes Lastauto mit dem Staatsemblem an den Türen. Er arbeitete nur noch halbtags und hatte sich in den letzten Monaten so etwas wie einen Bauch zugelegt, rund und fest wie der eines schwangeren Teenagers. Wenn er zu Hause war, hackte und stapelte er Brennholz oder arbeitete an der Hütte. Sie isolierten sie immer noch weiter, ständig entdeckten sie neue Risse, die sie reparierten, um sich noch besser vor dem Winterwetter zu schützen. Im Juli und August kochte und fror Jean Gemüse ein aus ihrem Garten, und wenn sie spazierenging, las sie kleine trockene Zweige vom Weg auf und brachte sie nach Hause zum Feueranzünden. Die Hütte war nur klein und hatte hinten zum Wald hin einen schmalen offenen Vorbau. Jean hatte das Wohnzimmer zum Schlafzimmer für Benny gemacht, und er schlief auf der Couch unter einer Daunendecke.

Es war Ende Oktober, Ed war während des Wochenendes zu einer Tagung nach Jackson gefahren und hielt dort einen Vortrag über Wilderei. Jean war mit dem Auto auf dem Wege zur Bushaltestelle, um Benny abzuholen, als ihr ein Kombi, der ein großes Wohnmobil hinter sich herzog, mit großer Geschwindigkeit entgegenkam. Sie riss das Steuer herum, konnte nur knapp einen Unfall verhindern, und erschrak, als sie mit der rechten Seite ihres Autos am Gestrüpp entlangscharrte. Als sie unversehrt daran vorbei war, warf sie einen Blick in den Rückspiegel und versuchte, das entschwindende Ende des Wohnmobils durch den dicken Staub zu erkennen, den es gerade aufgewirbelt hatte.

Sie konnte sich nicht einmal erinnern, wann sie das letzte Mal auf dieser Straße einem Auto begegnet war. Eds und Jeans Haus war für Meilen das einzige, und der Verkehr dort bestand allein aus einem gelegentlich vorbeiratternden, mit Jägern beladenen Laster oder vielleicht einem Teenagerpärchen, das eine abgelegene Stelle zum Parken suchte. Es gab keinen Grund für einen Kombi mit Wohnanhänger, hierher zu kommen. Sie vermutete, dass es eine Urlauberfamilie gewesen war, die sich auf ihrem Weg nach Yellowstone verirrt hatte, mit beklagenswerten Kindern auf dem Rücksitz und einem Vater, der den Wagen fuhr und sich weigerte anzuhalten, um nach dem Weg zu fragen. Bei einer solchen Geschwindigkeit würde er sie alle umbringen. Der Bus war an diesem Tag schon früher gekommen, und als Jean den Highway erreichte, wartete Benny schon auf sie – seinen Essensbehälter fest an die Brust gedrückt und selbst kaum größer als der Briefkasten neben ihm.

»Ich hab's mir anders überlegt«, sagte er, als er ins Auto stieg. »Ich möchte ein Karatemann sein.«

»Aber wir haben dein Kostüm schon fertig, Benny.«

»Das ist kein richtiges Kostüm. Es ist bloß meine Little-League-Uniform, nichts weiter.«

»Ben, du wolltest sie doch tragen. Du hast mir doch gesagt, dass du so zur Halloweenparty gehen wolltest.«

»Ich möchte aber ein Karatemann sein«, wiederholte er. Er sagte das nicht in quengligem Ton, sondern sprach langsam und laut, wie immer, so als wäre jeder, dem er begegnete, schwerhörig oder ein Anfänger beim Erlernen der englischen Sprache.

»Tut mir leid. Das kannst du nicht«, entgegnete Jean. »Es ist jetzt zu spät, ein neues Kostüm anzufertigen.«

Benny sah aus dem Fenster und verschränkte die Arme. Nach ein paar Minuten sagte er: »Ich wünschte wirklich, ich könnte ein Karatemann sein.«

»Nun hör aber auf, Ben. Mach's mir nicht so schwer, okay?«

Er antwortete nicht, sondern seufzte ergeben, wie es Mütter tun. Jean fuhr schweigend weiter, langsamer als gewöhnlich, bei jeder Kurve den rasenden Kombi vor Augen. Als sie etwa auf halbem Wege nach Hause waren, fragte sie: »Hattet ihr heute Zeichenunterricht, Benny?«

Er schüttelte den Kopf.

»Nein? Dann hattet ihr wohl Sport?«

»Nein«, sagte Benny. »Wir hatten Musik.«

»Musik? Hast du irgendwelche neuen Lieder gelernt?«

Er zuckte mit den Achseln.

»Sing mir doch mal vor, was du heute gelernt hast.«

Benny schwieg, und Jean forderte ihn noch einmal auf: »Sing mir doch mal vor, was du heute gelernt hast. Ich würde die neuen Lieder gern hören.«

Nach weiteren Augenblicken des Schweigens holte Benny einen Klumpen Kaugummi aus seinem Mund und klebte ihn an den Griff seines Essensbehälters. Dann trug er, gewichtig auf die Windschutzscheibe blickend, mit leiser, monotoner Stimme vor: »Ein Farmer hatte einen Hund, und Bingo war sein Name – oh. B-I-N-G-O«, buchstabierte er und sprach jeden Buchstaben deutlich aus. »B-I-N-G-O. B-I-N-G-O. Und Bingo«, sang Benny, »war sein Name. Oh.«

Daraufhin löste er den Kaugummi von seinem Essensbehälter und schob ihn wieder an seine Stelle in den Mund.

An diesem Abend nach dem Dinner half Jean Benny in seine Little-League-Uniform und schnitt reflektierendes Band in Streifen, um es über den Zahlen hinten auf seinem Jersey anzubringen.

»Muss das sein?«, fragte er.

»Ich möchte, dass dich die Autos genauso sehen, wie du sie siehst«, antwortete sie.

Er nahm es ohne weiteren Protest hin. Da er einen vorherigen Disput über das Tragen von Handschuhen und einer Mütze gewonnen hatte, ließ er sie diesen gewinnen. Jean fand die alte Polaroidkamera in ihrer Schreibtischschublade und kam damit ins Wohnzimmer.

»Wir wollen ein Foto machen, um es Onkel Ed zu zeigen,

wenn er nach Hause kommt. Du siehst so hübsch aus. Er möchte das bestimmt sehen.«

Sie sah ihn in dem winzigen Quadrat des Suchers und schritt zurück, bis sie ihn vollständig in dem Rahmen hatte. »Lach mal«, forderte sie. »Und jetzt!«

Er blinzelte nicht, nicht einmal bei dem Blitz, sondern blieb an seinem Platz und lächelte im letzten Moment, als wäre das eine besondere Gunst ihr gegenüber. Sie verfolgten beide, wie sich das trübe, feuchte Foto langsam aus der Kamera herausschob.

»Halte das mal vorsichtig an den Ecken fest«, sagte Jean zu Benny und reichte es ihm, »und sieh zu, was jetzt gleich herauskommt.«

Jemand klopfte an die Tür. Jean stand auf, ziemlich erschrocken. Sie sah zu Benny hinüber, der das sich entwickelnde Foto zwischen Daumen und Zeigefinger hielt und sie ängstlich und verwundert ansah.

»Bleib da«, sagte sie zu ihm und ging zum Fenster an der Rückseite der Hütte. Es war bereits dunkel, und sie musste ihr Gesicht dicht an das kalte Glas pressen, um die undeutlichen Gestalten auf der Veranda zu erkennen. Es klopfte noch einmal, und eine hohe, durch das dicke Eichenholz gedämpfte Stimme rief: *Trick or Treat!*«

Jean öffnete die Tür und erblickte zwei Erwachsene und ein Kind, alle in braunen Schneeanzügen und mit langen Zweigen auf dem Kopf, die mit Kreppband an ihren Zipfelmützen befestigt waren. Die Frau kam heran und streckte ihre Hand aus. »Wir sind die Donaldsons«, sagte sie. »Wir sind Ihre neuen Nachbarn.«

»Wir sind Elche«, fügte das Kind hinzu und tippte mit der Hand an die beiden Zweige an ihrer Mütze. »Das sind unsere Hörner.«

»Das sind Geweihe, Schätzchen«, verbesserte ihre Mutter. »Bisons und Ziegen haben Hörner. Elche haben Geweihe.«

Jean blickte von dem Mädchen zu seiner Mutter und zu dem Mann neben ihnen, der ruhig seine Handschuhe auszog.

»Es wird kalt bei Ihnen, wenn Sie die Tür auflassen«, stellte er mit einer leisen, ruhigen, doch nicht tiefen Stimme fest. »Sie sollten uns vielleicht reinlassen.«

»Oh«, sagte Jean und ging zur Seite, damit sie vorbeigehen konnten. Dann schloss sie die Tür hinter sich, lehnte sich mit dem Rücken dagegen und berührte sie mit den Handflächen.

»Was ist denn das?«, fragte die Frau, sie kniete sich neben Benny hin und hob das Foto auf, das er fallen gelassen hatte. »Ist das ein Foto von dir?«

»Verzeihen Sie mir«, unterbrach Jean sie, »bitte, verzeihen Sie mir, aber ich weiß ja gar nicht, wer Sie sind.« Die ganze Familie in der Hütte drehte sich gleichzeitig um und sah sie an.

»Wir sind die Donaldsons«, sagte die Frau mit einem leichten Stirnrunzeln, als würde sie Jeans Erklärung verwirren. »Wir sind Ihre Nachbarn.«

»Wir haben doch überhaupt keine Nachbarn«, wandte Jean ein. »In der ganzen Umgebung hier draußen nicht.«

»Wir sind heute gerade erst hergezogen.« Der Mann sprach erneut mit dieser seltsamen, leisen Stimme. Das kleine Mädchen stand neben ihm und hielt sich an seinem Bein fest, und er legte eine Hand zwischen den Geweihen auf ihrem Kopf.

»Wohin gezogen?«, fragte Jean.

»Wir haben eine halbe Meile von hier einen Morgen Land

gekauft.« Sein Ton deutete an, dass er es unhöflich fand, dieses Thema weiterzuführen. »Wir wohnen in unserem Wohnmobil.«

»Ihrem Wohnmobil?«, wiederholte Jean. »Habe ich Sie da nicht heute gesehen? Auf der Landstraße?«

»Ja«, entgegnete der Mann.

»Sie sind furchtbar schnell gefahren, glauben Sie nicht auch?«

»Ja«, sagte er.

»Wir hatten es eilig, vor dem Dunkelwerden hierher zu kommen«, fügte seine Frau hinzu.

»Sie müssen wirklich vorsichtig auf diesen Landstraßen sein«, warnte Jean. »Es war sehr gefährlich, so zu fahren.«

Es kam keine Reaktion. Die drei sahen Jean mit höflich-leeren Gesichtern an, so als warteten sie darauf, dass diese nun etwas anderes sagen würde, etwas, was vielleicht passender war.

»Ich wusste nicht, dass am Ende unserer Straße Land zu verkaufen war«, sagte Jean, und wieder begegnete ihr bei allen derselbe gleichbleibende Gesichtsausdruck. Selbst Benny sah sie mit einem Blick leichter Neugierde an.

»Wir haben nicht erwartet, Nachbarn zu bekommen«, fuhr Jean fort, »nicht hier so weit draußen.« Erneutes Schweigen. Es war nichts offenkundig Unfreundliches in ihren Blicken, aber sie kamen ihr seltsam vor und irgendwie beunruhigend.

Das kleine Mädchen, das vier Jahre alt sein mochte, wandte sich an Benny und fragte: »Was bist du eigentlich?«

Er sah rasch zu Jean hinauf wegen einer Antwort und sah dann wieder das Mädchen an. Ihre Mutter lächelte. »Ich glaube, sie möchte wissen, was dein Kostüm darstellt, mein Junge.«

»Ich bin ein Baseballspieler«, antwortete Benny.

»Wir sind Elche«, erklärte ihm das Mädchen. »Das sind unsere Geweihe.« Sie sprach es wie *Gewoihe* aus.

Die Frau wandte sich mit ihrem Lächeln wieder an Jean. Ihre Zähne waren breit und gleichmäßig und saßen dicht am Zahnfleisch, wie bei diesen alten Eskimofrauen, die ihr Leben lang Leder kauten. »Ich heiße Audrey«, sagte sie. »Das ist mein Mann, Lance, aber er hat es lieber, wenn man ihn L.D. nennt. Er mag seinen richtigen Namen nicht. Er meint, dass er wie ein medizinisches Verfahren klingt. Das ist unsere Tochter Sophia. Wir haben diese Kostüme in letzter Minute zusammengeschustert, aber sie findet sie ganz toll. Sie bestand darauf, *Trick or Treat* zu spielen, als sie heute Nachmittag Ihre Hütte sah.«

»Wir sind gerade im Begriff fortzugehen«, sagte Jean. »Ich bringe Benny zur Halloweenparty von seiner Schule.«

»Das macht Spaß, nicht wahr?« Audrey strahlte. »Dürfen kleine Kinder da auch hingehen?«

»Nein«, erwiderte Jean rasch, obgleich sie keine Ahnung hatte, wie die Regeln wirklich waren.

»Dann wird das wohl unser einziger Besuch heute Abend sein«, sagte Audrey. »Aber vielleicht gehen wir später noch spazieren, um mit den Elchen zu sprechen.«

»Haben Sie sie gehört?«, fragte L.D.

»Wie bitte?« Jean runzelte die Stirn.

»Ich fragte, ob Sie die Elche gehört haben?«

»Wir hören sie immerzu. Ich glaube, ich weiß nicht recht, wovon Sie sprechen.«

L.D. und Audrey tauschten einen kurzen Blick gemeinsamen Triumphes.

»L.D. ist Musiker«, erklärte Audrey. »Wir haben im letzten Sommer hier Urlaub gemacht, und er war ganz begeistert von dem Röhren der Elche. Es sind wirklich wunderbare Laute.«

Jean wusste das sehr wohl. Fast jede Nacht im Herbst röhrten die Elche durch die Wälder einander zu. Es war unmöglich zu sagen, wie nahe sie der Hütte kamen, aber die Laute waren kraftvoll und unwiderstehlich: ein langer, fast urtümlicher Schrei, gefolgt von einer Serie tiefer Grunztöne. Sie kannte das schon seit ihrer Kindheit. Sie hatte gesehen, wie Pferde bei dem Laut mitten auf ihrem Weg stehenblieben und mit hocherhobenen Köpfen, heftig durch die Nüstern schnaubend, die Ohren angespannt, lauschten, bereit davonzurennen.

»L.D. hat mehrere Aufzeichnungen gemacht. Er fand das sehr inspirierend für seine Musik«, fuhr Audrey fort. »Haben Sie jemals in einer Stadt gewohnt?«

»Nein«, sagte Jean.

»Nun«, Audrey rollte mit den Augen, »ich sage Ihnen, da gibt es eine Grenze, eine absolute Grenze für das, was man dort ertragen kann. Erst vor drei Monaten machte ich mich bereit auszugehen, um einiges zu erledigen, und bemerkte plötzlich, dass ich alle meine Kreditkarten aus meiner Geldbörse genommen hatte, so dass ich mich, wenn ich ausgeraubt würde, nicht der Mühe unterziehen musste, sie zu ersetzen. Ohne überhaupt darüber nachzudenken, hatte ich das getan, als wäre es vollkommen normal, so zu leben. Und an diesem Abend sagte ich zu L.D.: ›Wir gehen fort; wir müssen aus dieser verrückten Stadt heraus.‹ Natürlich willigte er mehr als freudig ein.«

Jean sah zu Benny hinüber, der ruhig zugehört hatte. Sie hatte einen Moment lang vergessen, dass er da war, und sie empfand die gleiche flüchtige Schuld, die aufkam, wenn sie sich während des Dinners am Tisch umsah und überrascht war, Benny zwischen Ed und sich sitzen und mit ihnen essen zu sehen.

»Nun ja.« Jean schob die Brille auf ihrer Nase zurück. »Wir müssen jetzt aber gehen.«

»Hören Sie«, sagte L.D. und nahm eine flache schwarze Scheibe aus der Tasche. Er schob sie sich in den Mund und ließ das volle Röhren eines Elches durch das kleine, stark isolierte Wohnzimmer von Jeans Hütte ertönen. Sie sah Benny infolge der Plötzlichkeit dieses Lautes hochspringen. L.D. nahm die Scheibe aus dem Mund und lächelte.

»Oh, Schatz«, mahnte Audrey zusammenzuckend. »Das ist zu laut im Raum. Du solltest nicht in einer Wohnung röhren. Hab keine Angst«, beruhigte sie Benny. »Das ist nur sein Elchkommunikator.«

Jean hatte schon einmal einen gehört. Ein Freund von Ed war Jagdbegleiter. Er benutzte ihn, um Elchbullen herbeizurufen. Er hatte es Jean einmal vorgeführt, und sie hatte darüber gelacht, wie falsch es sich anhörte. »Du könntest ebensogut in einer Lichtung stehen und rufen: ›Hierher, Elchlein, Elchlein, Elchlein‹«, hatte sie gesagt. L.D. besaß dasselbe Gerät, doch der Ton war kräftig und erschreckend echt.

Benny lächelte Jean an. »Hast du das gehört?«

Sie nickte. »Sie wissen doch, dass man Elche nur während der Saison und mit einer Genehmigung jagen darf?«, fragte sie L.D.

»Wir wollen sie nicht jagen«, antwortete Audrey. »Wir wollen lediglich mit ihnen sprechen.«

»Hat sich das für Sie echt angehört?«, erkundigte sich L.D. »Ich habe nur mal geübt.«

»Wie machen Sie denn das?«, wollte Benny wissen.

L.D. reichte ihm die Scheibe. »Man nennt das eine Membran«, erklärte L.D., während Benny sie auf seiner Hand umdrehte und dann gegen das Licht hielt. »Sie ist aus Gummi, man legt sie hinten in den Mund und bläst Luft hindurch. Es ist nicht einfach, und man muss vorsichtig sein, sonst kann man sie verschlucken. Es gibt verschiedene Größen davon für verschiedene Laute. Diese ist für einen ausgereiften Bullen, ein Paarungsruf.«

»Kann ich es mal versuchen?«

»Nein«, sagte Jean. »Nimm das nicht in den Mund. Es gehört dir nicht.«

Benny gab L.D. die Membran widerstrebend zurück.

L.D. schlug vor: »Lass dir von deinem Dad eine kaufen.«

Jean schauderte bei diesem Hinweis, doch Benny nickte nur und bedachte den Vorschlag: »Okay«, meinte er. »Mach ich.«

Jean nahm ihren Mantel vom Haken an der Tür und zog ihn an. »Komm jetzt, Ben«, sagte sie. »Zeit, dass wir gehen.«

L.D. hob Sophia von seinen Stiefeln hoch, auf denen sie gesessen hatte. Einer ihrer Geweihzweige war von seiner Kreppbandbefestigung gerutscht und hing wie ein Zopf an ihrem Rücken herunter.

»Sieht sie nicht köstlich aus?«, fragte Audrey.

Jean öffnete die Tür und hielt sie so, dass die Donaldsons nacheinander auf den Vorbau hinausmarschieren konnten. Benny folgte ihnen, klein, ohne Geweih. Sie schaltete die Lampen aus und machte die Tür hinter sich zu. Dann holte sie einen Dietrich vom Boden ihrer Handtasche hervor und verschloss die Hütte zum ersten Mal, seit sie darin wohnten.

Es war eine klare Nacht und fast Vollmond. Noch hatte es keinen Schnee gegeben, jedenfalls keinen, der liegengeblieben war, doch nach der scharfen Luft zu urteilen, vermutete Jean, dass es am nächsten Tag welchen geben könnte.

Sie erinnerte sich gelesen zu haben, dass die Bären das erste Schneetreiben abwarten, um ihren Winterschlaf zu halten, damit die Spuren zu ihren Winterhöhlen sofort zugedeckt würden. Es war schon spät im Jahr, und eigentlich müssten die hiesigen Bären es müde werden, untätig auf den richtigen Schnee zu warten.

Die Donaldsons standen auf dem Vorbau und blickten über Jeans kleinen Garten hinter dem Haus hinweg zum Waldrand.

»Im letzten Sommer habe ich die Elche dazu gebracht, zu antworten«, berichtete L.D. »Das war ein tolles Erlebnis, mit ihnen so zu kommunizieren.«

Er schob sich die Membran in den Mund und rief erneut, lauter, als er es in der Hütte getan hatte – ein kraftvollerer Laut, dachte Jean, als ihn ein Mensch in dieser Umgebung hervorzubringen das Recht hatte – und so beunruhigend realistisch.

Dann war Stille, und sie starrten alle über den Garten hinweg, so als erwarteten sie, dass die Bäume selbst antworten würden. Jean hatte ihre Handschuhe vergessen. Ihre Hände waren kalt, und sie war bestrebt, zum Auto und in die Wärme zu kommen. Sie streckte die Hand aus und berührte Bennys Schulter.

»Lass uns gehen, mein Kind«, sagte sie, aber er legte nach überraschender Erwachsenenart seine Hand auf die ihre und flüsterte: »Warte«, und dann: »Horch.«

Sie hörte nichts. L.D. hatte Sophia wieder abgesetzt, und nun stand die ganze Familie mit ihren gegen den Abendhimmel sich scharf abhebenden Geweihen am Rand des Vorbaus. Sie sollten ihre Kostüme am besten nicht zu echt machen, dachte Jean, sonst werden sie noch selbst geschossen. Sie schob ihre Fäuste in die Manteltaschen und fröstelte.

Nach einiger Zeit wiederholte L.D. den Ruf, einen langgezogenen, hohen Schrei, gefolgt von mehreren Grunzlauten. Alle lauschten in die darauffolgende Stille, leicht nach vorn gebeugt, den Kopf zur Seite geneigt, als fürchteten sie, die Antwort könne zu schwach sein, um sie wahrzunehmen, obgleich es unnötig war, so intensiv zu lauschen; wenn ein Elchbulle zurückbrüllen würde, wäre es nicht nötig, sich anzuspannen, um es zu hören.

L.D. ließ den Ruf erneut ertönen, und dann sofort noch einmal, und als sich der letzte Grunzton in der Stille verlor, hörte Jean es. Sie hörte es zuerst. Da erstarrten die anderen, als auch sie es begriffen. Sie hatten schon gemeint, dass es ein Bär sein müsste, der im Unterholz all diese Geräusche machte. Und dann hatten sie sich gedacht, was es war, unmittelbar bevor der Elch aus dem Wald hervorbrach. Der Boden war hart von der Kälte, und seine Hufe klopften in einem leichten schnellen Rhythmus, als er umherwanderte. Auf der schwarzen gefrorenen Erde von Jeans Garten blieb er stehen.

»O mein Gott«, entfuhr es ihr im Flüsterton, und sie zählte rasch die Spitzen seines Geweihs, das sich als dunkle Silhouette abhob und mit den Zweigen und Formen der Bäume hinter ihm verschmolz. Er hatte sich ihnen schnell und unvermutet genähert und ließ sich nun in voller Größe sehen, um sie zu konfrontieren oder von ihnen konfrontiert zu werden. Es war ganz offensichtlich, dass dieser Elch nicht mit den Donaldsons reden wollte. Er wollte nur wissen, wer sich hier in seinem Territorium befand und nach einem Weibchen rief. Und nun stand er frei da und sah sie direkt an. Doch die Hütte war dunkel und vom Dach des Vorbaus beschattet, so dass es dem Elch nicht möglich war, ihre Gestalten zu erkennen. Es wehte auch kein Lüftchen, das die

Witterung weitertragen konnte; so starrte er verständnislos auf genau die Stelle, von der die Herausforderung gekommen war.

Jean sah, wie Sophia ihre Hand langsam hob und das Bein ihres Vaters fasste. Sonst gab es keine Bewegung. Einen Augenblick später schritt der Elch langsam nach links. Dann blieb er stehen, zögerte, kehrte wieder dahin zurück, wo er gestanden hatte, und bewegte sich einige Schritte nach rechts. Dabei zeigte er sich von beiden Seiten und blieb ihren Blicken voll ausgesetzt, während sein Blick starr auf den Vorbau gerichtet war. Er warf nicht den Kopf hoch, wie es ein Pferd getan haben mochte, auch nahm er keine aggressive, einschüchternde Haltung ein. Wieder schritt er von einer Seite zur anderen, langsam, bedächtig.

Jean sah, wie L.D. seine Hand zum Mund führte und die Membran zurechtschob. Sie beugte sich vor und legte ihre Hand auf seinen Arm. Er wandte sich nach ihr um, und sie formte ihre Lippen zu einem *Nein*.

Er runzelte die Stirn und wandte sich ab. Sie sah, wie er einzuatmen begann, und sie fasste seinen Arm fester und sagte, so leise, dass man es nicht einmal einen Meter weit hätte hören können: »Bitte nicht. Lassen Sie ihn doch in Ruhe.«

L.D. nahm die Membran aus dem Mund. Jean entspannte sich. Aus dem Wald kamen nun zwei Weibchen, das eine voll entwickelt, das andere ein magerer Jährling. Sie blickten zuerst auf das Männchen, dann nach der Hütte, und langsam, beinahe unsicher, gingen sie einen Meter weit auf den Garten zu. Alle drei Elche standen nun in der nach Jeans Gefühl durchdringendsten Stille beisammen, die sie je erlebt hatte. Unter ihrem unsichtbaren, starren Blick fühlte sie sich, als wäre sie in eine spiritistische Sitzung hineingeraten, die zum Scherz abgehalten wurde, aber unabsichtlich einen wirklichen Geist herbeigerufen hatte.

Schließlich begannen sich die Elche zurückzuziehen. Die beiden älteren schienen entschlossen, aber der Jährling schaute zweimal mit langen Blicken zurück zur Hütte, die Jean absolut nicht deuten konnte. Die Elche gingen wieder in den Wald und waren augenblicklich dem Blick entschwunden. Auf der Veranda bewegte sich niemand, bis Sophia sehr ruhig sagte: »Daddy.«

Audrey wandte sich lächelnd zu Jean um und schüttelte langsam den Kopf. »Haben Sie sich schon jemals in Ihrem ganzen Leben so unglaublich bevorzugt gefühlt?«

Jean antwortete nicht, sondern nahm Benny an die Hand und ging mit ihm rasch zum Auto. Sie sah nicht mehr zu den Donaldsons zurück, die noch auf der Schwelle ihres Heims standen, nicht einmal, als sie einige Zeit in der Auffahrt darauf wartete, dass der Motor warmlief.

»Hast du das gesehen?«, fragte Benny, und seine Stimme klang ganz gepresst vor Staunen, doch Jean gab auch ihm keine Antwort.

Jean fuhr nur mit abgeblendeten Scheinwerfern, scherte leichtfertig auf die andere Straßenseite aus, ohne die Möglichkeit von entgegenkommendem Verkehr oder anderen Behinderungen zu beachten. Sie fuhr schneller, als sie es je auf dieser Straße getan hatte, einer Wut Luft machend, die zu überwinden sie vier gefahrvolle Meilen brauchte; und sie verlangsamte die Geschwindigkeit erst, als ihr klar wurde, dass sie nicht nur manipuliert worden war, sondern dass sie auch selbst bei einer Manipulation mitgemacht hatte. Sie hatten kein Recht, dachte sie immer wieder, sie hatten kein Recht, so etwas zu tun, nur weil sie dazu imstande waren. Dann besann sie sich darauf, dass Benny immer noch bei ihr war, ja neben ihr saß, ganz und gar ihrer Obhut anvertraut, und sie brachte das Auto langsam wieder unter Kontrolle.

Einen kurzen Moment wünschte sie, ihr Mann wäre bei ihr, ein Gedanke, den sie jedoch sofort wieder verwarf mit der Begründung, dass schon viel zu viele Leute da waren.

Alice auf dem Weg nach Osten

Die Fahrt von Roys Haus ins Zentrum von Verona dauerte zwanzig Minuten und führte durch Sonnenblumenfelder, die sich zu beiden Seiten erstreckten, eben und immer gleichbleibend wie die Sprache des Mittleren Westens. Es war ein guter Highway, ordentlich asphaltiert und durch nichts unterbrochen als den Horizont und die Schienen der nordpazifischen Eisenbahnlinie. Als Roys Tochter Emma noch ein Kind war, hatte er ihr beigebracht, mit dem Fahrrad auf der gelben Linie zu fahren, der Trennlinie für diejenigen, die nach Osten, und diejenigen, die nach Westen fuhren. Das war ganz ungefährlich; zu der Zeit gab es noch weniger Verkehr, und die paar Autos, die vorbeikamen, konnte man schon Meilen vorher kommen sehen. Da war immer reichlich Zeit, einen Entschluss zu fassen, an die Seite zu fahren, darauf vorbereitet zu sein.

Etwa zehn Meilen außerhalb der Stadt konnte man den Getreidespeicher sehen, der sich dort mit der ganzen Arroganz erhob, die man von dem einzigen Bauwerk in dieser Gegend erwarten konnte, das mehr als zwei Stockwerke hoch war. Roy war gerade an dieser Stelle vorbeigefahren, als er vor sich einen ungewohnten Gegenstand erblickte. Beim Näherkommen erwies dieser sich als ein weißer Truck, der mit blinkenden Warnlichtern abseits von der Straße stand. Er fuhr langsamer, las das Nummernschild von Montana und brachte sein Auto so behutsam hinter dem Pick-up zum Halten, dass es schien, als hätte er schon sein Leben lang jeden Tag dort geparkt. Roy stieg aus und ging ein paar Schritte, dann entdeckte er sie im Graben. Er blieb stehen, streckte langsam seine Hand aus, bis er die Haube über dem warmen, tickenden Motor berührte. Es waren zwei Teenager. Das Mädchen stand. Der Junge kniete zu ihren Füßen und trennte mit einem großen Taschenmesser in der Mitte ihres Oberschenkels ein Bein ihrer Jeans ab. Roy war erschrocken und dann verlegen bei der seltsamen Intimität der Szene: das Mädchen stehend, mit leicht gespreizten Beinen, die Hände in den Hüften, der Junge auf den Knien, das unerwartete Aufblitzen des Messers, das allmähliche Enthüllen von immer mehr Haut, während ein Paar Jeans zu Shorts wurden.

Nach einem Augenblick drehte sich das Mädchen um und sah Roy mit unbestimmtem Interesse an. Ihr Haar, kurz und dunkel, klebte ihr feucht am Kopf, so als hätte sie gerade eine Baseballmütze abgenommen. Sie trug ein weißes Männerunterhemd, an dessen V-Ausschnitt sie mit einem Arm eine Sonnenbrille gedrückt hielt.

»Hi«, sagte sie.

»Ich sah, dass Sie zur Seite gefahren sind. Ich dachte, Sie könnten vielleicht Hilfe brauchen.«

Sie deutete auf den Truck. »Ja, klar. Er hat uns ganz plötzlich im Stich gelassen.«

»Benzinpumpe«, sagte der Junge. »Kaputt.«

»Soll ich mal nachsehen?«

Das Mädchen zuckte mit den Achseln. »Kleinen Moment.«

Roy wartete, während der Junge die letzte dicke Naht durchschnitt und das Mädchen aus der Röhre mit ihrem gesäumten unteren und ausgefransten oberen Ende stieg. Ein Bein nackt, das andere in langen Jeans, ging sie zu dem

Pick-up, öffnete die Tür und löste die Motorhaube. Roy ging herum zur Vorderseite des Trucks und bemerkte die toten Schmetterlinge und Heuschrecken, die am Kühlergitter klebten. Sie blickten auf den staubigen Motorblock, und das Mädchen wies mit ihrer dünnen Hand in das Netz von Rohren und Schläuchen und sagte: »Pete glaubt, dieses Teil da ist kaputt. Die Benzinpumpe.«

»Wenn das stimmt, brauchen Sie eine neue«, entgegnete Roy.

»Das meint Pete auch.«

»Was für einer ist das, ein Dreifünfziger?«

»Es ist ein Chevy«, erwiderte sie.

»Ich meine den Motor. Was für einer ist das?«

»Dreifünfziger«, rief der Junge hinten vom Truck.

»Ich hab mir schon gedacht, dass wir Probleme und so kriegen würden«, meinte das Mädchen, »aber verflixt, ich glaubte, wir kämen wenigstens noch durch North Dakota.«

»Sie sind aus Montana?«

»Ja. Gleich hinter der Grenze. Sind Sie von hier?«

»Ja«, antwortete Roy. »Ich wohne nur etwas außerhalb von Verona.« Er fand es sonderbar, dass er das so sagte, wie andere Leute sagten, sie wohnten etwas außerhalb von Chicago oder zehn Minuten von Manhattan entfernt. Als würde das etwas bedeuten. Dabei gab es nicht viel innerhalb von Verona, und es gab nichts außerhalb von Verona, außer Sonnenblumenfeldern und seinem Haus.

»Wir sind noch keine zwei Tage unterwegs und jetzt ...« Sie ließ den Gedanken unbeendet und lächelte Roy an. »Ich bin Alice«, erklärte sie. Bei dem S-Laut erschien kurz ihre Zungenspitze zwischen den Zähnen und verschwand dann wieder.

»Ich bin Roy. Ich kenne jemand in Verona, der vielleicht

das Teil hat, das Sie brauchen. Ich kann Sie mitnehmen, wenn Sie möchten.«

»Ich will Pete fragen. Meinen Bruder.«

Sie ging zurück zum Graben, Roy blieb an der Ecke des Trucks stehen und beobachtete sie. Er glaubte nicht, dass sie verwandt waren. Etwas an der Art, wie sie »mein Bruder« nach Petes Namen sagte, etwas in der Betonung, ihr Zögern zeigten es ihm.

Pete hatte im trockenen Gras auf dem Rücken gelegen, und als Alice herankam, setzte er sich auf, wischte sich die Stirn mit der Armbeuge und beklagte sich über die Hitze.

»Mach meine Shorts fertig, dann nimmt er uns mit in die Stadt«, sagte Alice. »Er hat mir erklärt, irgendein Typ hat das Teil vielleicht.«

Pete holte das Taschenmesser heraus, öffnete es und begann abzuschneiden, was von Alices Jeans noch übrig war. Roy sah zu, wie sie da stand, ruhig und entspannt, den Blick nach vorn gerichtet. Er sah, dass Pete, während er vor Anspannung den Kopf schief hielt, Alice nicht im Geringsten berührte, nicht einmal mit einem Knöchel ihre Haut streifte. Nur die ausgefransten Enden ihrer Shorts strichen über ihre Schenkel, Roy ertappte sich, wie er hinstarrte. Er sah hinunter an seinen eigenen Hosen, prüfte die gleichmäßigen Hosenaufschläge, die auf den Schnürsenkeln seiner dicken Schuhe ruhten.

Als Pete fertig war, stieg Alice aus der zweiten Denimröhre, wie sie es bei der ersten getan hatte, hob beide auf und drapierte sie über ihrem Arm wie Gästehandtücher auf einem Ständer.

»Sind Sie bereit, Roy?«, fragte sie und nannte ihn zum erstenmal bei seinem Vornamen.

»Klar.« Er nickte.

Pete richtete sich steif auf und wischte sich den Schmutz von den Knien.

»Gehen wir also«, sagte er.

Carl stand hinter der Theke und trank Kaffee, als sie hereinkamen. Roy fragte, ob er Artie irgendwo gesehen habe, dabei hoffte er fast, dass er nein sagen würde. Es war kühl und auch dunkel in der Schenke, und Roy sehnte sich nicht gerade danach, in der Hitze des späten Nachmittags jemandem nachzuspüren.

»Seine Jungs waren gerade hier nach Popcorn«, sagte Carl. »Sie sagten, er sei hinter seinen Garten gegangen, Schnappschildkröten säubern. Sie brauchen wohl was?« Carl blickte auf Pete und Alice.

»Die Leute haben eine Panne, ungefähr zehn Meilen von hier. Ich dachte, Artie hat vielleicht eine funktionierende Benzinpumpe für sie.«

»Na ja, vielleicht«, meinte Carl. »Wenn hier jemand eine hat, dann jedenfalls Artie.« Er warf wieder einen Blick auf Pete und Alice. »Ihr habt Glück gehabt mit eurer Panne hier. Woanders ist man nicht so hilfsbereit.«

»Also, wie wär's mit einem Bier?«, fragte Pete. »Alice? Ein Bier?«

Sie schüttelte den Kopf.

»Na dann nur eins. Was Sie gerade angezapft haben.«

Carl hob die Augenbrauen, und Roy wusste, dass er sich fragte, ob der Junge nicht noch minderjährig sei. Roy wusste nicht, wie alt Pete war, und es war ihm eigentlich auch gleich, er fragte sich nur kurz, wie lange es wohl her war, dass Carl einen fremden Kunden bedient hatte.

»Ich bin bald zurück«, erklärte Roy und machte sich auf den Weg zu Artie.

In der Stadt gab es nur einen Bürgersteig, und er war ihn zur Hälfte entlanggegangen, als Alice ihn einholte.

»Hey«, sagte sie. »Haben Sie etwas dagegen, wenn ich mitkomme?«

Roy schüttelte den Kopf.

»Hat dieser Artie einen Laden oder etwas Ähnliches?«, fragte sie. »Eine Reparaturwerkstatt?«

»Nein, nur einen Garten voller Motore.«

»Und wenn er keine hat? Keine Benzinpumpe?«

»Dann müssen wir nach La Moure fahren.«

»Ist das weit?«

»Halbe Stunde oder etwas mehr. Fünfundvierzig Minuten vielleicht.«

Roy ertappte sich dabei, wie er seine Schritte beschleunigte, um sich Alices Tempo anzupassen, obgleich es zu heiß war für alles, was schneller war als ein Spaziergang.

»Dieser Mann hätte Pete kein Bier geben sollen.«

»Carl? Warum nicht?«

»Pete ist erst siebzehn.«

»Nun, es ist seine Schenke.«

»Trotzdem, er hätte Pete kein Bier verkaufen sollen. Das Letzte, was ich brauchen kann, ist, wenn Pete um vier Uhr schon was trinkt.«

Auf ihrem Weg blickte Alice umher, obgleich nicht viel zu sehen war. Es gab keinen Laden dort, der nicht mit Brettern vernagelt oder geschlossen war, mit Ausnahme von Carls Schenke und dem Postamt. Sie hatten auch keine Bank mehr in Verona. Es gab nicht einmal ein Lebensmittelgeschäft.

Als sie Arties Haus erreichten und Roy die Vordertür quer vor dem Vorbau neben einem unordentlichen Haufen Radkappen liegen sah, wünschte er schon, Alice wäre mit Pete bei Carl geblieben. Er wollte nicht, dass sie dachte, in

Verona würde es bei jedem zu Hause so aussehen. Einer von Arties Jungen kam aus dem Haus gerannt und blieb stehen, als er Roy und Alice im Garten sah.

»Hi, Mr. Menning«, sagte er. Roy lächelte, konnte sich aber nicht an den Namen des Kindes erinnern. Es waren drei, alle etwa im gleichen Alter, alle mit hausgemachten Bürstenschnitten und den festen runden Bäuchen von Kindern, die eine Menge essen, aber noch mehr umherrennen.

»Ist dein Dad da? Beim Schildkrötensäubern?«

»Damit ist er heute Vormittag fertig geworden«, erwiderte der Junge. »Jetzt repariert er eine Kettensäge.«

Artie kam von hinten hervor. Er wischte sich die Hände an seinen Jeans ab, und als hätte der Vorgarten nur Platz für drei auf einmal, verschwand der Junge ins Haus. Es waren brave Kinder, alle drei. Jeder sagte das. Roy hatte gehört, sie hätten schreckliche Angst vor ihrem Vater.

»Hast du vielleicht eine Benzinpumpe für einen Chevy, einen Dreifünfziger?«, erkundigte sich Roy. »Da hat jemand eine Panne außerhalb der Stadt.«

Artie sah Alice interessiert an. »Was kann ich für Sie tun?«, fragte er, als hätte Roy nichts gesagt. Sie schien das Spiel zu verstehen und fragte noch einmal nach der Benzinpumpe. Arties langes Haar und die Tätowierungen, die seine Arme von den Händen bis zu den Ellbogen wie Damenhandschuhe bedeckten, schienen sie nicht abzuschrecken. Artie hatte die Stadt als Teenager verlassen und war erst fast zehn Jahre später zur Beerdigung seines Vaters mit den Jungen, dem langen Haar und den Tätowierungen zurückgekehrt. Roy mochte ihn nicht, aber er war der Einzige in der Stadt, der noch einem Autoschlosser nahe kam, jetzt, wo die Tankstelle nicht mehr existierte.

»Die einzigen Chevyteile, die ich habe, sind für das Ding

da«, Artie wies auf eine kleine Limousine ohne Räder, die auf vier Stücken Brennholz lag. Die Motorhaube sah aus, als wäre sie seit Jahren nicht mehr geschlossen worden.

»Wirklich?«, sagte Roy, aber Artie ignorierte ihn weiter und fragte Alice statt dessen, wo sie her sei.

»Montana.«

»Und von wo in Montana?«

»Fort Peck. Hinter der Grenze.«

»Ich kenne es«, meinte Artie. »Durch das Reservat.«

»Ja.«

»Scheiße. Sie sind doch wohl keine Squaw?«

»Nein.«

»Ich wollte sagen, ich sollte besser auf meinen Skalp aufpassen, wenn Sie eine wären, stimmt's?« Artie lächelte, aber es war ein unnatürlicher, beinahe gequälter Ausdruck, so als hätte er einen Angelhaken in einer Ecke seines Mundes eingefangen und jemand zog daran.

»Wenn Sie das Teil nicht haben, fahren wir eben nach La Moure«, sagte Alice, und Roy bewunderte sie, dass sie diesen Gedanken so äußerte, als wäre es ihr eigener. Als hätte sie die geringste Vorstellung, wo und was La Moure war.

»Sollten Sie nicht, nicht heute«, wandte Artie ein. »Bis Sie da sind, ist alles geschlossen.«

Alice sah Roy an, bei dieser Information schien sie schwach zu werden. Er bemerkte, dass Pete ihre Jeans ungleichmäßig geschnitten hatte. Der schmutzigfarbene graue Baumwollstoff ihrer rechten Hosentasche war etwa einen Zoll unter ihren Shorts sichtbar. Die Tasche hing schwer herunter, als würde Alice eine Menge Kleingeld bei sich tragen. Roy gefiel der Gedanke nicht, dass Artie wissen könnte, was in Alices Taschen war. Ihm gefiel die Art nicht, mit der er Alice ansah.

»Dann fahren wir eben morgen nach La Moure«, erklärte

Roy, und noch ehe Alice antworten konnte, sagte Artie: »Sie sehen genauso aus wie ein Mädchen, das ich in Beaumont in Texas kannte.«

Sie sah ihn schweigend an.

»Sie spielen wohl nicht Flöte?«, fuhr er fort.

»Nein«, antwortete sie.

»Dieses Mädchen aus Beaumont spielte nämlich Flöte, deshalb frage ich. Sie könnten Schwestern sein. Hab ich mir gedacht. Wie, sagten Sie, war noch gleich Ihr Nachname?«

»Zysk.«

»Wie geschrieben?«

»Z-Y-S-K.«

»Zysk.« Artie pfiff. »Das ist ein Wort, das einem etwa tausend Punkte beim Scrabblespiel einbringen würde.«

»Nur dass es kein wirkliches Wort ist«, sagte Alice.

»Genug jetzt«, erklärte Artie, und Roy entschied, dass es Zeit war, augenblicklich zu gehen. Er dankte Artie, der sie, als sie den Garten verließen, fragte: »Seid ihr alle bei Carl?«

»Wir werden nicht mehr lange dort sein«, erwiderte Roy. »Ich mach mich nur sauber und komm dann kurz vorbei.«

»Wie ich bereits sagte, wir sind dann wahrscheinlich schon weg.«

»Also bis dann«, sagte Artie und stieg über eine Radkappe, um durch die Fliegengittertür, die nur schwachen Schutz bot, ins Haus zu gehen.

Pete fluchte, als er das Ergebnis hörte: »Dann müssen wir heute bei Ihnen übernachten.«

»Verdammt, du bist unverschämt«, sagte Alice, woraufhin Pete zum anderen Ende der Schenke ging, um die Liste der Songs auf der Musikbox durchzusehen, die aber nicht angeschlossen war, seit Carl die Mikrowelle gekauft hatte.

»Sie wissen, dass Sie gern bei mir bleiben können«, erklärte Roy. »Ich habe reichlich Platz.«

»Wir bleiben im Truck. Er ist ein Idiot. Ein unverschämter Idiot.«

Roy bestellte ein Sandwich für Alice und ein Bier für sich. Die Schenke war so ruhig wie eine Bibliothek.

»Was machen Sie eigentlich?«, fragte Alice.

»Ich? Ich fahre im Winter einen Schneepflug und im Sommer einen Mähdrescher.«

»Sie sind kein Farmer?«

»Nicht mehr.«

Carl brachte Roy das Bier und wies den Dollar zurück, doch Roy faltete den Schein zusammen, und als Carl sich umdrehte, schob er ihn unter den Serviettenspender.

»Machen Sie diese Jobs gern?«, fragte Alice.

»Sicher. Ich finde immer Leute mit einer Panne, wenn ich mit dem Schneepflug unterwegs bin.«

Alice lachte. »Sie retten sie dann auch?«

»Ich hab immer einen Packen Zeitschriften bei mir.«

»Warum Zeitschriften?«

»Ich sage ihnen, dass sie in ihren Autos sitzen bleiben und eine Zeitschrift lesen sollen, bis Hilfe kommt. Das gibt ihnen etwas zu tun. Sonst werden sie unruhig und beschließen, zu Fuß zu gehen, und dann passiert's, dass sie umkommen.«

»Vom Gehen?«

»Im Schnee.«

»Vor Langeweile. Sie kommen um vor Langeweile. Wow. Wenn wir heute losgelaufen wären, dann wäre es uns nur heiß geworden.«

»Man ist immer besser dran, wenn man beim Auto bleibt«, meinte Roy, und Alice nickte.

»Sind Sie verheiratet?«, fragte sie.

»Meine Frau starb im Winter vor zwei Jahren an einem Herzanfall.«

Alice sagte nicht, dass es ihr leidtat, wie es die Leute gewöhnlich machten, und deshalb musste Roy auch nicht erwidern, dass es schon okay sei, so wie *er* es gewöhnlich tun musste.

»Ich will Krankenschwester werden«, sagte Alice. »Vielleicht.«

»Wirklich?«

»Ja. Ich bin auf dem Weg nach Florida zur Schwesternausbildung. Pete kommt mit mir, um sich zu vergewissern, dass es mir gut geht, und zu arbeiten, wenn ich Geld brauche.«

»Das ist schön.«

»Meine Mom hat dafür gesorgt.«

»Ach.«

»Haben Sie Kinder?«

»Eine Tochter. Sie ist zweiunddreißig.«

»Lebt sie hier in der Gegend?«

»Sie arbeitet in Minneapolis als Model für Kataloge und Zeitungen.«

»Sie muss hübsch sein.«

»Ja.«

»Das würde ich auch gern machen, aber meine Nase ist zu groß.«

»Ich verstehe nicht viel davon.«

»Sie muss viel Geld verdienen.«

»Ja.«

»Besucht sie Sie oft?«

»Nicht sehr häufig«, entgegnete Roy. »Nicht seit ihre Mom tot ist.«

»Ich will Ihnen sagen, was ein großartiger Beruf wäre«, sagte Alice. »Fotograf.«

»Davon verstehe ich auch nicht viel.«

»Ich auch nicht.« Alice blickte hinter sich, auf Pete und die Musikbox, auf die große hölzerne Registrierkasse. »Dieser Artie ist ein fieser Typ«, erklärte sie.

»Ich kannte schon seinen Vater.«

»Er ist ein Murkser, nicht wahr?«

»Keine Ahnung.«

»Er erinnert mich an meinen Bruder. Meinen ältesten Bruder. Mit seinen Tätowierungen und so. Alle meine Brüder sind Dummköpfe, aber dieser älteste, ich sage Ihnen, der ist praktisch geistig zurückgeblieben. Hören Sie sich das mal an. Als er in Deutschland beim Militär war, wurde seine Freundin hier zu Hause schwanger. Er war fünf Monate weg, und sie ist plötzlich schwanger geworden. Da hat sie ihm einen Brief geschrieben, in dem stand: ›Ich vermisse Dich so sehr, ich möchte ein Kind von Dir.‹ Sie schreibt weiter in dem Brief: ›Wenn ich ein Baby von Dir hätte, würde es mich an Dich erinnern, und ich wäre nicht so allein.‹ Sie müssen nämlich wissen, Roy, dass mein Bruder dieses Mädchen schon ewig heiraten wollte. Sie schickt ihm also eine obszöne Zeitschrift und ein leeres Mostrichglas und schreibt ihm, er soll – ich weiß nicht, wie ich das ausdrücken soll –, er soll das in das Glas tun und es ihr dann zurückschicken, damit sie davon schwanger werden kann. Verstehen Sie?«

»Ja«, sagte Roy.

»Mein Bruder, ein vollkommener Idiot, tut das also. Und dann glaubt er ihr, als sie ihm schreibt, dass sie ein Baby von ihm bekommt. Können Sie sich das vorstellen?«

»Das war Ihr ältester Bruder?«, fragte Roy.

»Ja. Ein Dummkopf! Alle Welt wusste von diesem Betrug, und die Leute haben ihm sogar gesagt, dass es ein Betrug war, aber er glaubt ihr immer noch. Selbst ich hab ihm gesagt, dass er betrogen worden ist, aber er glaubt ihr immer noch. Er glaubt immer noch, dass es sein Kind ist. Als hätte das, was immer er ihr von Deutschland nach Montana geschickt hatte, dieses Baby gemacht nach sonst wie vielen Tagen in der Post.«

Roy wusste nicht, was er darauf entgegnen sollte, deshalb nickte er nur.

»Es tut mir leid«, sagte Alice. »Das war ziemlich anstößig.«

»Ist schon in Ordnung.«

»Aber es zeigt, wie beschränkt meine Familie ist. Jedenfalls meine Brüder.«

»Na ja, das ist schon 'ne tolle Geschichte.«

»Allerdings.«

Artie kam in die Schenke. Er hatte sein Haar zu einem Pferdeschwanz zusammengebunden und trug eine grüne Baseballmütze mit einem besonders gestalteten Monogramm darauf. Sein Hemd hatte weiße Druckknöpfe, und als er durch einen Sonnenstrahl ging, leuchteten sie wie matte, ebenmäßige Perlen.

»Sieht aus, als bekommst du neue Gesellschaft«, sagte er zu Carl, während er sich neben Alice setzte. »Besucher aus dem fernen Land Montana.«

»Deine Kinder waren heute hier«, berichtete Carl.

»Haben sie Ärger gemacht?«

»Sie haben mir nur erzählt, dass du dir ein paar Schnappschildkröten beschafft hast, sonst nichts.«

»Wenn meine Jungs irgendwelchen Ärger machen, sag's mir.«

»Du solltest mich lieber zur Suppe zu dir einladen«, erwiderte Carl, und Artie fragte Alice: »Mögen Sie Snapper?«

»Schildkröten? Hab ich noch nie gegessen.«

»Vielleicht lade ich Sie dazu ein. Sie mögen sie vielleicht.«

Alice wandte sich Roy zu und sagte: »Mein zweitältester Bruder ist Judd, und er ist auch nicht gerade ein Genie. Er ging fort, und drei Jahre lang hörten wir nichts von ihm. Wir dachten schon, er wäre tot. Dann bekam meine Mutter an einem Nachmittag einen Anruf …«

»Sie erzählt dir wohl jetzt schon ihre Lebensgeschichte?«, wurde Roy von Artie gefragt, aber Alice fuhr fort.

»Sie bekam einen Anruf, und zwar von Judd. ›Hi, Mom‹, meldete er sich, so als wäre er nur mal eben für den Nachmittag weggegangen. ›Hi, Mom, ich bin in New Jersey im Rekrutierungszentrum, und die nette Dame hier sagt, ich kann drei Mahlzeiten am Tag haben und neue Sachen, wenn ich mich für die Armee melde. Also, Mom‹, fragte Judd, ›wie lautet meine Sozialversicherungsnummer?‹«

»Worum ging's?«, erkundigte sich Artie.

»Judd ließ sich also anwerben«, fuhr Alice fort, ihn ignorierend. »Meine Mom sagt, die Armee ist die einzige Zuflucht für Dummköpfe wie meine Brüder. Wenn Pete nicht mit mir nach Florida ginge, würde er wahrscheinlich auch in der Armee landen.«

»Ich bin mal in Florida gewesen«, sagte Artie. »Ich habe da auf einem Fischerboot gearbeitet. Ich hab in einem rosa Haus gewohnt. Direkt am Meer.«

»Tatsächlich«, sagte Alice.

Carl brachte ihr ein Sandwich, und sie aß es halb auf, bevor sie weitersprach. »Meine Weisheitszähne kommen raus. Haben Sie die jemals gekriegt?«, fragte sie Roy.

»Ja, klar«, antwortete Artie. »Tut verdammt weh, aber es gibt keine Weisheit ohne Schmerzen.« Er lachte. Es brach nur einmal hart aus ihm heraus, gleich einem bei Kälte stotternden Motor, und dann fragte er Alice: »Warum tragen Sie Ihr Haar so kurz?«

»Es gefällt mir so«, sagte sie.

»Mädchen sollten langes Haar haben.«

»Jungen sollten kurzes Haar haben.« Sie deutete auf seinen Pferdeschwanz.

»Sie haben eine scharfe Zunge, stimmt's?«

»Ich weiß nicht, was das heißt.«

»Sie können ganz schön klugscheißen, das heißt es«, sagte Artie, und darauf war Pete so schnell an der Theke, dass er, wie Roy jetzt erkannte, die ganze Zeit hinter ihnen gestanden und gewartet haben musste.

»Reden Sie gefälligst nicht so mit meiner Schwester«, sagte Pete.

Artie lachte wieder, diesen einzigen mechanischen Ausstoß. »Wen haben wir denn da, Kleiner«, brummte er. »Harter Bursche.«

»Leck mich doch, Kumpel«, konterte Pete. »Ich sagte, du sollst gefälligst nicht so mit meiner Schwester reden.«

Roy hörte Alice stöhnen: »Du lieber Himmel.« Sie glitt von ihrem Barhocker und rückte weg. Roy reagierte nicht so rasch. Als Pete zuschlug und einen vollen Treffer landete, stieß er Artie hart gegen Roys Schulter. Dann stand er ruhig und ungeschützt da, während Artie aufstand, einmal den Kopf schüttelte und seinen Hut zurechtrückte. Mit der Präzision der Erfahrung holte Artie dann aus und schlug Pete mitten ins Gesicht, und er sah zu, wie Pete in perfekter Diagonale nach hinten kippte und mit dem Kopf hart auf die Ecke der Theke knallte. Der Aufschlag war lauter als irgendein anderes Geräusch in dem Raum an dem ganzen Nachmittag, und dann war es vorbei.

Zu Roys Überraschung kam Alice zuerst zu ihm, wobei sie sogar über ihren Bruder hinwegstieg, um die schlimme Stelle an seiner Schulter zu befühlen, auf die Artie gefallen war.

»Sind Sie okay?«, fragte sie. Roy nickte.

»Es tut mir leid«, entschuldigte sie sich bei ihm.

»Ihr Bruder sollte den Mund halten«, sagte Artie.

»Ich wünschte, Sie würden nicht mit mir reden.« Alice sagte das mit leiser Stimme, sie sah Artie nicht einmal an. »Ich wünschte wirklich, Sie würden mich einfach in Ruhe lassen.«

Daraufhin bemerkte Carl, ohne Bosheit oder Erregung: »Du solltest jetzt nach Hause gehen, Art.« Er sagte das so, wie Roys Arzt ein Jahr zuvor empfohlen hatte: »Sie sollten aufhören, Salz zu essen.« Und so, wie Roys Frau zu Emma zu sagen pflegte: »Du solltest heute Morgen einen warmen Mantel anziehen.« Eine ruhige Aufforderung.

Und Artie ging wirklich, so als würde er von seinem eigenen Vater ermahnt, leise fluchend, aber gehorsam.

Carl kniete neben Pete und meinte: »Es wird schon wieder. Nur eine dicke Beule.«

»Es tut mir wirklich leid«, wiederholte Alice, und dann fragte sie: »Meinen Sie, dass wir ihn irgendwo hinbringen können?«

»Wir fahren zu mir nach Hause«, sagte Roy. Als er aufstand, stellte er verwundert fest, dass seine Beine derart zitterten, dass er sich ein paar Augenblicke an die Theke lehnen musste, ehe er laufen konnte. Die drei hoben Pete auf, trugen ihn zur Tür hinaus und die Stufen hinunter zu Roys Auto.

»Legt ihn auf den Rücksitz«, wies Roy die anderen an, woraufhin Alice einwandte: »Aber seine Nase. Er wird alles vollbluten.«

»Das macht nichts.«

Als sie Pete ins Auto schoben, öffnete er die Augen für einen Moment, richtete sie mühsam auf Alices Gesicht und sagte: »Mom hat mir gesagt ...«

»Halt den Mund, Pete. Würdest du bitte einfach nur den Mund halten?«, unterbrach Alice ihn, und Roy dachte, sie würde vielleicht anfangen zu weinen, aber sie tat es nicht.

»Hast mehr abgekriegt, als dir lieb war, Roy.« Carl lachte.

»Ich kann Ihnen gar nicht sagen, wie leid mir das alles tut«, erklärte Alice wieder, aber Roy führte sie nur auf die Fahrgastseite und half ihr ins Auto.

Dann fuhren sie los. Aus Verona heraus gen Westen, die Sonne war gerade ohne alle Umstände, ohne Farben und ohne Mühe endgültig untergegangen. Es wurde dunkel, und es war noch immer heiß. Alice entschuldigte sich noch einmal, und Roy sagte, dass es nicht ihre Schuld gewesen sei.

»Alle meine Brüder sind Schwachköpfe, alle. Meine Mom meint, ich sei die Einzige in der Familie, die selbständig denken kann.«

»Wie viele Brüder haben Sie denn?«, erkundigte sich Roy. Die Frage erschien ihm geistlos, wenn man die Umstände bedachte, aber Alice beantwortete sie sofort.

»Fünf«, sagte sie. »Steven, Lenny, Judd, Pete und Eddie.«

»Und Sie.«

»Und ich. Sie sind alle in der Armee, außer Pete und Eddie, die sind noch zu jung. Eddie ist erst sechs. Meine Brüder können nicht eine einzige Sache richtig machen.«

Sie fuhren schweigend durch die Sonnenblumenfelder. Roy dachte daran, Alice zu erzählen, dass die Sonnenblumen am Morgen immer nach Osten blickten und wenn es dunkel wird nach Westen. Er dachte, es könnte sie interessieren oder ihr sogar helfen, sollte sie sich einmal in North Dakota verirren. Doch sie schien sich nicht unterhalten zu wollen, und so behielt er es für sich. Sie fuhren an dem weißen Truck, der in einem Graben abgestellt war, vorbei, ohne etwas dazu zu sagen, dann sprach Alice wieder.

»Mein kleinster Bruder, Eddie, starb im vorigen Jahr beinahe«, sagte sie. »Er starb beinahe. Er hielt sich gerade im Haus unseres Nachbarn auf, als dort ein Feuer ausbrach. Alle kamen heraus, außer ihm, und als der Feuerwehrmann in sein Zimmer kam, versteckte sich Eddie unterm Bett. Er sah nur diese Sauerstoffmaske und bildete sich ein, ein Ungeheuer sei hinter ihm her.«

»Das war sehr schlimm.«

»Es ist gut gegangen. Sie fanden ihn, und er war okay. Aber als sie mir erzählten, was geschehen war, schoss mir als Erstes durch den Kopf, was für ein dummes Kind mein Bruder doch schon war. Ich weiß, er ist erst sechs, aber sich mitten in einem Feuer vor einem Feuerwehrmann zu verstecken … Es ist ja nur so, wenn er gestorben wäre, dann hätte ich nicht gedacht, dass er dumm sei. Er hätte mir nur gefehlt. Es gibt einen großen Unterschied, meine ich, zwischen beinahe sterben und wirklich sterben.«

Roy hätte fast gesagt: *In Ihrem Alter denkt man das wohl*, aber das klang bitter, selbst für ihn, und so antwortete er nicht.

Während sie die vertraute Straße entlangfuhren, dachte Roy an die leeren, verfallenen Häuser von Leuten, mit denen er aufgewachsen war, Leute, die nun fort waren: tot oder beinahe tot. Was, dachte Roy, sehr wohl das Gleiche sein mochte. Verona selbst war fast tot, so wie zahllose andere Städte, die er ebenso gekannt hatte. Er dachte an seine Frau, die zweimal beinahe gestorben war, ehe sie dem letzten Herzanfall erlag. »Mir ist kalt«, hatte seine Frau gesagt, nachdem sie ohne Schuhe und Mantel durch den Januarschnee zur Garage gelaufen war, wo Roy gerade ihren Esszimmertisch aufpolierte. »Mir ist kalt«, sagte sie, und dann starb sie, nicht beinahe, sondern wirklich. Und nun fühlte sich Roy, mit seiner Schulterprellung, einem bewusstlosen Jungen auf der Rückbank des Autos, das er für seine Frau gekauft hatte, und einem Mädchen neben sich, das halb so alt war wie seine Tochter, als sei auch er dem Tode sehr nahe, so als wäre er beinahe tot.

Als wäre Alice seinen Gedanken die ganze Zeit gefolgt, glitt sie zu ihm hinüber und legte ihre Hand auf die seine. Ihre Berührung war gleichzeitig die einer Mutter, einer Geliebten, einer Tochter, und es war schon so lange her, dass Roy all dies gekannt hatte, dass er seufzte und seinen Kopf nach vorn fallen ließ. Er schloss die Augen. Alice griff nach dem Lenkrad, und er überließ es ihr. Er wusste, dass die Straße gerade und ungefährlich war und dass es für den Augenblick besser sein würde, *sie* fahren zu lassen.

»Es ist okay«, sagte sie, fasste das Lenkrad und schaltete die Scheinwerfer ein. Es war noch nicht dunkel, aber die Lampen würden sie sichtbar machen für jeden, der gen Osten unterwegs war, und für jeden, der verfolgen würde, wie sie durch die verlassene Prärie von North Dakota fuhren.

Ein guter Schütze

Gashouse Johnson erschien kurz vor Mittag, um Tanner abzuholen. Er klopfte an die Tür der Rodgers und wartete dann, während er im Vorbau hin und her ging und die Zimmermannsarbeit begutachtete. Snipe, sein Hund, folgte ihm humpelnd wie ein Mensch mit einer Kugel im Rückgrat. Diane, Tanners Mutter, kam zur Tür. Sie hatte ihr schönes blondes Haar gänzlich nach hinten gebunden.

»Diane«, sagte er.

»Gashouse.«

»Ich möchte Tanner heute zum Taubenschießen mitnehmen.«

Diane hob die Augenbrauen. Gashouse wartete auf eine Antwort, aber es kam keine.

»Ich glaube, es würde ihm gefallen«, fuhr Gashouse fort. »Ich glaube, er würde Taubenschießen gern mal sehen.«

»Er geht da nicht hin«, entgegnete Diane.

»Ich möchte ihn aber sehr gern mitnehmen. Wegen seines Vaters.«

»Er ist da noch nie hingegangen. Auch nicht mit seinem Vater.«

»Was soll das, Diane? Ist das eine Vorschrift bei euch oder so etwas Ähnliches?«

»Vielleicht.«

»Also komm, Diane.«

»Ich finde, das ist eine grausame Sache. Wirklich.«

»Du hast es aber mal gemocht.«

»Ich habe es nie gemocht.«

»Du bist aber hingegangen.«

»Ja, ich bin hingegangen. Aber ich habe es nie gemocht.«

»Ed hat es gemocht.«

»Tanner wird nicht gehen«, erklärte Diane wieder. »Es interessiert ihn nicht mal.«

»Da oben sind Leute, die Ed mögen. Ein Junge sollte die Leute kennenlernen, die Ed mögen. Es ist gut für einen Jungen, auf diese Weise Leute kennenzulernen.«

Diane sagte nichts.

»Ich schieße heute für Ed«, verkündete Gashouse. »Bis sie jemand anders finden, der ihn ständig vertreten kann. Oder bis es ihm besser geht, meine ich.«

»Das ist sehr nett von dir.«

»Ich bin ein guter Schütze, Diane. Ich war ein verdammt guter Schütze, als wir Kinder waren.«

»Schön.«

»Natürlich bin ich nicht Ed.«

»Wie viel Tauben beabsichtigst du denn heute zu schießen?«

»Viele«, Gashouse lächelte. »Ich werde ganz viele Tauben schießen. Ich werde dafür sorgen, dass auch Tanner Massen von Tauben schießt.«

Diane nickte müde.

»Teufel noch mal, ich werde genug Tauben schießen, um dir einen Mantel daraus zu machen«, sagte er, und dann musste Diane doch lächeln. Gashouses Lächeln wurde breiter. »Na, wie ist's, Diane? Lass mich deinen Sohn mitnehmen, und wir bringen dir einen wunderschönen Taubenpelzmantel mit zurück.«

Diane blickte an Gashouse Johnson vorbei nach Snipe, der sich hinzulegen versuchte. »Was ist denn mit dem Hund passiert?«, fragte sie.

»Er ist alt geworden.«

»Er sieht schlimm aus. Er sieht so aus, als wäre er überfahren worden.«

»Er ist nur alt geworden.«

»Das ist kein Ort für Hunde da oben«, meinte Diane. »Nicht für Hunde und auch nicht für Kinder. Hunde werden da oben erschossen.«

»Nein. Tauben werden da oben geschossen. Es hat noch niemand einen Hund oder ein Kind erschossen.«

»Ed hat da oben einmal einen Hund getötet, weil er heruntergefallenen Vögeln nachgejagt ist.«

»Davon weiß ich gar nichts.« Gashouse holte sein Taschentuch heraus und schnaubte durch die Nase.

»Gashouse«, sagte sie, »möchtest du vielleicht hereinkommen?«

»Nein, ich will dich nicht stören.«

Snipe lag bei einem Paar Stiefel dicht neben den Stufen des Vorbaus und kaute an seinem Schwanz. Sein Kopf war selbst so dick und braun wie ein Stiefel, und während er kaute, sah er Diane an. Sein Hundegesicht war leer.

»Wie alt ist er denn?«, fragte Diane.

»Elf.«

»Genauso alt wie mein Tanner.«

»Ich hoffe, dein Junge hält sich ein bisschen länger als mein Hund.«

Diane lächelte wieder. Sie sahen einander an. Einen Moment später fragte sie: »Hast du Ed im Krankenhaus besucht?«

»Heute Morgen.«

»Hat er dir gesagt, dass du herkommen und mich kontrollieren sollst? Ist es das?«

»Nein.«

»Hat er dir gesagt, du sollst etwas Zeit mit Tanner verbringen?«

»Nein.«

»Was hat er dann gesagt?«

»Ed? Er sagte: ›Du meinst, die erste Zigarette am Tage schmeckt gut? Warte, bis du die erste Zigarette nach einem dreifachen Bypass probierst.‹«

Diesmal lächelte Diane nicht. »Den Witz hat er mir auch erzählt«, meinte sie. »Nur rauche ich nicht.«

»Ich auch nicht, ich prieme.«

»Na ja«, sagte Diane, »und ich trinke.«

Gashouse sah auf seine Hände, blickte lange auf seinen Daumennagel. Diane bemerkte: »Du hast etwas an deinem Bart. Einen Krümel oder so was Ähnliches.«

Er wischte ihn weg und entgegnete: »Könnte vom Toast gewesen sein.«

»Es sah eher aus wie ein Fussel.«

»Was macht denn Tanner gerade, Diane? Komm schon, Diane. Geh und frag deinen Sohn, ob er mitkommen möchte zu einem richtigen Taubenschießen mit lebendigen Tauben.«

»Du bist ein Optimist, Gashouse. Ja, wirklich.«

»Komm schon, Diane. Was macht er denn gerade?«

»Sich vor dir verstecken.«

»Es wird ihm sehr gefallen«, meinte Gashouse. »Wenn er nicht erschossen wird …«

»Er möchte vielleicht nicht einmal hingehen«, sagte Diane, und Gashouse erwiderte: »Frag ihn. Geh doch hin und frag ihn.«

Später fuhren Tanner Rogers und Gashouse Johnson in Gashouses Truck durch die Stadt. Der Junge war mit einem

dicken Wintermantel, einer roten Jagdmütze und Schnür-
stiefeln bekleidet. Er war schüchtern, und es kostete ihn einige Zeit, bis er Gashouse die Frage stellte, die ihn im Stillen
beschäftigte.

»Ist es nicht verboten? Tauben zu schießen?«

»Ach wo«, sagte Gashouse. »Tauben zu schießen ist nicht
verboten. Wetten auf Leute, die Tauben schießen, ist verboten.«

»Und was ist mit meinem Dad?«

»Dein Dad? Der wettet doch nicht. Er schießt nur Tauben. Alle Leute setzen auf die Schützen. Verstehst du? Alle
setzen auf deinen Vater und schätzen, wie viele Tauben er
schießen kann. Dein Dad braucht nicht zu wetten.«

»Und Sie?«

»Ich wette wie verrückt. Und du?«

Tanner zuckte mit den Achseln.

»Wie viel Geld hast du denn bei dir, mein Sohn?«

Tanner nahm eine Handvoll Kleingeld voller Fusseln aus
seiner Tasche. »Einen Dollar achtzehn.«

»Setze alles«, rief Gashouse. Dann lachte er und brüllte:
»Verdopple es!« Er haute mit der Hand auf das Lenkrad.
»Verdopple es! Verdreifache es! Ha!«

Snipe bellte einmal, das leise Bellen eines Jagdhundes.
Gashouse drehte sich rasch um und sah Tanner an, plötzlich
ernst. »Hast du was gesagt, Junge?«

»Nein«, entgegnete Tanner, »das war Ihr Hund.«

Gashouse beugte sich vor und wischte mit seinem Ärmel
die Innenseite der Windschutzscheibe ab. »Junge, ich hab
doch nur einen Scherz mit dir gemacht. Es war mein Hund,
der gebellt hat. Das wusste ich doch.«

»Klar«, sagte Tanner. »Ich auch.«

»Guter Junge. Wir hatten alle ein bisschen Spaß, stimmt's?«

»Klar«, sagte Tanner. »Ist okay.«

Auf ihrem Weg aus der Stadt hielt Gashouse an Miles Spivaks Lebensmittelgeschäft, um Patronen für Schrotflinten zu kaufen. Miles stand selbst hinter dem Ladentisch, er sah trüb und alt aus. Er fand die Patronen, nach denen Gashouse gefragt hatte.

»Miles!«, rief Gashouse. »Ich schieße heute für Ed Rogers. Du solltest wenigstens dieses eine Mal hinkommen. Du könntest deinen Spaß haben, Miles! Und du könntest sehen, wie verdammt gut ich schieße.«

Miles sah sich langsam in seinem Laden um, als erwarte er, noch jemand anders hinter sich auftauchen zu sehen. »Verdammt, Gashouse. Du weißt doch, ich bin allein hier. Du weißt, ich kann nicht weg.«

»Aber *ich* schieße heute, Miles! Es lohnt sich, dafür früher zu schließen. Ich war immer ein verdammt guter Schütze.«

Miles dachte darüber nach.

»Kennst du Eds Jungen?« Gashouse legte seine große Hand auf Tanners Kopf.

»Hab selber fünf Jungs. Der Letzte ist grade erst vor zwei Monaten gekommen. Mit Kaiserschnitt. Hast du schon mal so was gesehen?«, fragte Miles Tanner.

»Um Himmels willen, Miles«, sagte Gashouse. »Er ist doch noch ein Kind.«

»Haben ihre Eileiter gleich dort abgeschnürt. Wir werden also keine Kinder mehr bekommen. Na, das zu beobachten ist schon was, seine eigene Frau einfach so aufgemacht daliegen zu sehen. Frauen haben eine ganz schön winzige Ausrüstung innen drin. Schon mal diese kleinen Dinger gesehen? Diese kleinen Eileiter?«

»Herrgott noch mal, Miles«, versetzte Gashouse. »Wärst du nicht überrascht, wenn das Kind *ja* sagte?«

»Ganz verwünschte Dinger«, sagte Miles. »Die winzigsten, verwünschtesten Dinger, die du jemals gesehen hast.«

»Lass uns von hier weggehen, Tanner«, meinte Gashouse. »Wir haben es hier mit einem Verrückten zu tun.«

Als sie zur Tür gingen, rief ihnen Miles hinterher: »Mein Weib ist eine wunderbare Frau!«

»Ich will dir was sagen über den da«, sagte Gashouse, als sie draußen waren. »Er ist zu dumm, um mit beiden Augen gleichzeitig zu blinzeln.«

Als sie wieder im Truck saßen, nahm Gashouse den Karton mit den Patronen aus seiner Tasche und studierte sorgfältig die Aufschrift. »Verdammt«, fluchte er, »ich weiß nicht recht.« Er drehte den Karton um und las sie noch einmal.

Tanner fragte: »Was für ein Gewehr haben Sie denn?«

»Zwölfer Kaliber.« Er sah zu ihm hinüber. »Kannst du damit was anfangen?«

»Mein Dad hat eine achtzehner Doppelflinte.«

»Sechzehner«, verbesserte Gashouse, während er den Patronenkarton wieder in die Tasche steckte. »Ed hat eine sechzehner Doppelflinte. Ich sag dir das gleich vorweg. Es ist verdammt lange her, seit ich mit einer Flinte geschossen habe.«

Gashouse seufzte, dann schlug er wieder mit der Hand auf das Lenkrad.

»Hey, aber was soll's! Es ist noch nicht mal mein Gewehr. Es gehört Dick Clay! Ha!«

Snipe bellte wieder von unten.

»Ich hab nichts gesagt«, erklärte Tanner.

»Ha!« Gashouse schlug sich auf die Knie. »Ha! Du hast den Spaß begriffen, mein Sohn! Du hast ihn begriffen!«

Gashouse startete den Truck und setzte aus der Parklücke. Er sagte: »Gut, dass du Spaß verstehst, denn wir sind heute unterwegs zu einem großen Vergnügen, das ist sicher. Wenn du irgendwas wissen willst, dann frag mich nur.«

»Warum werden Sie Gashouse genannt?«, erkundigte sich Tanner.

»Furze«, erwiderte er ohne Zögern. »Auch einige echte Holzhacker. Richtige Eisbrecher. Aber es ist jetzt besser als früher. Keine Milchprodukte mehr.«

»Nennt mein Dad Sie so?«

»Ja.«

»Nennt meine Mom Sie so?«

»Tanner«, sagte Gashouse, »das ist so eine Art Konsens. Weißt du, was man unter Konsens versteht?«

»Nein.«

»Na ja«, sagte Gashouse. »Das eben.«

Bei dem nächsten Stoppschild kurbelte Gashouse sein Fenster herunter und rief einer rothaarigen Frau auf dem Bürgersteig zu: »Hallo! Hallo, du kleiner Pfannkuchenberg!«

Sie lächelte und machte eine Handbewegung zu ihm hinüber, so als wollte sie Bonbonpapier wegwerfen.

»Hallo! Hallo, du kleine Speckseite! Hallo, du kleine dicke Apfelpastete!«

Die Frau warf ihm eine Kusshand zu und ging immer weiter.

»Wir sehen uns später!«, schrie er. »Meine Hübsche!«

Gashouse Johnson kurbelte das Fenster wieder hoch und sagte zu Tanner: »Da geht mein Mädchen. Ist es zu glauben, dass sie schon fünfzig ist? Wer würde das vermuten?«

»Ich glaube, ich kenne sie von der Schule«, meinte Tanner zaghaft.

»Möglich«, erwiderte Gashouse. »Es ist möglich, denn sie unterrichtet da tatsächlich manchmal als Aushilfe. Sie sieht großartig aus, meinst du nicht auch? Eine gut aussehende

74

Frau. Man würde nie auf ihr Alter kommen, stimmt's? Solange sie ihr Hemd anbehält, stimmt's?«

Tanner wurde rot und beugte sich hinunter, um Snipes Kopf zu tätscheln. Der Hund wachte auf und hechelte dankbar, sein Atem war heiß und dampfend. Der Mann und der Junge fuhren schweigend weiter. Sie fuhren aus der Stadt heraus und vorbei an der Müllhalde, vorbei am Friedhof, vorbei an den Farmen, vorbei an einem Kornfeld, neben dem ein Feuerwehrauto stand. Die Straße war nun unbefestigt, und sie rollten geräuschvoll über den breiten Rost eines Viehzauns. Gashouse fuhr immer noch weiter diese verlassene Straße hinauf. Dann bog er plötzlich links in eine Bergwerksstraße ab und scherte langsam in tiefe Furchen ein, die möglicherweise von Autoreifen gegraben worden waren, vielleicht aber auch vom Wasser. Als die Bewaldung ganz plötzlich aufhörte, kamen sie an den Rand einer weiten, flachen Senke voller Steine und Morast – das unwirtliche Grab eines verlassenen Tagebaus.

Ein paar Trucks standen bereits da, ordentlich in einer Reihe wie in einem Autokino. Männer sprachen in kleinen Gruppen miteinander, stießen mit den Füßen gegen Steine, während ihre Hunde über ihre schlammbeschmierten Schuhe liefen. Gashouse und Tanner stiegen aus ihrem Truck. Snipe folgte ihnen mühsam.

»Hey!«, sagte Gashouse zu Dick Clay. »Schließt eure Wetten ab!«

»Können wir nicht«, entgegnete Dick. »Keine Vögel. Willis haben sie dichtgemacht.«

»Wer hat das veranlasst? Verdammt noch mal, wer?«

Dick zögerte. »Die Behörden.«

»Na«, sagte Gashouse, »komm ich mir da nicht vor, als hätte man mir in den Hintern getreten?«

»Kommt vor.« Dick zuckte mit den Achseln.

»Das ist doch in zwanzig Jahren nicht vorgekommen«, sagte Gashouse. »Willis haben die Behörden dichtgemacht, ja? Zum Teufel. *Welche* verdammten Behörden denn?«

Die anderen Männer sahen sich an. Einer von ihnen hustete und sagte dann: »Nur ein paar Justizbeamte, die ihre Arbeit getan haben.«

»Nur ein paar gute Jungs«, meinte ein anderer Mann. »Nur ein paar Burschen, die auch mal das Gesetz angewendet haben.«

»Es ist nicht verboten, Tauben zu schießen«, wandte Tanner ein.

Die Männer sahen ihn an.

»Gashouse«, fragte Dick Clay ruhig, »ist das Ed Rogers' Junge?«

»Ja, klar.« Gashouse legte wieder seine große Hand auf Tanners Kopf.

»Ed will nicht, dass der Junge hierher kommt, Gashouse«, sagte Dick.

»Das ist nicht wahr, Dick. Es ist Diane, die den Jungen nicht hier rauflassen will.«

»Was hast du gemacht? Ihn gekidnappt?«

»Ich hab ihn eingeladen«, erklärte Gashouse. »Ich hab ihn eingeladen, hier mit raufzukommen und zuzusehen, wie ich für seinen Alten einspringe. Ich hab ihn eingeladen, hier mit raufzukommen und mit anzusehen, wie ich ein paar Vögel für seinen Alten schieße.«

Die Männer sahen sich an, blickten auf ihre Stiefel, starrten auf ihre Hunde.

»Ich bin hergekommen, um ein paar Tauben zu schießen, und, verdammt nochmal«, sagte Gashouse, »ich werde sie auch schießen. Ich geh zu Willis. Ich werde herausfinden, was zum Teufel hier vor sich geht. Behörden bei ihm dichtgemacht! Mal sehn, ob ich da nicht was machen kann.«

»Übrigens«, sagte Dick, »macht das eigentlich gar nichts. Es hat sowieso niemand die Absicht, hier aufzukreuzen. Ed liegt im Krankenhaus. Das Taubenschießen ist deshalb im Augenblick so gut wie abgesagt.«

»Aber *ich werde* für Ed schießen«, sagte Gashouse und lächelte dabei, als hätte er etwas geklärt. »*Ich werde* für Ed schießen, und alle, die gewöhnlich auf Ed setzen, können ja auf mich setzen.«

Dick schwieg.

»Um Himmels willen, Dick. Du weißt, dass ich heute schieße. Du hast mir doch schließlich dein Gewehr geliehen.«

»Ich muss dir was sagen«, erklärte Dick, »weil du mein guter Freund bist. Die Wahrheit ist, Gashouse, dass die Behörden Willis gar nicht dichtgemacht haben. Das ist die Wahrheit, Gashouse.«

Ein paar der Männer begannen so ganz beiläufig zu ihren Trucks zurückzuschlendern.

»Dick«, fragte Gashouse. »Wo zum Teufel gehn die Leute hin?«

»Gashouse«, entgegnete Dick, »ich will dir was sagen. Und ich sage dir nur, was ich gehört habe. Das ist nicht meine Meinung. Das sagen die Männer. Ich hab einigen erzählt, dass du für Ed schießen willst, und sie sagten, dass sie das Taubenschießen dann lieber absagen würden. Sie glauben, dass auf dich zu setzen nicht viel wert ist. Sie meinen, sie wollten lieber zu Hause bleiben, bis wir jemand anders gefunden haben.«

Die Männer standen darauf ruhig da, wie Büßer oder Inspektoren.

»Tja«, sagte Gashouse schließlich, »na schön. Wir wollen deswegen keinen tadeln. Nicht wahr, Tanner? Nicht wahr, mein Sohn?«

In Willis Listers Scheune gab es Dutzende von Tauben. Sie befanden sich in Käfigen und saßen dort in einer Staubwolke von alten Federn und Exkrementen. Die Laute all dieser Vögel waren ein vereintes Glucksen, gleich einer dicken Masse, die gerade zum Kochen kommt.

»Dick Clay hat mir gesagt, ich soll nicht kommen«, sagte Willis Lister zu Gashouse Johnson. »Wegen Ed. Er hat mir erklärt, sie würden das Taubenschießen für eine Weile ausfallen lassen.«

»Also hör mal«, sagte Gashouse, »ich seh das ja ein. Aber ich dachte, Tanner hier möchte mich vielleicht für seinen Dad schießen sehen. Tanners Dad liegt nämlich im Krankenhaus.«

»Das weiß ich.«

»Und ich dachte, es wäre vielleicht was ganz Besonderes für das Kind, mal ein Taubenschießen zu sehen. Wegen der großen Wertschätzung, die die Männer alle seinem Alten entgegenbringen. Ich dachte, er möchte mich vielleicht einige Vögel für seinen Alten schießen sehen. Wegen der großen Wertschätzung, die *ich* seinem Dad entgegenbringe. Und wegen der großen Wertschätzung, die ich seiner Mutter entgegenbringe.«

Der Taubenhalter hockte sich hin und sah Tanner an. »Es tut mir leid«, sagte er, »das mit deinem Vater.« Willis war zwar ein alter Mann, doch sein Gesicht war noch immer glatt und ohne Runzeln, abgesehen von einer kleinen Narbe in der Form einer Sichel, die sich rosafarben auf seiner Wange abzeichnete und wie ein Stückchen Glimmer glänzte.

»Bedank dich bei dem Mann.« Gashouse stupste Tanner.
»Danke.«

Willis blieb hocken. »Mein Junge«, sagte er, »dein Haar ist heute wirklich struppig.«

Er nahm einen Kamm aus der Latztasche seines Overalls und bot ihn Tanner an.

»Es ist okay«, erwiderte Tanner.

Willis sah ihn noch immer an und wartete.

Tanner sagte schließlich: »Ich hab mich heute schon gekämmt.«

»Es ist aber wirklich struppig. Ein Junge sollte versuchen, sich ordentlich zu halten.«

»Ich hab letzte Nacht darauf geschlafen, als es noch nass war. Ich kann es nicht richtig runterkämmen.«

Doch Willis hielt ihm noch immer den Kamm hin. Gashouse stupste Tanner wieder: »Warum benutzt du nicht den Kamm von dem Mann, mein Junge?«

Tanner nahm den Kamm aus Willis Listers Hand und fuhr sich damit einmal durch sein Haar. Dann gab er ihn zurück.

Gashouse sagte: »Nun dank dem Mann schon dafür, dass er dir den Kamm angeboten hat.«

»Danke, Sir.«

»Gern geschehen, mein Junge«, antwortete Willis. »Siehst du jetzt nicht ordentlicher aus?«

Willis stand auf und wandte sich Gashouse zu. »Was brauchst du von hier?«

»Vögel.«

»Es ist niemand hier zum Wetten, Gashouse. Es gibt heute kein Taubenschießen.«

»Ich brauche niemand zum Wetten«, entgegnete Gashouse grienend. »Ich brauche nur Vögel. Ich will sie gleich hier schießen.«

Willis antwortete nicht, und Gashouse stampfte mit dem Fuß auf und lachte so laut, dass die Tauben in ein erregtes Geschwätz ausbrachen. »Hey! Ich meine doch – nicht *hier*! Ich werde doch deine Tauben nicht gleich hier in ihren Käfigen schießen. Der Junge ist schließlich nicht hergekommen, um mich Vögel im Käfig schießen zu sehen. Ich will ein paar davon auf deinem Hof schießen. Nur damit der Junge eine Vorstellung vom Taubenschießen bekommt.«

Er hörte auf zu lachen, suchte sein Taschentuch und schnaubte sich die Nase. Willis sah ihn an, auch Tanner, der sein Haar mit beiden Händen herunterdrückte. Willis sah zu Snipe hin, der an der Drahttür eines leeren Käfigs leckte.

»Wie viele?«, fragte Willis. »Wie viele Vögel für dein kleines Abenteuer?«

Gashouse steckte sein Taschentuch wieder ein und holte eine Brieftasche hervor, der er einen Zwanzigdollarschein entnahm. »Kannst du mir vier Vögel für zwanzig Dollar geben? Würdest du das tun, Willis?«

Willis machte ein gequältes Gesicht. »Vier Vögel? Was sind schon vier Vögel? Ich verliere mehr Vögel in einer Woche durch die Ratten.« Er wandte sich wieder an Tanner. »Wie viele möchtest du denn schießen, mein Junge?«

»Ich?« Tanner sah Gashouse unsicher an.

»*Ich* schieße, Willis«, sagte Gashouse. »Ich erklär es dir noch einmal. Die Sache ist die: Ich möchte, dass der Junge sieht, wie sein Dad das macht. Ich möchte, dass der Junge sieht, wie sein Dad berühmt geworden ist.«

»Wie viele Vögel?«

»Ich denke, ich brauche nur einen zu töten.«

»Zum Kuckuck, Gashouse, du *kannst* einen Vogel *haben*. Was zum Teufel ist schon ein Vogel für mich?«

Gashouse blickte lange auf seinen Daumennagel. »Das

Problem ist, ich brauche vielleicht ein *paar* Vögel, um einen zu töten ...«

»Herrgott, Mann!«

»Komm schon, Willis. Es ist eine verdammt lange Zeit her. Ich könnte zumindest den ersten Vogel verfehlen.« Er hielt inne. »Du weißt, ich war früher ein verdammt guter Schütze, als ...«

»Du kannst drei Vögel haben«, unterbrach ihn Willis.

»Ich war früher ein toller Schütze.«

»Du kannst doch von drei Vögeln einen treffen?«

»Du lieber Himmel«, sagte Gashouse. »Zum Teufel, wir wollen's wenigstens alle hoffen.«

Willis ging zum nächsten Käfig und stieg dabei über Snipe hinweg, der immer noch an der Gittertür leckte, als wäre es Bratensoße. Er öffnete die Klapptür und zog die Tauben eine nach der anderen heraus – am Fuß oder am Flügel – mit einem Stirnrunzeln über den Staub und die Federn, die durch die Panik unter ihnen aufgewirbelt wurden. Er klemmte sich unter jeden Arm eine wie ein Schulbuch und reichte Tanner die dritte. »Halte die Flügel fest«, wies Willis ihn an, »damit sie sich nicht die Seele aus dem Leib schlägt.«

Tanner ging hinter den Männern aus der Scheune, dabei hielt er den Vogel vorsichtig von sich fern, als wäre er etwas, das sich auf ihn ergießen könnte. Er wartete auf dem Feld mit Willis, während Gashouse zum Truck zurückging, um seine Flinte zu holen. Snipe saß vor Willis Lister und blickte voll Hoffnung auf dessen Tauben.

»Was glaubst du denn, Hund?«, sagte Willis. »Du denkst wohl, ich habe einen Hundekuchen für dich?«

Dann schwiegen sie. Tanner war es schrecklich unangenehm, mit Willis Lister allein zu sein. Das Gras auf dem Hof war hoch und dicht bis zur Mitte von Tanners Schienbeinen, und feucht. Der Himmel war von einem Grau, das jede Minute Regen bringen konnte, oder auch monatelang keinen. Tanners Taube war heiß und dick und größer als seine beiden hohlen Hände zusammen. Neben ihm atmete Willis schwer durch den Mund, wie ein Mensch in tiefem Schlaf, und nach einer langen Pause sagte Willis mit leiser Stimme wieder: »Du glaubst wohl, ich habe einen Kuchen für dich, Hund? Glaubst du das?«

Gashouse Johnson kam mit der Schrotflinte und den Patronen zurück. Er kniete sich ins Gras, um zu laden, und Willis fragte: »Was zum Teufel nimmst du denn da für Patronen? Beabsichtigst du etwa, hier draußen einen Bären zu schießen?«

Gashouse blickte auf den Behälter und antwortete nicht.

»Das ist keine Vogelmunition, Mann. Wenn du mit dem Zeug einen Vogel triffst, kannst du froh sein, wenn du das Ding überhaupt noch findest. Du wirst es in tausend Stücke blasen.«

Gashouse lud die Schrotflinte und stand auf.

»Hast du wirklich die Absicht, mit diesen Handgranaten zu schießen?«, fragte Willis.

»Weißt du«, entgegnete Gashouse, »es ist mir ehrlich egal, was für Patronen das sind. Ich will weiter nichts als diese Vögel schießen und dann wieder nach Hause fahren.« Er hielt die Flinte an seine Schulter und wartete.

»Weißt du, was Jungen wie du hier beim Taubenschießen machen?«, wandte sich Willis an Tanner. »Es gibt immer eine Aufgabe hier oben für Jungen in deinem Alter. Glaubst du, du könntest Jungenarbeit tun?«

»Klar«, meinte Tanner.

»Diese Jungenarbeit sieht so aus: Du wartest darauf, dass ein Schütze den Vogel aus der Luft herunterholt. Dann jagst du diesem Vogel hinterher, und wenn er nicht tot ist, tötest du ihn. Brauchst ihm nur den Hals umzudrehen. Meinst du, du könntest diese leichte Arbeit tun?«

Tanner blickte auf den dicken Vogel in seinen Händen.

»Das ist eine Arbeit für einen Jungen«, sagte Willis. »Okay, geh ein Stück von dem Mann weg, mein Sohn, sonst bläst er dir tatsächlich noch den Kopf weg mit seiner miserablen Schießerei.«

Tanner trat zurück.

»Okay«, befahl Willis, »also los.«

Willis zog eine der Tauben unter seinem Arm hervor und warf sie in die Luft. Sie flatterte tief über ihren Köpfen hinweg.

»Warte noch«, sagte Willis zu Gashouse. »Lass sie erst etwas höher kommen.«

Der Vogel flog. Er flatterte hinaus und von ihnen fort, geradewegs auf die Bäume am Ende des Feldes zu. Gashouse schoss einmal, eine enorme Druckwelle warf ihn nach hinten, beinahe auf Tanner drauf. Der Vogel flog weiter in die Bäume hinein. Willis, noch immer mit der zweiten Taube in der Hand, sah nach Gashouse, der in dem hohen, nassen Gras saß und sich die Schulter rieb.

»Okay«, sagte Willis. »Fertig?«

»Diese Flinte ist ein Schläger«, sagte Gashouse. »Haut einen glatt auf den Hintern.«

»Das sind die Patronen«, meinte Willis. »Stell dich besser hin. Fertig?«

Gashouse stand bereit und hob seine Flinte. Willis warf den zweiten Vogel hoch, der auf der gleichen Linie wie der erste davonflog.

»Jetzt«, rief Willis.

Gashouse schoss, verfehlte ihn, schoss noch einmal und verfehlte ihn wieder. Sie sahen zu, wie die Taube bis zu der

Baumreihe flog und dann verschwand. Snipe lag zu Tanners Füßen und ächzte unglücklich über die heftigen Lärmsalven. Willis Lister starrte zum Ende des Feldes hinüber.

»Ich möchte dich was fragen«, sagte Gashouse. »Werden deine beiden Vögel wieder zu deiner Scheune zurückkommen? Ja? Ich möchte nicht, dass du zwei gute Vögel für nichts und wieder nichts verlierst.«

Willis wandte sich an Tanner. »Wenn ich *jetzt* sage, dann wirfst du deine Taube hoch. Aber nicht zu doll. Fertig? Jetzt! Jetzt!«

Tanner öffnete seine Hände und hob sie hoch. Die Taube bewegte sich etwas, blieb aber, wo sie war.

»Flieg«, flüsterte er.

Tanner gab ihr einen Stoß, und die Taube stürzte aus seinen hohlen Händen nach vorn. Sie flog nur kurz, dann ließ sie sich auf einem Stein vor Willis Lister nieder.

»Husch!« Willis schwenkte seinen Hut nach dem Vogel. »Husch!«

Das Tier flog ein paar Fuß und landete dann im Gras. Willis fluchte und hob ihn auf. »Die Taube ist krank«, erklärte er und reichte sie Tanner. »Geh und hol eine andere. Steck diese in einen leeren Käfig.«

Tanner ging mit dem schweren, nassen Vogel zurück zur Scheune. Er fand einen leeren Käfig. Als er die Taube in den Käfig getan hatte, blieb sie an der Stelle liegen, wo sie gerade hingefallen war, von Tanner abgewandt. Er schloss die Gittertür, die noch immer feucht war von Snipes Maul. In den anderen Käfigen liefen die Tauben umher, traten und schubsten einander, um einen besseren Platz zu ergattern. Er suchte sich den Käfig mit den wenigsten Vögeln aus, fasste langsam hinein und ergriff einen am Fuß. Der Vogel flatterte entsetzlich, und er ließ ihn wieder fallen. Er schloss die Augen, langte noch einmal hinein, packte einen Flügel und zog die Taube heraus. Mit dem flügelschlagenden Vogel unter seine Jacke geklemmt rannte er los, als hätte er ihn gestohlen und würde verfolgt.

Gashouse Johnson und Willis Lister sahen ihn kommen, und als er vor ihnen stand, sagte Gashouse: »Braver Junge«, und Willis nahm den Vogel.

»Fertig?«, fragte Willis und warf kurz darauf die Taube hoch und nach vorn. Sie kreiste erst und flog dann los.

»Jetzt«, sagte Willis. »Jetzt!«

Gashouse schoss einmal, und der Vogel fiel herunter. Geradewegs ins Gras. Snipe rannte nach dem Vogel und fand ihn mehr oder weniger zufällig, als er darüber hinweglief. Die Taube lebte noch und war nicht weit von ihnen entfernt heruntergefallen. Sie gingen rasch zu ihr hin. Sie hatte einen Flügel verloren.

»Nimm sie«, sagte Willis Lister. Nicht zu Gashouse. Nicht zu Snipe. Sondern zu Tanner.

»Nimm sie schon«, sagte er. »Nur den Hals umdrehen, dann ist sie erledigt.«

Tanner gab keine Antwort und rührte sich nicht.

Gashouse sagte: »Also dein Vater, der konnte zwanzig Vögel hintereinander herunterholen, einfach so. Na, wie findest du das, mein Sohn?«

»Mein Gott«, sagte Willis Lister und hockte sich neben den Vogel. Er hob ihn gerade so weit hoch, dass er die Hände um seinen Hals legen und diesen umdrehen konnte, und als er das tat, vollführte der Vogel eine eigene Drehung – eine kleine Bewegung zu seiner Erleichterung oder zum Widerstand – und starb. Willis ließ den Vogel zu Boden fallen.

»Zum Teufel, geh weg von dem Ding!«, sagte er zu Snipe und wischte sich die Hände an seinem Overall ab.

Sie gingen zurück zum Truck.

Gashouse erklärte: »Wenn ich diesen letzten Vogel ebenfalls verfehlt hätte, dann hätte ich angefangen, auf die Wand von dieser verwünschten Scheune zu zielen. Einfach mal, um zu sehen, ob ich die Wand von einer verwünschten Scheune hätte treffen können! Ha!«

»Sei bloß vorsichtig mit der Flinte«, sagte Willis in scharfem Ton zu Gashouse. »Blas dir nicht noch dein Bein weg wie ein Idiot.«

»Gab 'ne Zeit, da war ich ein verdammt guter Schütze«, lachte Gashouse. »Natürlich, das ist mehr als zwanzig Jahre her. Könnte auch sein, ich war damals schon furchtbar schlecht und hab es nur vergessen. Ha!«

Willis Lister sprach zu Tanner, ohne Gashouse zu beachten.

»Wenn jemand beim Taubenschießen einen Vogel herunterholt«, sagte er ruhig, »dann ist es immer ein Junge, der ihm den Hals umdreht.«

Tanner nickte.

»Das ist eine Arbeit für einen Jungen«, wiederholte Willis. »Ist es schon immer gewesen.«

»Möchtest du ein Bier trinken gehn?«, fragte Gashouse Johnson Willis.

»Nein.«

»Und du, Tanner? Möchtest du eine Limo?«

»Bring den Jungen nach Hause«, sagte Willis. »Es will hier auch keiner eine Limo.«

Das Kleid, das Diane an dem Morgen getragen hatte, hing frisch gewaschen über dem Spülbecken, als Gashouse Johnson mit Tanner zurückkam. Es war ein dickes Baumwollkleid und tropfte beständig auf das Geschirr herunter, wie etwas, das schmilzt. Sie hatte sich bequeme Hosen angezogen und wartete gespannt, als Gashouse am Tisch saß, mit Snipe zu seinen Füßen.

»Erzähl deiner Mutter mal, was ich für ein Meisterschütze bin«, sagte Gashouse zu Tanner.

»Meisterspinner«, verbesserte Diane.

»Komm, Diane. Das musste man einfach gesehen haben.«

»Hast du denn was gewonnen?«

»Ich hab gar nicht gewettet. Ich hab nur geschossen.«

»Ich hab Tanner gefragt.«

»Ich hab nicht gewettet.«

»Gut für dich.«

»Niemand hat gewettet«, sagte Gashouse. »Es war nämlich überhaupt niemand da. Aus Achtung für Ed.« Gashouse beugte sich vor und zeigte mit dem Finger auf Diane. »Aus *Achtung*. Sie haben es aus Achtung für deinen Mann abgesagt.«

Sie sahen einander ernst an. Dann lachte Diane. Sie ging zum Kühlschrank und holte Bier für sich und Gashouse. Für Tanner brachte sie ein Glas Saft mit.

»Ein wie schlechter Schütze bist du eigentlich?«, fragte sie.

»Ich bin ein ausgezeichneter Schütze. Wir hatten unser Taubenschießen.«

»Wo?«

»Willis Lister hat uns drei Vögel gegeben.«

»Vier«, verbesserte Tanner.

»Okay«, Gashouse zuckte mit den Achseln. »Wir haben nach vier Vögeln geschossen.«

»Nach dreien«, sagte Tanner. »Einer war zu krank.«

»Du hast also nur so zum Vergnügen geschossen?«, fragte Diane.

»Damit dein Sohn sehen konnte, was sein Vater macht.«

»Ein Vogel ist gestorben«, sagte Tanner.

Gashouse öffnete sein Bier, indem er die Kappe mit der Ecke seines Hemdes in der Hand abschraubte. Er tat die Kappe in seine Tasche.

»Diane, hast du Tanner jemals erzählt, dass Willis Lister dein Cousin ist?«

»Nein«, entgegnete sie. »Als ich klein war, sagte meine Mutter immer zu mir: ›Lass dich bloß nicht von Willis küssen. Erzähl mir, wenn er versucht, dich anzurühren.‹«

»Das ist nicht wahr.«

»Mein Lieber«, sagte Diane, »du warst doch überhaupt nicht dabei.«

»Hätte sein können.«

»Ich will nicht über Willis Lister sprechen.«

»Tanner«, sagte Gashouse, »hab ich dir eigentlich jemals erzählt, dass deine Mutter das allererste Mädchen war, das ich geküsst habe?«

»Nein«, erwiderte Diane. »Und sag ihm das ja nicht noch einmal.«

»Ha!« Gashouse lachte und schlug so hart mit der Hand auf den Tisch, dass Tanners Saft im Glas zitterte.

»Hast du zurzeit eine Freundin?«, fragte Diane. »Irgend so ein armes kleines Ding?«

»Ja, hab ich.«

»Blond?«

»Braun.«

»Braun?«

»Braunes Haar.«

»Blaue Augen?«

»Braune.«

»Na, das ist doch gar nicht dein Typ, Gashouse.«

»Braune Haut auch.«

»Wie das?«

»Sie ist sogar ziemlich braun.«

»Na ja.« Diane nahm einen tiefen Schluck von ihrem Bier. »Hört sich hübsch an.«

Sie lachten beide.

»Sie ist in Ordnung«, meinte Gashouse. »Aber sie ist nicht du.«

»Das bin ich auch nicht mehr. Jetzt nicht mehr. Ich bin zu alt.«

»Das ist nicht wahr. Das ist eine verdammte Lüge. Es ist immer schön, bei dir zu sitzen, Diane. Und es ist immer schön gewesen, bei dir zu sitzen.«

»Hm«, sagte Diane. »Etwas Geld gespart?«

»Fünftausend Dollar auf der Bank.«

»Während wir hier reden?«

»Liegen dort in diesem Moment.«

»Du hast Ed grade erst letzten Winter etwa so viel geschuldet.«

»Ja, stimmt.«

»Ich weiß nicht recht. Mir scheint, dass jemand, der in der einen Minute fünftausend Dollar Schulden hat und in der nächsten Minute fünftausend Dollar besitzt, das Geld nicht wirklich gespart hat. Er hat es lediglich noch nicht ausgegeben.«

»Kann sein«, sagte Gashouse.

»Gib nicht alles für das Mädchen aus.«

»Also, komm, Diane.«

»Ich kenne dich doch.«

»Das will ich sehr hoffen.«

»Nennt sie dich Gashouse?«

»Sie nennt mich Leonard. Lee-oh-nard ...« Gashouse sprach es gedehnt in drei langen Silben.

»Wie alt ist sie denn?«

»Zwanzig«, antwortete Gashouse, ohne zu blinzeln. Als Diane schwieg, fügte er hinzu: »Wird einundzwanzig nächste Woche.«

Gashouse wartete, dann sagte er: »Nächsten Donnerstag, genauer gesagt. Ja, meine Liebe. Die so bedeutende zwei-eins.«

Diane schob einen Fuß unter ihr Gesäß und fragte: »Wie heißt sie denn, Gashouse?«

Momentanes Zögern.

»Donna«, sagte er.

Diane antwortete nicht.

»Es gibt sogar eine große Party für sie«, fuhr Gashouse fort. »Für sie und ihre Freundinnen. Ihre kleinen Schulfreundinnen. Du weißt ja, wie Mädchen so sind.«

»Gashouse«, sagte Diane freundlich. »All deine Lügen sind bei mir sicher.«

»Diane …«, begann er, aber sie schnitt ihm mit einer leichten, vornehmen Handbewegung das Wort ab. Eine Autorität des Schweigens.

Sie sprachen nicht. Der junge Tanner Rogers hatte die ganze Zeit mit einem Fuß auf seinem Stuhl dagesessen und die Schnürsenkel seiner nassen Stiefel aufgeknotet. Jetzt übte er mit dem kurzen Ende eines feuchten Rohlederschnürsenkels, Knoten zu machen. Es war zwar zu kurz für komplizierte Knoten, aber er wiederholte ruhig einen einfachen Knoten in drei Schritten – »ein Hase um den Baum und rein ins Loch, ein rascher fester Zug«. Diane blickte auf die arbeitenden Hände ihres Sohnes. Sie stand auf und holte ein Schälmesser, und als sie sich wieder setzte, legte sie ihre Hand auf den Tisch, mit der Handfläche nach oben.

»Gib mir deine schmutzige Pfote«, verlangte sie.

Tanner reichte seiner Mutter die rechte Hand. Sie ergriff sie in vollem Vertrauen. Mit ihrem Schälmesser grub sie unter seinen Daumennagel, gerade fest genug (sie mied die rosige Nagelhaut), um einen dünnen krümligen Strich braunen Schmutzes herauszuholen. Sie wischte das Messer auf ihrem Knie ab, säuberte dann den nächsten Nagel und den nächsten und wieder den nächsten. Tanner saß still und sah zu, seine linke Hand lag auf dem Knoten, den er gemacht hatte – einem bescheidenen Sportlerknoten –, der auf ewig halten wird, aber in Notfällen oder wenn er nicht mehr gebraucht wurde, auch mit einem schnellen Ruck gelöst werden konnte.

Tall Folks

In den guten alten Zeiten, als sich die Ruddy Nut Hut gegenüber der Tall Folks Tavern befand, gab es jeden Abend ein beständiges Hin und Her von Trinkern von der einen Bar zur anderen. Es schien, als wären die beiden eigentlich nur eine einzige Bar, auf sonderbare Weise getrennt durch die vier Schnellfahrspuren der First Avenue.

Ellen war die Inhaberin der Tall Folks Tavern, und die Ruddy Nut Hut gehörte ihrem Mann Tommy. Sie waren seit fünfzehn Jahren verheiratet, lebten seit dreizehn Jahren getrennt, hatten keine zwei davon miteinander geschlafen und hielten nicht viel von der Zweckmäßigkeit einer Scheidung. Tommy war ein fabelhafter Trinker. Es war unmöglich, aus seiner Bar rausgeworfen zu werden – weder wegen Raufereien noch wenn einer vor Trunkenheit umfiel, auch nicht, wenn jemand abgebrannt oder minderjährig war. Tommy erlaubte alles, was nur denkbar war. Ellen dagegen beschaffte ausgezeichnete Barmädchen. Nicht alle ihre Barmädchen waren große Schönheiten, aber einige schon. Die anderen hatten ihren eigenen, speziellen Reiz, wie zum Beispiel das Einflößen sofortiger Sympathie, große Intelligenz oder beruhigende Trunksucht. Ellen hielt sich auch immer eine Bardame, die sich gut Namen merken konnte, als Garant für Gastfreundlichkeit, und daneben beschäftigte sie stets eine sehr gewöhnliche Bardame, denn es gibt Leute, die auch das brauchen. Es gibt Leute, die ein ganz normales Mädchen brauchen, das dicke Kerle »schlank« nennt und unangenehme Trinker eigenhändig rauswirft. Wenn es einem Mädchen nicht irgendwie möglich war, jemanden in fünf Minuten in sich verliebt zu machen, würde Ellen es nicht einstellen. Auf diese Weise, durch Vermittlung solcher besonderen und notwendigen Liebesaffären, hatte sie sehr gute Geschäfte gemacht. Und auch Tommy hatte sehr gute Geschäfte gemacht.

Die Ruddy Nut Hut besaß Flipper und Darts. Die Tall Folks Tavern besaß einen Billardtisch. An einigen Abenden gab es in der einen Bar Toilettenpapier und Zigaretten und in der anderen vielleicht nicht, und an heißen Sommertagen überquerten die Trinker diesen Teil der First Avenue, so als wäre er ein Garten hinterm Haus und die fahrenden Autos so harmlos wie Schaukeln oder Sandkästen, oder als wären die Zwillingsbars nichts weiter als das Ziel eines Picknickausflugs zweier Nachbarn, so willkommen wie jeder beliebige Vorort.

Dann bezahlte Tommy acht Monate lang keine Miete, und die Ruddy Nut Hut machte zu. Diesen ganzen Herbst über ließen Ellens Kunden ihre Drinks stehen, gingen hinaus vor die Bar, um Luft zu schnappen, liefen hin und her und gingen rasch wieder hinein – ruhelos und irritiert.

Im Dezember öffnete die Ruddy Nut wieder mit einem handbeschrifteten Spruchband, auf dem WALTER'S TOP-LESS zu lesen war. Das vordere Fenster war schwarz gestrichen, und daran hing ein Schild mit der Aufschrift »Die schönsten Damen der Welt«, und ein anderes, kleineres Schild, eigentlich nur eine Notiz, verkündete, dass »Walter's Topless« jeden Tag in der Woche geöffnet habe. Ab zwölf Uhr mittags.

Ellen hatte einen Neffen mit Namen Al. Sie hatte ihn als ihren Klempner eingestellt, was bedeutete, dass es seine Aufgabe war, verrottende Zitronenstücke aus den Abflüssen der Spülbecken herauszuangeln und die Toilettenbecken wieder einzusetzen, die die jungen Männer zuweilen aus den Wänden rissen, um großer Augenblicke am Billardtisch zu gedenken. Al war hübsch anzusehen, und man konnte ungezwungen mit ihm reden. Wenn er ein Mädchen gewesen wäre, hätte er ein perfektes Barmädchen für die Tall Folks Tavern abgegeben. Er hätte die Art Schönheit besessen, nach der die Allerweltsmänner verrückt waren, und Ellen hätte ihm die Happy-Hour-Schicht am Donnerstagabend gegeben. Wäre Al ein Mädchen gewesen, das donnerstags während der Happy Hours gearbeitet hätte, dann wären die Tischler und die Lastwagenfahrer jede Woche gekommen und hätten ihm massenhaft Trinkgeld zugesteckt, weil er so hübsch war. Nachdem Tommy gegangen war, verbrachte Ellen die meiste Zeit mit Al. Es war Al, der mit ihr kam, als sie schließlich über die Straße ging, um sich WALTER'S TOPLESS mal anzusehen.

Ellen kannte jeden der Gäste an der Theke, als sie an diesem Abend hereinkam.

»Das sind alles meine Leute«, sagte sie zu Al.

»Und Tommys.«

»Tommy kann doch wohl keinen dieser Leute mehr wirklich für sich beanspruchen?«

Die Bar sah immer noch aus wie die Ruddy Nut Hut, außer dass die Flipper fort waren und es stattdessen eine kleine Bühne gab, die vorn mit einem langen Geländer und hinten mit einem breiten Spiegel versehen war. Dort tanzte eine einzelne Stripperin – ein knochiges Mädchen mit Knien, die breiter waren als ihre Schenkel, und den winzigen Hüften eines rauschgiftsüchtigen Rockstars. Ellen kannte auch sie.

»Das ist Amber, das Junkiemädchen«, meinte sie.

Amber lächelte zu Al hinüber und schüttelte ihm ihren Busen entgegen. Ihre Brüste bestanden nur aus Brustwarzen auf einem Rippenkäfig. Al lächelte zurück.

»Sie ist furchterregend«, sagte er.

»Sie kam früher in meine Bar und trank den ganzen Tag Cola mit Rum«, erzählte Ellen. »Ich habe dann versucht, sie in der Toilette beim Drücken zu erwischen, aber jedesmal, wenn ich reinkam, putzte sie sich nur die Zähne.«

»Das ist ja fast noch perverser.«

»Fast.«

»Du solltest blaues Licht in den Toiletten installieren. Das machen sie so in den Fast-Food-Bars. Dann können die Junkies ihre Venen nicht erkennen und sich auch keinen Schuss setzen.«

»Das ist aber ein bisschen gemein, finde ich.«

»Mir gefällt blaues Licht«, erklärte Al. »In einem Raum mit blauem Licht kann ich meine Eier nicht sehen.«

»Hör auf damit«, sagte Ellen. »Das stimmt doch nicht.«

Hinter der Theke stand ein Mädchen in einem dunklen Badeanzug. Ellen kannte sie nicht. Sie hatte schwarzes Haar, der Badeanzug war ein praktischer Einteiler, ausgeblichen, mit abgenutzten, breiten elastischen Trägern.

»Sie sieht aus, als müsste sie Gummilatschen tragen«, meinte Al.

Mit ihr zusammen stand ein Mann hinter der Bar, und als er sich zu ihnen umwandte, sagte Ellen: »Walter?«

Er schleppte gerade einen Kasten Bier, den er herüberbrachte und vor Al auf die Theke stellte. Er hatte einen langen Bart, schäbig und grau, wie die Bärte von Propheten oder Obdachlosen.

»Hallo, Helen«, rief er.

»Ellen«, verbesserte sie.

»Sag bloß, das ist jetzt deine Bar, Walter.«

Walter sagte nichts.

»Was zum Teufel machst du denn mit einem solchen Lokal? Niemand hat mir gesagt, dass dir jetzt diese Bar gehört.«

»Steht doch auf dem Schild.«

»Ich wusste nicht, dass du der Walter bist.«

»Was gibt's denn sonst noch für einen Walter?«

»Ich bin Al«, stellte sich Al selbst vor. »Ich bin Ellens Neffe.« Die beiden Männer schüttelten sich die Hände über den Kasten Bier hinweg.

»Walter«, sagte Ellen, »irgendwie gefällt mir der Name der Bar nicht. Du solltest sie wenigstens ›Walter's Topless Bar‹ nennen. ›Walter's Topless‹ hört sich wie eine Ankündigung an. Es hört sich so an, als wärst du derjenige, der oben ohne ist.«

»Es ist ja auch eine Ankündigung.«

»Dann ist's wohl so.« Ellen blickte umher. »Tommy hat mir nicht erzählt, dass er die Bar an dich verkauft hat.«

»Meine Schuld.«

»Ich bin nur überrascht.«

»Wieso eigentlich? Das Schild sagt's doch deutlich genug.«

»Walter«, meinte Ellen, »insgeheim dachte ich immer, dass du zu den Mennoniten gehörst.«

Al lachte, und Ellen lachte auch.

»Ich spendiere dir einen Drink auf Kosten des Hauses«, sagte Walter. »Und einen für deinen Neffen.«

»Danke, Sir«, erwiderte Al.

»Wir nehmen zwei Bier und einen guten Scotch«, sagte Ellen. »Danke.«

Walter holte zwei Flaschen aus dem Kasten und zog einen

Öffner unter seinem Hemd hervor, wo er wie ein schweres Kruzifix an einer Kette hing. Er öffnete die Bierflaschen, die nicht gerade kalt waren, und stellte sie vor Al und Ellen hin.

Walter ging ans Ende der Theke, um den Scotch zu holen, und Al sagte: »Ich habe niemand mehr Sir genannt, seit ich zwölf war.«

»Walter kann gar keine Stripbar betreiben«, zischte Ellen. »Er kann Frauen nicht leiden. Er ist nie in meine Bar gekommen, weil er Frauen als Barmixer nicht ausstehen konnte. Himmel, was für ein schlechter Witz.«

Walter kam mit zwei Gläschen Scotch zurück. Ellen kippte ihren runter und stellte das Glas verkehrt herum auf die Theke. Al roch an seinem und platzierte ihn vorsichtig vor sich hin.

»Wer ist denn dein Barkeeper?«, fragte Ellen.

»Rose«, sagte Walter. »Meine Tochter.«

Walter und Ellen sahen sich schweigend an.

»Wow«, meinte Al. »Ich hatte schon daran gedacht, nach einem Job zu fragen, aber sie wird ja vermutlich bleiben.«

»Ich habe drei Töchter«, bemerkte Walter, während er Ellen immer noch ansah. »Sie arbeiten alle hier.«

»Trinkst du das?«, fragte sie Al, und als er den Kopf schüttelte, kippte sie auch seinen Scotch runter und stellte das Glas neben ihres. »Es ist wirklich sehr merkwürdig, Walter«, sagte sie, »sehr merkwürdig, dass Tommy mir nicht gesagt hat, dass du sein Nachfolger bist. Aber viel Glück und so, okay?« Ellen nahm einen Zwanzigdollarschein aus ihrer Tasche und schob ihn unter ihre Bierflasche. »Sorg dafür, dass Rose uns hier gut bedient«, sagte sie, und Walter ging dann.

Auf der Bühne war Amber, das Junkiemädchen, gerade mit ihrer Show fertig. Sie saß auf dem Boden und knöpfte ihr langärmeliges Männerhemd zu. Sie sah so winzig aus wie eine Drittklässlerin. Walter wechselte die Kassette und stellte die Lautstärke ein, und aus dem Kellergeschoss kam ein anderes Mädchen herauf und ging auf die Bühne. Sie hatte rotes Haar, das vom oberen Teil ihres Kopfes an zu einem Zopf geflochten war. Ohne viel vorzuführen, legte sie ihren BH ab und begann, leicht auf den Zehen zu wippen, so als wollte sie sich zum Joggen aufwärmen.

»Mit diesem ganzen Tittengezeige können wir nicht mithalten«, sagte Ellen.

»Klar können wir das.«

»Im Grunde ist doch das blödes Zeug. Warum sollte jemand dafür die Straße überqueren?«

»Das werden sie nicht«, sagte Al.

»Aber wenn's nur gewöhnliche alte Titten sind, die sie sehn wollen, dann können wir da nicht mithalten.«

»Polly zieht auch manchmal ihr Hemd aus«, wandte Al ein.

»Aber nur, wenn sie wirklich betrunken ist. Dann weint sie, und alle kriegen ein schlechtes Gewissen. Es ist nicht das Gleiche wie das hier. Außerdem arbeitet Polly nur montags abends.«

»Du hast recht.«

»Und wenn Walter versucht, meine Barmädchen anzuheuern, damit sie hier tanzen?«

»Das werden sie nicht tun.«

»Und wenn jemand Polly dazu bringen könnte, ihr Hemd auszuziehen und den Eindruck zu erwecken, als würde es ihr Spaß machen ... das wär doch was, nicht?«

»Dafür würde manch einer schon was ausgeben«, entgegnete Al.

Ellen winkte einem riesigen Mann zu, der gerade eintrat. Er kam herüber und setzte sich zu ihr.

»Wide Dennis«, sagte sie. »Nett, dich zu sehen.«

Wide Dennis gab Ellen einen Kuss und bestellte ein Bier für sich und einen Scotch für sie. Sie tätschelte seinen Kopf und lächelte. Wide Dennis' Kopf war so dick und verblichen wie eine alte Boje. Er hatte weit auseinanderstehende Augen, die dazu neigten, sich willkürlich und nach außen hin zu bewegen, als würde er immerzu jede Ecke beobachten. Er roch zwar nach Babypuder und Speichel, aber er war so intelligent, dass er etwas mit Computern anstellte, was vielleicht nur noch zwei andere Leute auf der Welt konnten, und deshalb wurde er gut dafür bezahlt.

»Wusstest du, dass dies jetzt Walters Bar ist?«, fragte ihn Ellen.

»Hab ich gerade rausgefunden.«

»Ich hab immer gedacht, er gehöre zu den Mennoniten«, sagte Ellen.

»Und ich hab immer gedacht, er hätte Jesus zum Freund«, sagte Wide Dennis.

Ellen lachte. »Erinnerst du dich noch an Walters Bruder?«

Wide Dennis rollte mit den Augen.

Ellen sagte: »Willy konnte seine ganze Faust in den Mund stecken, weißt du noch?«

»Er hat mir auch ein paarmal fast seine ganze Faust in den Mund gesteckt.«

»Ich kenne den Burschen nicht«, versetzte Al.

»Du würdest ihn kennen, wenn du ihn siehst«, erklärte Wide Dennis. »Das ist so einer, der die Köpfe von Leuten gegen metallene Müllcontainer knallt. Und der mächtig laut redet.«

»Er ist ein toller Erzähler«, sagte Ellen. »Willy zuzuhören, wenn er eine Geschichte erzählte, hieß, den Schulbus zu versäumen. Wenn jemand in der Familie schon eine Stripbar aufmachen wollte, dann wäre dieser Bastard Willy genau der richtige, aber nicht Walter.«

Wide Dennis nahm einen Dollarschein aus seinem Packen Kleingeld und ging zur Bühne hinauf. Er reichte den Dollar der rotköpfigen Tänzerin und sagte etwas zu ihr, während sie ihn nahm. Sie lachte. Ellen bestellte noch zwei Bier. Als Rose die Flaschen brachte, fragte Ellen: »Was sagen denn die Leute gewöhnlich zu diesen Mädchen, wenn sie ihnen auf diese Weise Geld geben?«

Rose zuckte mit den Achseln und ging wieder.

»Kann das Mädchen einfach nicht zum Schweigen bringen«, sagte Ellen. »Genau wie ihren Onkel Willy.«

»Gewöhnlich sagen sie ihr, dass sie hübsch wäre«, meinte Al, »dass sie eine großartige Tänzerin sei oder so was Ähnliches.«

»Das ist nett.«

»Du hast doch auch mal gestrippt. Du musst dich doch erinnern, wie das ist.«

»Nicht an einem solchen Ort«, erwiderte Ellen. »Und nicht beruflich. Nur zu Anfang im Tall Folks. Und auch nur, um dort Leute reinzukriegen.« Ellen trank ihren Scotch. »Es hat funktioniert; das ist richtig. Einige dieser Leute kommen immer noch. Ein paar von ihnen sind sogar jetzt hier. Kann mich aber nicht erinnern, dass mir jemals einer Geld dafür gegeben hat.«

»Was macht denn mein Freund Tommy?«, fragte jemand hinter Al. Ellen blickte um ihren Neffen herum und lächelte.

»Hallo, James.«

»Ellie.«

»Wo bist du denn gewesen, James? Wir haben dich schon vermisst.«

James winkte zur Bühne hinüber. Dort war jetzt eine andere Tänzerin zu bewundern, ein großes, schwarzes Mädchen, das sich mit geschlossenen Augen wiegte, langsam, so als hätte sie vergessen, wo sie war, als dachte sie, sie sei vielleicht allein. Sie schauten ihr eine Zeitlang zu, und sie tat nichts anderes, als sich zu wiegen, doch niemand hatte es eilig, etwas anderes zu sehen. Das rotköpfige Mädchen hob derweil seine Sachen auf und ging hinter der Tanzenden über die Bühne.

»Du liebe Güte«, sagte James. »Seht euch die mal an!«

»Welche?«, erkundigte sich Al.

»Alle! Überall!« James lächelte. Ihm fehlte ein Vorderzahn. Das war passiert, als Tommy eines Abends auf ihn raufgefallen und James dann mit dem Mund auf den Fußboden geschlagen war.

»Lassen sie dich hier singen?«, fragte Ellen.

James schüttelte den Kopf. Früher war er in die Tall Folks Tavern gekommen und hatte dort unter dem Licht des Zigarettenautomaten gestanden und gesungen. Ellen pflegte in solchen Augenblicken die Musikbox leise zu stellen und die Leute einigermaßen zum Schweigen zu bringen, dann hörten sie alle James zu. Er putzte sich zu diesem Anlass immer heraus, mit einem geliehenen Anzug, eleganten Socken und Sandalen. Er sah aus wie Nat King Cole, sang aber besser. Das Licht über dem Zigarettenautomaten beschattete sein Gesicht gerade in der richtigen Weise. Viele weinten dann. Selbst nüchterne Leute weinten.

»Wie geht es meinem Tommy?«, fragte James wieder.

»Er ist so dick geworden, du glaubst es nicht.«

»War ja immer schon ein kräftiger Mann.«

»Aber jetzt sieht er aus wie ein Mönch. Trinkt wie ein Fisch, immer noch.«

»Wie ein Mönchsfisch, ein Engelbarsch«, ergänzte Al, und James lachte und drückte ihn. James trug einen lederartigen Mantel, der aussah, als wäre er aus Autositzstücken gemacht. Aus braunen und grauen und dunkleren braunen Stücken.

»Ich vermisse Tommy wirklich«, sagte James.

»Und wir vermissen dich«, erklärte Ellen. »Komm rüber zu uns. Nimm dir die Zeit.«

James nickte, während er sich wieder dem tanzenden Mädchen auf der Bühne zuwandte.

»Wir haben noch immer Mädchen drüben auf der anderen Straßenseite, mein Guter«, sagte Ellen.

James nickte jetzt nicht einmal, und Ellen flüsterte Al ins Ohr: »Ich möchte meine Leute zurückhaben.« Er drückte ihr die Hand.

Ellen stand auf und ging zur Toilette, die so aussah wie immer. Über dem Pissoir stand noch immer: »Ich hab deine Mutter gebumst« und mit einem anderen Stift darunter: »Geh nach Hause, Dad, du bist betrunken«.

Ellen legte Lippenstift auf und wusch sich die Hände ohne Seife und Papierhandtücher, wie sie es gewöhnt war. Unter dem Spiegel befand sich das älteste Graffito an diesem Ort, ein jahrzehntealter Witz. »Drei Dinge, die wir am meisten an Tommy lieben«, hieß es dort, »Nr. 1) Wenn er nicht hier ist.« Unter Nummer zwei und drei stand nichts weiter.

»Ha«, stieß Ellen laut hervor.

Sie blieb lange auf der Toilette, ignorierte mehrmaliges leises Klopfen und ein schnelles Hämmern an der Tür. Als sie schließlich herauskam, stand das dunkelhaarige Mädchen da. Sie lächelten einander an.

»Rose«, sagte Ellen.

»Ich bin Sandy. Rose ist meine Schwester.«

»Sie sehen auch aus wie Schwestern.«

»Wir arbeiten alle hier.«

»Habe ich schon gehört. Das ist ja wie ein Heimgewerbe hier. Wie eine Bodega«, meinte Ellen, und als Sandy nicht antwortete, fügte sie hinzu: »Ich bin Ellen.«

»Ich weiß.«

Die beiden Frauen sahen einander an. Sandy trug den gleichen Badeanzug wie Rose, aber sie hatte Shorts an.

»Wie läuft das Geschäft?«

»Großartig«, erwiderte Sandy. »Und bei Ihnen?«

»Großartig«, log Ellen.

»Schön.« Sandy lächelte. »Das ist wirklich schön.«

»Warten Sie auf die Toilette?«

»Nein, ich stehe hier nur so rum.«

»Kennen Sie meinen Neffen Al?« Ellen zeigte zur Bar hin. »Er ist der hübscheste Junge hier.«

»Ja, das ist er«, sagte Sandy.

»Er hat mir neulich erzählt, dass er mich liebt, seit ich ihn im Kinderwagen herumgefahren habe.«

»Wow.«

»Verlieben sich Leute in die Mädchen in dieser Bar?«

»Ich weiß nicht. Wahrscheinlich.«

»Ich glaube es nicht«, meinte Ellen. »Ich vermute, sie sehen einfach nur gern zu.«

»Ich glaube nicht, dass das wichtig ist«, sagte Sandy.

»Ihr Dad mag Mädchen nicht einmal. Entschuldigen Sie, dass ich das so sage.«

»Er mag uns.«

»Sie und Ihre Schwestern?«

»Ja.«

»Mag er Amber auch, das Junkiemädchen?«

Sandy lachte.

»Lachen Sie nicht über Amber. Sie ist ein Schatz. Sie ist aus Florida, das arme Kind … Das ist schon alles schwer zu begreifen«, meinte Ellen. »Ich hatte früher dieses Barmädchen Catherine, die hatte so einen besonderen Gang. Die Leute kamen in meine Bar bei ihrer Schicht, nur um sie hin und her gehen zu sehen. Aber *Ihr* Vater kam nicht. Er hat meine Bar nie gemocht.«

»Mögen Sie denn seine Bar?«, fragte Sandy und lächelte bei dieser Frage.

»Sehen Sie, Sandy, das ist so«, erwiderte Ellen, »nicht wirklich, wissen Sie.«

»Ja, klar«, sagte Sandy. »Ich gehe dann jetzt mal da rein.« Sie wies auf die Toilette, und Ellen ging aus dem Weg.

»Ja, klar«, sagte Ellen.

Ellen ging zurück zu Al und bestellte noch mehr Scotch für sie beide. Wide Dennis war auch noch immer da, und James in seinem Autositzmantel ebenfalls. Er sprach mit Amber, dem Junkiemädchen.

»Es gefällt mir hier nicht«, sagt Ellen zu Al. »Wer kommt schon in eine solche Bar?«

»Mir gefällt es auch nicht«, erklärte Amber. Sie aß ein Sandwich aus einem dieser kleinen Kühlbehälter, die zum Transportieren von Sechserpackungen oder von frischen Organen für Transplantationen benutzt werden. Sie trank etwas, das nach Cola mit Rum aussah. »Diese Bar ist die schlimmste.«

»Hier liebt keiner den anderen«, sagte Ellen, und Al nahm ihre Hand und drückte sie. Sie küsste seinen Nacken.

»Er ist ein ganz reizender Junge«, erklärte Amber.

»Erinnerst du dich noch an dieses Barmädchen, Victoria, das du drüben hattest?«, wollte James von Ellen wissen. »Das Mädchen war ein kesses Ding.«

»Sie arbeitete mittwochs abends«, sagte Al.

»Sie arbeitete dienstags abends, Baby«, entgegnete James. »Glaub mir bitte in diesem Fall.«

»Sie haben recht.« Al nickte. »Es war Dienstag.«

»Mein Gott, wie ich dieses Mädchen vermisse.«

»Sie war ein feines Barmädchen«, sagte Ellen.

»Das waren noch gute alte Zeiten. Wir nannten es das Viktorianische Zeitalter, nicht wahr? Als Victoria noch arbeitete.«

»Stimmt, James.«

»Hol das Mädchen zurück. So etwas brauchen wir alle.«

»Kann ich nicht.«

»Dann wär aber Tall Folks wieder das, was es einmal war. Wir tranken diesem tollen Mädchen damals förmlich aus den Händen.«

»Sie hat jetzt Kinder in der Schule«, erklärte Ellen.

»Solche Mädchen werden einfach nicht mehr gemacht. Das ist die Wahrheit.«

»Solche Mädchen werden immer gemacht«, widersprach Ellen. »Sie werden auch immer weiter gemacht, und davon gibt es gerade jetzt eine drüben in meiner Bar, wenn's dich wirklich nach einem großartigen Mädchen verlangt.«

»Wer denn?«, erkundigte sich Al. »Maddy? Doch nicht Maddy. Die wohl kaum.«

»Ich trinke nicht immer so viel«, sagte Amber, das Junkiemädchen, plötzlich. »Wisst ihr das? Manchmal trinke ich zwei Wochen lang nichts.«

Da waren alle ruhig und blickten auf Amber.

»Okay, Schätzchen«, sagte Ellen. »Das ist wunderbar. Bist ein gutes Mädchen.«

»Ja, klar«, entgegnete Amber. »Kein Problem.«

Hinter der Theke wechselte Walter wieder die Kassette, und eine neue Tänzerin trat auf die Bühne.

»Wow«, rief Al.

»Ich weiß, Baby«, meinte James. »Das brauchst du mir nicht zu sagen.«

Sie war blond, aber nicht von Natur aus, hatte dunkle Augenbrauen und kurzes Haar, gerade heruntergekämmt an einem vollkommen runden Gesicht. Sie trug Netzstrümpfe und Strumpfbänder, dicke, große, metallisch klappernde, hochhackige Schuhe aus den 40er Jahren und einen kurzen, altmodischen rosa Morgenmantel, vorn zum Zubinden. Sie hatte einen Kaugummi im Mund, und als die Musik begann, blickte sie zu Al hinunter und machte eine Blase.

»Menschenskind«, rief er aus.

»Das ist ja ein Pin-up-Girl«, lobte Wide Dennis.

Sie tanzte eine Weile in ihrem Morgenmantel, dann ließ sie ihn hinuntergleiten und kokett zu ihren Füßen sinken. Sie stand so, dass sie der Bar ihre nackten Brüste zuwandte. Ihre Brustwarzen waren vollkommen und winzig wie eine Art Kuchendekoration.

»Sie ist wunderschön«, flüsterte Ellen Al zu.

»Ellen«, sagte er, »ich könnte das Mädchen mit dem Löffel essen. Wirklich.«

»Sie ist ein wahres Hefeklößchen, stimmt's?«, meinte Ellen.

Das Klößchen hatte einen richtigen Auftritt. Sie agierte mit dem Kaugummi und den Strümpfen und ihren geröteten kleinen Armen. Sie agierte mit den dicken, metallisch klappernden Schuhen und mit Bauch und Schenkeln. Sie zog jede verfügbare Aufmerksamkeit in ihren Bann.

»Weißt du, wie ich mir vorkomme?«, sagte Ellen zu Al. »Ich komme mir so vor, als blicke ich auf eine Pastete. Im Schaufenster einer Bäckerei.«

»Hmmm«, sagte Al feierlich. »Lecker.«

»Auf diesem Mädchen könnte man Käse schmelzen lassen.«

»Kennst du diese Röhren mit Brötchenteig, die es in den Molkereiwarentruhen gibt?«, fragte Al. »Hast du schon mal gesehen, wie man die auf den Ladentisch knallt und wie sie dann platzen und der ganze Teig rausspringt?«

»Aber ja.«

»Aus einer solchen Röhre ist sie gekommen.«

Das Klößchen tanzte vor dem Spiegel und schaute sich selbst dabei zu. Sie legte die Hände auf das Spiegelbild ihrer Hände und küsste das Spiegelbild ihres eigenen Mundes.

»Das ist alles, was Stripbars zu bieten haben«, sagte Wide Dennis. »Beschmierte Spiegel.«

»Wisst ihr, was sie auf dem Spiegel hinterlässt?«, sagte Al. »Butter.«

»Das ist kein Lippenstift, den sie drauf hat«, meinte Ellen. »Das ist Zuckerguss.«

Al lachte und zog Ellen fest an sich, und sie legte ihren Arm um seine Schultern.

»Du solltest ihr etwas Geld geben«, sagte er.

»Kommt gar nicht in Frage.«

»Es wär doch nett. Ich komme mit. Es wird ihr gefallen. Sie wird denken, dass wir Eheleute sind und unser Therapeut uns gesagt hat, wir sollen hierherkommen, damit es bei uns mit dem Sex besser klappt.«

»Sie wird sich wundern, wie ich einen Einundzwanzigjährigen dazu gebracht habe, mich zu heiraten.«

Ellen legte ihr Gesicht auf Als Nacken, der warm und salzig war. Wide Dennis ging zur Bühne hinauf und lehnte seinen mächtigen Körper gegen das Geländer, so als befände er sich auf einem Vorbau oder einem Vergnügungsschiff, so als blickte er in eine herrliche, unendliche Weite und als wäre er ein Mensch mit sehr viel Muße. Er zog Dollarscheine aus seiner Tasche, immer nur einen, und hielt sie weltmännisch zwischen Ring- und Mittelfinger hoch. Das Klößchen nahm das Geld irgendwie während ihrer Choreografie entgegen und brachte es fertig, jeden Dollarschein in ihr Strumpfband zu stecken, wie ein Zettel mit einer Telefonnummer darauf, die sie unbedingt später anrufen wollte. Im Vergleich mit Wide Dennis erschien sie ein wenig verkleinert, ein vollkommenes maßstabgetreues Ebenbild ihrer selbst.

»Er wird wohl noch so lange da stehen bleiben, bis sein Geld alle ist, meint ihr nicht?«, fragte Ellen.

»Sie ist ein tolles Mädchen«, bemerkte Amber, das Junkiemädchen. »Ich hab sie wirklich gern.«

Das Klößchen beugte sich hinunter und nahm Wide Dennis' mächtigen Kopf in ihre Hände. Sie küsste ihn über jeder Augenbraue einmal.

»Ich liebe dieses Mädchen«, sagte James.

»Ich auch«, erklärte Al.

»Ich auch«, sagte Ellen, »ich liebe sie auch.«

Ellen trank ihren Scotch aus und sagte: »Das ist eine schlechte Neuigkeit für mich. Diese Bar ist wirklich eine schlechte Neuigkeit, findest du nicht auch?« Sie lächelte Al zu, und er küsste sie mit seinem hübschen Trinkmund. Es war ein anderer Kuss, als ihn Tanten gewöhnlich bekommen. Er küsste sie so, als hätte er diesen Kuss schon eine ganze Zeit vorgehabt, und Ellen beschwor all die Lektionen ihrer beträchtlichen Vergangenheit, um ihn mit Charme zu empfangen und zu erwidern. Sie ließ ihn ihren Kopf in seiner beruhigenden Hand halten, so als wäre sie ein Baby mit einem zerbrechlichen Hals, das gefüttert wird. Für Ellen schmeckte sein Mund wie ihr eigener ausgezeichneter Scotch, und schön gewärmt.

Als Ellen und Al schließlich zur Tall Folks Tavern hinübergingen, war Polizeistunde, und Maddy, die gewöhnliche Barkeeperin, warf gerade ihre letzten Betrunkenen raus.

»Geht nach Hause!«, schrie sie. »Geht nach Hause und entschuldigt euch bei euren Frauen!«

Ellen fragte Maddy nicht, wie der Abend gewesen war, und sie grüßte auch keinen ihrer Kunden, sondern ging hinter die Theke und nahm sich den Behälter mit den liegen gelassenen Sachen. Dann ging sie zusammen mit Al in den hinteren Raum. Ellen breitete die liegen gelassenen Mäntel über dem Billardtisch aus. Al schaltete das schwache Oberlicht aus, und die beiden stiegen auf den Billardtisch mit seiner dünnen Matratze aus den Sachen anderer Leute. Ellen streckte sich auf dem Rücken aus, mit einer feuchten Jacke als Kopfkissen, und Al legte seinen Kopf auf ihre Brust. Sie küsste sein rauchiges Haar. In der Dunkelheit des Hinterzimmers, ohne ein Fenster oder einen Ventilator, roch die Luft nach Zigarettenasche und Kreidestaub. Es roch so ähnlich wie in einer Schule.

Viel später, über eine Stunde später, legte Al sich schließlich vorsichtig auf Ellen, und sie verschränkte behaglich ihre Hände hinter seinem Rücken, doch davor hatten sie lange Zeit bloß so dagelegen, im Dunkeln, und sich nur die Hände gehalten wie alte Leute. Sie lauschten, wie Maddy, das gewöhnliche Barmädchen, ihre letzten Betrunkenen aus der Tall Folks Tavern warf, und sie lauschten, wie sie die Bar aufräumte und schloss. In ihren besten Nächten hatte Ellen in dieser gleichen Bar mit weit ausgebreiteten Armen getanzt und gerufen: »Meine Leute! Meine Leute!«, während sich die Männer zu ihren Füßen drängten wie Hunde oder Studenten. Sie flehten sie an, doch noch nicht zu schließen. Es war schon Tageslicht, und sie kamen immer noch von der anderen Straßenseite und baten sie, nicht zu schließen. Sie erzählte das Al, und er nickte. In der Dunkelheit dieses großen Hinterzimmers fühlte sie sein leichtes Nicken.

Landung

Ich hielt mich drei Monate lang in San Francisco auf und schlief dort nur mit einem Mann, einem kleinen Farmer aus Tennessee. Das hätte ich auch zu Hause haben können (dachte ich) und dabei eine Menge Geld für Miete gespart. Eine Stadt voll gebildeter, erfolgreicher Männer (dachte ich), und ich hatte es auf den ersten Kerl abgesehen, den ich einen John-Deere-Hut tragen sah.

Ich bemerkte ihn in der Bar, weil er in seinem bunt karierten Hemd und den weißen Socken so deplatziert aussah zwischen all den Geschäftsleuten. Er trank Bier, und neben seiner Flasche sah ich eine Büchse Kautabak stehen. Und wenn es etwas gibt, das ich nicht ausstehen kann, dann ist es ein Mann, der priemt. Ich setzte mich neben ihn.

»Wie heißt du denn?«, fragte ich.

»Du gehst ja ganz schön direkt auf mich los«, erwiderte er.

»Das ist aber ein mächtig langer Name«, sagte ich, bestellte mir ein Bier und setzte mich auf den Barhocker. Er erklärte mir, sein Name sei Dean.

»Ich bin Julie«, sagte ich. »Was machst du denn in San Francisco, Dean?«

»Onkel Sam hat mich hier stationiert.«

Ich dachte, ich bin doch wirklich nicht den ganzen Weg nach Kalifornien gekommen, um irgendeinen angeworbenen Burschen in einer Bar aufzugabeln. Ich bin doch nicht den ganzen weiten Weg hierher nach Kalifornien gekommen, um irgendeinen guten alten Jungen mit einer billigen Uhr und einem Bürstenhaarschnitt aufzugabeln, einen Bauerntölpel aus einer Stadt, die wahrscheinlich kleiner ist als meine eigene.

»Was genau machst du denn in der Armee, Dean?«

»Ich springe aus Flugzeugen.« Etwas an seiner gedehnten Redeweise ließ diese Antwort voller versteckter Andeutungen erscheinen. Er sah mich abschätzend an; dann gab es eine lange Pause.

»Na«, meinte ich schließlich, »das muss doch Spaß machen.«

Dean richtete einen Augenblick lang seine Augen auf die meinen. Er breitete die Papierserviette vor mir aus, hielt sie über meinen Kopf und ließ sie wieder los: ein winziger Fallschirm mit dem Aufdruck »Pierce Street Bar« in einer Ecke. Die Serviette flatterte herunter und fiel auf meine Zigarettenschachtel.

»Man fällt und fällt«, sagte er. »Und dann landet man.«

Ich nahm einen kräftigen Schluck aus der Flasche und setzte sie ruhig auf ihrem eigenen feuchten Ring wieder ab. Ich hatte schon diesen magnetischen Zug in den Kniekehlen gespürt und dieses sanfte Ziehen direkt unterm Magen.

»Hast du Cowboystiefel?«, fragte ich ihn.

»Warum?«

»Weil ich diese Schuhe, die du trägst, nicht gerade toll finde. Du siehst albern aus mit weißen Socken und eleganten Schuhen. Ich finde, du würdest gleich viel besser aussehen, wenn aus diesen Jeans Cowboystiefel rausgucken würden.«

Dean lachte. »Klar hab ich Cowboystiefel. Komm heute abend einfach mit mir zur Garnison, dann werde ich sie für dich anziehen.«

»Du verschwendest wohl nicht viel Zeit damit, ein Mädchen mit Reden zu umgarnen?«, fragte ich und legte eine Hand um meine Bierflasche. Dean bedeckte meine andere Hand mit der seinen.

»Du hast wirklich schöne Hände«, sagte er.

»Ich wollte gerade trinken«, entgegnete ich und dachte, dass meine Stimme wohl ein wenig zu leise und zittrig klingt. Ich räusperte mich.

Wir blickten auf seine Hand auf der meinen und auf meine Hand an der Flasche, und ich sagte: »Du hast auch schöne Hände. Groß, aber schön.« Ich konnte seine Hornhaut an meinen Knöcheln spüren.

»Du weißt, was man über Männer mit großen Händen sagt«, fuhr ich fort, und Dean griente.

»Und was ist das?«

»Große Handschuhe.«

Deans Truck war leicht zu finden. Es war der einzige Pickup mit einem Tennessee-Schild in der Pierce Street, und er stand gleich gegenüber von der Bar.

»Du bist mit dem Ding den ganzen Weg nach Kalifornien gefahren?«

»Jawohl. Hab nur zwei Tage gebraucht.«

Auf dem Vordersitz lag eine Krapfenschachtel, und das Fenster an der Fahrgastseite saß auf halber Höhe fest. Der Boden war mit Plastikringen im Sechserpack, Fast-Food-Tüten und leeren Kassettenbehältern bedeckt, ich fühlte etwas unter meinen Füßen knacken, als ich einstieg.

»Was war das?«, fragte Dean, und ich las die Aufschrift auf dem Behälter.

»Hank Williams Junior's größte Hits, Band zwei. Das ist doch nicht dein Ernst.«

»Was ist los, noch nie Country-Musik gehört?«

»Ich wünschte, ich hätte es.«

Dean startete den Truck und fuhr aus der Pierce Street heraus.

»Wo, sagtest du, bist du her, Julie?«

»Main Street«, erwiderte ich. »USA.«

»Du hast etwas Südliches in deiner Stimme.«

»Kann sein.«

»Schieß hier rüber«, sagte Dean und klopfte auf einen Platz neben ihm. Ich rutschte zu ihm hinüber, so nahe wie möglich. »Ich möchte meinen Arm um dich legen«, sagte er, »aber ich muss auch schalten.«

Ich nahm seine Hand von der angeschlagenen schwarzen Kugel auf dem Gangschaltungshebel und legte seinen Arm um mich.

»Fahren wir den ganzen Weg zu meiner Kaserne zu zweit?«, fragte er.

»Ich werde schalten«, erklärte ich, und so fuhren wir dann auch: Ich schaltete, und meine andere Hand lag auf seinem linken Schenkel, so dass ich merkte, wenn er die Kupplung betätigte. Mein Gesicht war dicht an seiner Brust, so dass ich fühlen konnte, wie er atmete, und die Druckknöpfe auf seinem Hemd sah. Dean hatte beim Fahren erst eine Hand auf meiner Schulter, dann unter meinem Arm an meinen Rippen und schließlich an meiner Brust.

Wir schwiegen eine Zeitlang, dann meinte Dean: »Sag etwas zu mir. Erzähl mir irgendwas.«

Ich hielt meinen Mund an sein Ohr und schob meine Hand an seinem Schenkel hinauf. Er schloss die Augen.

»Behalte deine Augen auf der Straße«, flüsterte ich, und er lächelte und öffnete sie. Ich konnte den Pulsschlag an seinem Hals sehen.

»Ist dein Bett schmal oder breit?«, fragte ich, und Dean sagte leise: »Schmal.«

»Ich glaube, ich möchte dich in diesen Jeans sehen, ganz ausgeblichen, und unten schen die Cowboystiefel heraus«, sagte ich. »Ich möchte auf deinem Bett liegen und dich dort stehen sehen, ohne Hemd, nur mit diesen Jeans tief unten auf deinen Hüften, und mit Cowboystiefeln. Und du siehst mich nur an. Okay?«

Die Augen nach vorn gerichtet, schluckte Dean und nickte. Ich küsste sein Ohr.

»So musst du großartig aussehen«, sagte ich.

Als ich am nächsten Morgen aufwachte, sah ich einen Burschen mit weißblondem Haar und tarnfarbenen Hosen herumgehen und über den wirren Haufen von meinem Hemd, BH und Rock steigen. Er hatte auf seiner rechten Wange ein kleines Muttermal von der Größe und Farbe eines Schrotkorns.

Dean und ich waren beieinander eingeschlafen. Ich lag mit dem Rücken an seine Brust und seinen Bauch gebettet, mit meinem Haar in seinem Gesicht und Mund.

»Dean?«, rief der Fremde, während er mich ansah. »Bist du wach?«

»Hey, Hunt«, sagte Dean hinten in meinen Hals hinein.

»Wer ist das Mädchen?«

»Das ist Julie. Julie, das ist Hunt, mein Stubenkamerad.«

»Hey«, begrüßte ich ihn.

Hunt, der Stubenkamerad, antwortete nicht. Deshalb sahen wir einander noch etwas länger an. Er hatte eine lange Spalte in der Mitte seines Kinns, eine weitere Miniaturspalte auf seiner Nasenspitze und eine tiefe Furche zwischen den Augen. Er sah so aus, als hätte jemand vorbereitende Markierungen angebracht in der Absicht, sein Gesicht in zwei Hälften zu teilen, war jedoch nie dazu gekommen, es zu vollenden.

Unter der kratzigen grünen Armeedecke schob Dean seine Hand unzweideutig zwischen meine Schenkel. Er ließ sie dort liegen, kühl und unbeweglich, doch voll wunderbarer Aussichten.

»Wo hast du denn die letzte Nacht geschlafen, Hunt?«, fragte er.

»Fernsehraum.«

»Das glaubst du doch selber nicht.«

»Doch.«

»Das brauchtest du aber nicht, Mann.« Dean schob seine Hand höher hinauf zwischen meinen Beinen.

Hunt grinste, aber nur auf einer Seite seines Gesichts, wie ein Schlaganfallopfer. »Ich bin so um drei heute morgen vorbeigekommen«, sagte er, »da hörte ich euch beide rocken und wollte nicht klopfen.«

Dean lachte. Ich drehte mich vorsichtig im Bett um, so dass ich bedeckt blieb, und sah ihn an.

»Ich bin nicht gerade versessen auf deinen Stubenkameraden«, flüsterte ich ihm ins Ohr, und er lachte noch mehr.

»Julie mag dich nicht, Hunt«, sagte er.

»Ich hab gerade das Madonna-Video gesehen«, erzählte Hunt, unbeeindruckt von Deans Bemerkung. »Du kennst es doch, wo sie diesen Männeranzug anhat und immer an ihre Fotze fasst wie Michael Jackson?«

»Klar kenn ich das«, entgegnete Dean.

»Die ist heiß, was?«

»Ja.«

Ich versuchte, meinen Kopf bequem auf Deans Brust zu legen, irgendwo weg von seinem Schlüsselbein, und folgte mit dem Finger der dünnen seidigen Spur des Haares unter seinem Bauchnabel.

»Ich geh noch etwas Fernsehen«, erklärte uns Hunt. »Vielleicht zeigen sie noch mal Madonna. Sie bringen das Video oft.«

»Ja«, sagte Dean.

»Wenn ich zurückkomme, soll ich da klopfen?«

»Dir überlassen, Mann.«

Sobald Hunt aus der Tür war, lag Dean auf mir drauf und zog meine Schenkel um seine Hüften. Ich verschränkte meine Hände hinter seinem Kopf.

»Ach, Baby«, seufzte Dean, »ich bin so froh, dass wir wieder wach sind.«

»Du kannst also meinen Stubenkameraden nicht leiden?«, fragte Dean. Er parkte seinen Truck am entfernten Ende von Baker's Beach, und wir blieben drin, tranken Bier und beobachteten, wie die einzigen beiden Leute im Wasser ein Frisbee hin und her warfen.

»Wenn sie ertrinken, haben wir den Strand für uns allein«, bemerkte ich.

Deans Truck roch nach den Burgers, die wir gerade gegessen hatten.

»Sie können den Strand ruhig haben«, sagte Dean. »Ist sowieso viel zu kalt zum Schwimmen. Ich bin froh, dass wir den Parkplatz gekriegt haben.« Er steckte seinen kleinen Finger in den Hals seiner Bierflasche und schwenkte sie langsam vor seinem Gesicht hin und her, so als versuchte er, sich damit zu hypnotisieren. »Einmal ist mein Finger dabei stecken geblieben.«

»Dann ist es wohl eine mächtig forsche Sache, wenn man das tut?«

Er zog seinen Finger mit einem Knall heraus und hielt ihn hoch. Ich beugte mich darüber und biss hinein.

»Schmeckt nach Bier?«, fragte er.

»Eigentlich nicht.«

Dean zog mich dicht an sich heran und ließ seine Zunge leicht über meine Lippen gleiten. »Ich mag es, wie du schmeckst.«

Ich küsste ihn, dann lehnte ich mich zurück in den Sitz. »Nein, ich kann deinen Stubenkameraden nicht leiden«, sagte ich, legte meine Füße auf das Armaturenbrett und blickte zwischen ihnen hindurch auf die Schwimmer. »Wo kommt er überhaupt her? Alabama?«

»West Virginia.«

»Ja? Na, ich mag ihn jedenfalls nicht. Er erinnert mich an die Typen aus meiner Stadt. Ich weiß, was das für einer ist.«

»Wirklich?«

»Ja.« Ich kämmte die Haare auf Deans Bein mit meinen Fingerspitzen gegen den Strich und strich sie dann wieder glatt. Er trug Shorts, kein Hemd. Cowboystiefel. »Hunt hat bestimmt einen Truck mit sechs Fuß großen Rädern«, sagte ich. »Hat eine Gürtelschnalle, auf der steht: ›Der Süden wird sich wieder erheben‹. Eines Tages wird er ein Mädchen schwängern, vielleicht seine Cousine, und sie werden weitere Kinder haben, die genauso sind wie er. Einen Haufen Kinder, die mit Scherpilzflechte rumlaufen und Sandkuchen essen.«

Dean lachte. »Und was für eine Art Mann würde dir gefallen?« Er balancierte seine Bierflasche auf seiner Handfläche.

»Collegejungs«, antwortete ich. »Rechtsanwälte, weißt du.«

Dean nickte interessiert. »Ich möchte dich mal was fragen. Hast du dich so wie bei mir eigentlich an viele Kerle gehängt, seit du von zu Hause fort bist?«

Ich sah ihn ruhig an. »Ich habe nur gesagt, dass das die Art Männer wären, zu denen ich mich hingezogen fühle.«

Er nickte wieder. »Du fühlst dich also nicht zu Männern wie mich hingezogen?«

»Nein, das tue ich nicht.«

Dean stellte seine Flasche auf das Armaturenbrett und schob mich sanft nach unten, so dass ich flach auf dem Rücken lag.

»Das hätte ich nicht gedacht«, meinte er und zog mir unter dem Rock meine Unterwäsche aus. Er schob meinen Rock bis zur Taille hoch, legte seinen Kopf zwischen meine Beine und begann, die Innenseiten meiner Schenkel zu küssen.

»Ich hab das wirklich verdammt gern«, sagte ich nach ein paar Minuten, und Dean blickte auf.

»Du bist ganz schön kess für ein Mädchen, das angeblich vom Land kommt.«

»Das bist du selber auch«, entgegnete ich.

Es war Mitternacht im International House of Pancakes.

»Gratuliere zum Jubiläum«, sagte Dean und toastete mir mit seinem Milchshake zu. »Wir sind jetzt genau einen ganzen Tag zusammen.«

»Diese Kellnerinnen sind wirklich nicht toll«, sagte ich und hob mein Glas mit Wasser, nicht zu einem Toast, sondern zum Nachfüllen. »Ich lutsche nun schon eine halbe Stunde lang an diesem Eis.«

»Zehn Minuten«, verbesserte mich Dean.

»Trotzdem. Eine Kellnerin sollte sich um solche Sachen kümmern.«

»Wenn du lächelst, sieht der untere Teil deiner Augen so

aus.« Dean tauchte den Finger in seinen Milchshake und malte eine Halbmondform auf die Tischplatte. »Ich hab das gern.«

Die Haut um meinen Mund war ganz wund gerieben von Deans Bartstoppeln, und es tat weh beim Hinsetzen von all dem Sex. Dean lehnte den Kopf gegen seinen türkisfarbenen Vinylstuhl und schloss die Augen.

»Bist du schon erschöpft?«, fragte ich. Er lächelte und schüttelte den Kopf, ohne die Augen gegen die Leuchtstofflampen zu öffnen.

»Nein, meine Liebe, ich bin ganz und gar bereit für eine weitere Runde.«

»Lügner. Ich hab dich vorher wie einen Cowboy laufen sehen.«

»Das lag an den Cowboystiefeln.«

Die Kellnerin füllte mein Glas wieder mit Wasser, und wir sprachen eine Zeitlang nicht. Dann trank ich das Wasser in einem Zug aus, räusperte mich und sagte: »Also …, es war wirklich nett, dich kennengelernt zu haben, Dean.«

Er hob seinen Kopf von der Rückenlehne des Stuhls und sah mich mit seinen Augen an, die von der Bernsteinfarbe des Whiskys waren, der am Boden eines Fasses ablagert.

»Du willst woanders hin?«, fragte er.

»Nicht wirklich. Oder vielleicht doch. Vielleicht bleibe ich in San Francisco, aber ich könnte auch bald fortgehen. Ich bleibe nirgendwo gern sehr lange, weißt du.«

Dean antwortete nicht, er wartete.

»Oder ich gehe vielleicht runter nach L. A.«, fuhr ich fort und wandte mich von Dean ab, um zuerst den Dessertschrank, dann die Toilettentüren zu mustern. »Ich habe auch schon daran gedacht, nach Seattle oder vielleicht nach Portland zu gehen.«

»Hast du vor, schon morgen oder so fortzugehen?« Dean machte ein ratloses Gesicht. Ich rollte mit den Augen.

»Hör mal, ich möchte darum nicht streiten.«

»Niemand streitet hier. Ich wollte nur wissen, was du meintest mit ›nett, dich kennengelernt zu haben‹.«

»Dean, du bist ein netter Bursche und so, okay? Aber ich bin nicht auf irgendeine Art Beziehung aus. Ich möchte nicht, dass du schließlich an mir hängst oder so.«

»Wie?«

»Dafür bin ich nicht den ganzen Weg hierher gekommen.«

»Nein?«

»Nein.«

Ich griff nach einer Flasche Ahornsirup, stellte sie auf den Kopf und beobachtete, wie sich die braune Flüssigkeit darin bewegte, so langsam wie Lava.

»Du und ich, Dean, wir beide haben überhaupt nichts Gemeinsames. Du wirst deine Armeezeit beenden und dann wahrscheinlich nach Tennessee zurückgehen. Das ist schön; wunderbar für dich. Aber das ist nichts für mich. Ich will nicht den Rest meiner Tage als verheiratete Frau in Tennessee verbringen.«

»Ich kann mich nicht erinnern, dich darum gebeten zu haben.«

»Du weißt schon, was ich meine.«

»Nein, das weiß ich eben nicht.«

Ich griff über den Tisch nach seiner Hand, und er ließ sie mich nehmen, so wie man eine Kellnerin ein leeres Tablett nehmen lässt.

»Dean«, sagte ich. »Hör zu. Zweitausend Meilen sind ein weiter Weg, um nach etwas zu suchen, was man nebenan haben kann. Okay?«

Er antwortete nicht gleich. Seine Stimme hatte nichts Anklagendes, als er schließlich erklärte: »Viele Burschen in der Pierce Street Bar haben die Dinge, wonach du suchst, Julie. Wenn es das ist, was du willst, weshalb hast du dich dann neben mich gesetzt?«

Ich nahm meine Hand von der seinen und legte sie auf meinen Schoß. Ich sah hinab auf meinen Ärmel, der schmutzig war vom Fußboden in Deans Zimmer.

»Ich weiß, worum es euch allen geht …«, begann ich und wollte so ruhig klingen wie Dean, aber meine Stimme versagte.

»Nein, das weißt du nicht, Julie. Du kennst mich ja kaum.«

»Ich denke doch.«

»Du irrst dich, wenn du das denkst«, sagte er. »Du kennst mich überhaupt nicht, wie denn auch, und du irrst dich, wenn du anderer Meinung bist.«

Wir sahen uns über den Tisch hinweg an. Deans Gesicht war ruhig und offen. Ich dachte, dafür bin ich nicht den ganzen Weg nach Kalifornien gekommen, aber ich sagte nichts.

Ich beobachtete eine Kellnerin, wie sie am Dessertschrank einen großen weißen Kuchen aufschnitt und vorsichtig ein Stück auf einen Teller schob. Sie warf einen Blick hinter sich und leckte dann etwas Zuckerguss von ihrem Daumen ab. Eine andere Kellnerin schrubbte das Innere einer großen Kaffeemaschine mit etwas, das so aussah wie eine Toilettenbürste.

»Was machst du denn?«, erkundigte sich Dean nach einer Weile.

»Nichts«, erwiderte ich. »Zusehen.«

Er lächelte ein wenig.

»Was ist?«, fragte ich.

»Nichts.« Deans Lächeln wurde breiter. »Es ist nur, weil ich dich nicht aufspringen und davonlaufen sehe.«

»Du meinst, das würde ich nicht tun?«

Dean zuckte mit den Achseln. »Ich warte nur, weiter nichts.«

»Okay«, sagte ich. »Okay.«

Die Kellnerin ging durch das Restaurant, platzierte Gäste, servierte das Essen, ließ Trinkgelder in ihre Schürzentaschen gleiten. Jemand kam mit einem Lappen aus der Küche, um etwas Verschüttetes wegzuwischen. Der Manager beschäftigte sich mit einem Kreuzworträtsel und nippte an einem großen Glas Milch. Ich sah ihnen zu, und Dean saß still am Tisch mir gegenüber und wartete.

Ich dachte, wie lange wird dieser Mann hier noch sitzen bleiben?

Aber Dean stand nicht auf, um zu gehen, und ich auch nicht.

Dumme Gören

Margie und Peg wurden festgenommen, nachdem sie sich mit dem Kochwein des Küchenchefs betrunken hatten, dann auf den Parkplatz gegangen waren und dort auf die Windschutzscheiben der Autos, die dort parkten, Butter geschmiert hatten. Es war schon spät im September und lange nach dem Ende der Touristensaison. An diesem Abend waren sehr wenig Gäste in dem Restaurant gewesen, in dem Margie und Peg arbeiteten, und auch wenig Autos auf dem Parkplatz. Doch wie es der Zufall wollte, erwies sich eins der Autos, die Margie und Peg beschmiert hatten, als der Polizeiwagen eines Delawarer Staatspolizisten. Sie hatten nicht bemerkt, dass es sich um ein Polizeiauto handelte. Sie hatten einfach nicht richtig aufgepasst. Der Delawarer Staatspolizist jedenfalls kam gerade aus dem Restaurant und ging auf den Parkplatz, wo er die Mädchen dann mühelos bei einem Akt von Vandalismus erwischte.

Peg begann zu rennen, aber Margie rief: »Lauf nicht weg, Peg! Er wird dich niederschießen wie einen Hund!«

Was Peg glaubte, obgleich der Delawarer Polizist nichts Bedrohlicheres getan hatte, als in barschem Ton »Hey!« zu rufen. Der Polizist hielt Peg und Margie auf dem Parkplatz fest und rief per Funk nach einem Stadtpolizisten, der sich mit der ganzen Sache befassen sollte.

»Kommen Sie und holen Sie diese dummen Gören«, erklärte er dem Stadtpolizisten über Funk.

Der Delawarer Staatspolizist stand mit Margie und Peg

auf dem Parkplatz und wartete auf den Stadtpolizisten. Es regnete und regnete auf sie nieder. Der Polizist trug einen praktischen Regenmantel, aber die Mädchen waren völlig durchnässt in ihrer Kellnerinnentracht.

»Dürften wir vielleicht in das Restaurant hineingehen, während wir auf die Ankunft des anderen Polizisten warten«, bat Margie. »Es wäre doch wirklich angenehmer, wenn wir nicht im Regen stehen müssten, während wir auf die Ankunft dieses Herrn warten. Meinen Sie nicht auch?«

Margie hatte die Gewohnheit (übrigens neu entwickelt in diesem Sommer), sehr vornehm und gebildet zu sprechen. Eine ganz neue Mode. Eine ganz neue Affektiertheit, die nicht jedem gefiel, dem sie begegnete. Besonders an diesem Abend hörte sich das an, als wäre sie nahe daran, den Delawarer Staatspolizisten mit »mein lieber Mann« anzureden. Der Delawarer Staatspolizist musterte Margie in ihrer nassen Kellnerinnentracht, die so keck daherredete – die Frau war zweifellos betrunken. Margie hatte eine Augenbraue neugierig-forschend hochgezogen und einen Finger geziert an ihr Kinn gedrückt.

»Sie können ruhig die ganze Nacht draußen im Regen stehen, Little Miss Du Pont, was kümmert's mich«, entgegnete der Delawarer Staatspolizist.

»Das ist sehr komisch«, erklärte ihm Peg.

»Danke«, erwiderte er.

Der Stadtpolizist erschien. Er sah gelangweilt aus und war in der Tat so gelangweilt, dass er gegen Margie und Peg Anklage erhob wegen öffentlicher Trunkenheit, Störung der öffentlichen Ruhe und Ordnung sowie Vandalismus.

»Du meine Güte!«, meinte Margie. »Das sind aber eine Menge schwerwiegende Anklagen für so einen harmlosen kleinen Streich wie den unseren.«

Die Mädchen wurden in das Auto des Stadtpolizisten geladen und in das örtliche Gefängnis gebracht, wo ihnen die Fingerabdrücke abgenommen wurden und ein Protokoll angefertigt wurde.

Pegs Freund, ein gutaussehender Bursche namens J.J., erschien schließlich, um Peg und Margie gegen Bürgschaft aus ihrer Haft zu befreien, allerdings erst, nachdem die beiden Mädchen ein paar Stunden in der ordentlichen Gefängniszelle zugebracht hatten.

»Sehen Sie sich nur um, meine Damen«, hatte der gelangweilte Stadtpolizist gesagt, als er sie einschloss. »Verschaffen Sie sich ein Gefühl dafür. Denken Sie daran, wie das ist, hinter Gittern zu sitzen. Nicht sehr angenehm, nicht wahr? Denken Sie an dieses Gefühl, wenn Sie das nächste Mal beschließen, eine Straftat zu begehen.«

Margie und Peg *sahen* sich um. Sie bekamen ein Gefühl dafür. Sie kauten Kaugummi, den Margie bei sich hatte, und schliefen dann ein. Als Pegs Freund schließlich erschien, um sie aus dem Gefängnis herauszuholen, war es bereits drei Uhr morgens.

»Ihr seid mir vielleicht zwei Pflaumen«, sagte J.J., und er brachte das Auto zur Vorderseite der Polizeiwache, damit die Mädchen nicht noch nasser würden.

Sie fuhren nach Hause. Der Regen schlug hart auf das Auto, wie Hagel. Jeder Tropfen hatte, so schien es, das Gewicht einer ungekochten Bohne. Die Küste von Delaware bekam zwar nur einen kleinen Teil von einem Orkan weiter draußen über dem Atlantik ab, aber es war doch ein ziemlich dramatischer Teil.

J.J.s Kinn berührte beim Fahren beinahe das Lenkrad bei dem Versuch, die Straße zu erkennen. Peg schlief auf dem Rücksitz. Margie fand einen Kaugummi, der in ihrem Haar steckte, und löste ihn heraus.

»Der Streifenpolizist erzählte mir, dass ihr beide eigentlich die ganze Nacht im Gefängnis zubringen solltet, aber ich habe ihm das ausgeredet«, erklärte J.J. Margie.

»Wie hast du das denn fertiggebracht, du schlauer Schatz«, fragte Margie.

»Ich hab ihm gesagt, dass die Straße zu unserem Haus vielleicht bis zum Morgen von dem ganzen Regen ausgewaschen sein würde und ich dann vielleicht nicht kommen könnte, um euch zu holen. Er hat das sehr freundlich aufgenommen.«

»Männer reden sicher gern über Männersachen wie Straßen, die ausgewaschen werden, nicht wahr?«

»Das stimmt«, sagte J.J.

»Hast du ihm auch fest und männlich die Hand geschüttelt,

»Ja, hab ich.«

»Hast du ihn Sir genannt?«

»Ja, Ma'am.«

»Schön für dich, J.J.«, sagte Margie. »Hab vielen, vielen Dank, dass du uns aus diesem grässlichen Gefängnis befreit hast.«

Als sie zu ihrem Haus zurückkamen, war Margies verwöhnter, törichter Freund schon wach.

»Ich verlange, mit den führenden kriminellen Köpfen einen Drink zu nehmen«, sagte John.

John hatte die gleiche Angewohnheit, in einer gebildeten und vornehmen Weise zu reden, wie Margie. Tatsächlich hatte Margie ihre Sprechweise direkt von John übernommen. John hatte sie erfunden.

»Findest du uns abscheulich?«, fragte Margie und küsste ihn auf die Wange.

John sagte: »Ich stelle eine Forderung! Ich verlange,

dass wir bei diesem großartigen Regen draußen sitzen und frostige Geschichten über das Leben in dem großen Haus hören.«

Margie entgegnete: »Törichter John. Alberner John. Erkennst du denn nicht, dass *dies* das große Haus ist?«

Margie hatte vollkommen recht. Es war in der Tat ein großes Haus. Es gehörte John. Er war zwar erst einundzwanzig Jahre alt, aber besaß bereits dieses große Haus direkt an der Küste von Delaware. Seine Eltern hatten es ihm zum Schulabschluss geschenkt. Margie hatte dagegen von ihren Eltern nur ein Armband bekommen. Pegs Eltern hatten sie als Abschlussgeschenk zum Dinner ausgeführt. Und J.J.s Eltern hatten ihm eine Schulabschlusskarte geschickt, die von allen seinen Tanten und Onkeln unterschrieben war.

John war reich. Sein Vater war ein Fabrikant, der in Hollywood lebte und *sehr* reich war. Was Johns Mutter betraf, so handelte es sich bei ihr um eine frühere Miss Delaware, die von Johns Vater geschieden war und in einem herrschaftlichen Haus an der Chesapeake Bay lebte. Sie war in diesem Sommer nur einmal heruntergekommen, um ihren Sohn in seinem neuen Strandhaus zu besuchen. Sie war in einem Mercedes erschienen, und dieses Auto hatte so schwarz und hart ausgesehen wie ein nasser Felsen.

John beabsichtigte, für alle Zeiten in seinem Schulabschlussgeschenk-Haus zu leben. Er hatte seine Collegefreunde eingeladen, so lange bei ihm zu wohnen, wie sie Lust hatten. Ursprünglich waren es fünf junge Leute, die in Johns Haus wohnten. Sie hatten zusammen nur zwei verschiedene Namen. Es gab drei Margarets und zwei Johns. Einige hatten Spitznamen, andere nicht. Sie hießen John, J.J., Margie, Mags und Peg.

»Du lieber Himmel!«, hatte John erfreut bemerkt. »Wir

sind ein volles Haus. Wir bestehen aus einem Paar und drei-
en von einer Sorte. Haben wir nicht Glück? Ist das nicht ein
wunderbares Blatt zum Kartenspielen?«

Aber Mags hatte das Strandhaus Ende August verlassen
und war nach Florida gezogen.

Mags hatte Peg heimlich gestanden: »Ich will dir was sagen, Peg: Tatsache ist, dass ich John zu hassen beginne.«

John bemerkte über Mags, nachdem sie fort war: »Sie
konnte gern jederzeit ausziehen. Niemand muss in diesem
Haus bleiben, bloß um mir zu Gefallen zu sein. Sie hätte
allerdings daran denken können, sich durch eine andere
Margaret ersetzen zu lassen, nur um unser glückliches Blatt
Karten nicht zu zerstören. Leider! Jetzt sind wir nur noch
zwei Paare. Aber ihr bleibt doch, oder?«

»Wir bleiben alle!« hatte Peg erklärt und ihren hübschen
Freund J.J. an sich gedrückt.

»Ist denn das Haus überhaupt winterfest?«, hatte John J.J.
gefragt.

»Ach, du lieber Himmel! Ich weiß es nicht«, sagte der
verwöhnte, törichte John darauf. »Könntest du dich nicht
darum kümmern, J.J.? Du bist doch so gescheit. Ja? Wie
schwierig würde das denn sein, mein Haus winterfest zu
machen?«

Tatsächlich war das Haus ganz und gar nicht winterfest,
wie seine vier Bewohner Ende September schließlich feststellen mussten. Es war nahezu unmöglich, sich warm zu
halten. Und dazu kam noch, dass es zu der Zeit von Margies
und Pegs Festnahme nicht einmal den Anschein hatte, dass
einer der vier jungen Leute eine Arbeit bekam. J.J.s Job als
Rettungsschwimmer hatte gleich nach dem *Tag der Arbeit*,
als die Touristen verschwanden, geendet. Es war mit Sicher-
heit anzunehmen, dass Margie und Peg nach dem Butter-

streich in ihrer Trunkenheit auf dem Parkplatz des Restaurants ihre Kellnerinnenjobs verlieren würden. Und was den verwöhnten, törichten John anging, so hatte er noch nie irgendeine Art von Job gehabt, sondern den Sommer damit verbracht, sein Haar wachsen zu lassen und Fortsetzungen zu Filmen zu schreiben, die bereits Fortsetzungen hatten.

»Nun also, meine glorreichen Knastschwestern«, sagte John, »lasst uns zum Dach hinaufsteigen. Wir wollen auf der Laufplanke sitzen und etwas Alkoholisches zu uns nehmen, während wir uns dieses großartigen Regens erfreuen.«

So geschah es, dass die vier Freunde auf das Dach von Johns großem Strandhaus stiegen, um Bier zu trinken und das Wetter zu beobachten. Sie befanden sich gerade mal eine Düne entfernt von der See, und der Strand hatte es schwer, sich gegen die peitschenden Wellen und den Regen zu behaupten. Die vier Freunde saßen, völlig dem Regen ausgesetzt, auf vier tropfnassen Liegestühlen. Der kalte Regen bildete Pfützen unter ihren Füßen und prasselte auf ihre Rücken nieder.

John verkündete: »Dieser Sturm bringt das kalte Wasser herein. Wir können nicht mehr schwimmen gehen. Meine Freunde, es tut mir leid, das vermelden zu müssen. Dieses Unwetter bedeutet das Ende unseres glücklichen Sommers.«

»Nicht mehr schwimmen!«, sagte Margie entsetzt.

»Ja! Bedauerlicherweise macht dieser Sturm unserem freundlichen Sommer ein Ende.«

Margie schien niedergeschmettert. Es war anscheinend das erste Mal, dass der Gedanke an die Möglichkeit einer jahreszeitlichen Veränderung überhaupt bei ihr aufgetaucht war.

»Nicht mehr schwimmen«, sagte sie noch einmal. Sie war in der Tat schockiert. »Kann denn das wahr sein?«

»September ist der unbarmherzigste Monat«, erklärte John.

Auf Johns Schoß lag eine offene Tüte mit Kartoffelchips, die der Regen in einen durchgeweichten salzigen Futterbeutel verwandelt hatte. Er fischte ein paar der feuchten Dinger heraus und warf sie über den Rand des Hauses.

»Was für ein Unwetter«, bemerkte Peg. »Oh, Gott.«

J.J. sagte beruhigend: »Das ist doch gar nichts, Peg. Das ist ja noch nicht einmal ein *richtiges* Unwetter. Das richtige Unwetter ist viel zu sehr damit beschäftigt, irgendwoanders alles rauszureißen, als sich um uns zu kümmern.«

»J.J. hat recht«, verkündete John. »Das ist wirklich nur die Nachhut eines richtigen Unwetters.«

»Du lieber Himmel!«, meinte Margie, »es regnet aber dennoch ziemlich stark.« Dann fragte sie: »Peg, Liebste?«

»Ja«, antwortete Peg.

»Ist es furchtbar schwierig, einen Job zu bekommen, wenn man vorbestraft ist?«

»Wir sind nicht vorbestraft, Margie.«

»Nein? Sind wir nicht gerade in dieser selben Nacht festgenommen worden?«

»Ja, schon, aber vorbestraft zu sein ist etwas ganz anderes. Vorbestraft ist man, wenn man wiederholt straffällig wird. Man kann keine Vorstrafe bekommen, wenn man nicht eine Reihe von Straftaten begangen hat.«

»Es hört sich sehr überzeugt an, was Peg dazu sagt«, meinte Margie.

»Für eine Frau, die keine Ahnung hat, worüber sie zum Teufel redet«, fand John, »hört sich Peg an wie der reinste Justizminister.«

»Ich halte es nun mal für unmöglich, mit einer Vorstrafe eine Arbeit zu bekommen«, sagte Margie. »Ich werde nie wieder einen Job bekommen, auch Peg nicht. Wir sind verdammt! John, Liebster? Wirst du immer für mich sorgen?«

»Natürlich«, erklärte John.

»Aber was soll nur aus Peg werden? Sie wird das Spielzeug eines reichen alten Mannes werden müssen. John, mein Lieber? Kennst du nicht irgendeinen reichen alten Mann, der ein junges Spielzeug braucht?«

John erwiderte: »Nur meinen Vater. Aber ich denke mir, er hat bereits ein Spielzeug.«

Es gab einen imposanten Blitz.

»Oh, Baby«, sagte J.J.

John stand auf. Er holte seinen Pferdeschwanz nach vorn, wrang ihn aus und verkündete: »Ich stelle eine Forderung. Wir gehen jetzt schwimmen. Das ist unsere letzte Chance. Lasst uns nicht zögern, denn morgen wird das Wasser zu kalt sein.«

»Sehr komisch«, sagte J.J. »Ich werde nicht schwimmen gehen.«

»Sehr komisch«, sagte Peg. »Ich gehe ganz bestimmt auch nicht schwimmen.«

»Ihr seid beide außerordentlich komisch«, erkärte John, »weil wir in der Tat schwimmen gehen werden. Ich fordere es nämlich.«

»Niemand geht heute Nacht schwimmen, Chef«, erklärte Peg.

John stieß seine Faust in die Luft und schrie: »Ins Meer! Wir gehen mit Begeisterung ins Meer. Ich fordere Begeisterung.«

Margie sagte: »Mein reizender John hat seinen Verstand verloren.«

»Das Unwetter wird morgen vorüber sein, meine Freunde«, sagte John. »Die Sonne wird wieder herauskommen, aber das Wasser wird schon kalt sein. Und es wird euch außerordentlich leidtun, dass ihr eure letzte Chance zum Schwimmen verpasst habt.«

»John hat einfach der Verstand verlassen«, bemerkte Margie.

»Das ist noch nicht einmal ein richtiges Unwetter«, entgegnete John. »Genau das hat doch J.J. gesagt. Stimmt's? Und J.J. ist doch ein vernünftiger Mensch. Das hier ist lediglich die Nachhut eines Unwetters. Es wäre mir wirklich peinlich, das ein Unwetter zu nennen.«

»Ich gehe schwimmen«, erklärte J.J. »Was soll's?«

Margie sah von Peg zu John und dann zu J.J., der in der Tat unter den Freunden als ein vernünftiger Mensch galt. J.J. saß gebeugt da mit seinem Bier auf dem Bauch. Sein schöner, nasser Körper war im Liegestuhl in eine schreckliche Haltung tief herabgesunken, so als wäre er der betrunkene Onkel von jemand.

»Klar. Ich gehe schwimmen«, wiederholte J.J. Und er fügte als Erklärung hinzu: »Viel nasser können wir doch wohl nicht mehr werden?«

»Du hast's erfasst«, sagte Peg. »Ich denke, das klingt plausibel.«

An diesem Punkt war es so, als wäre eine offizielle Entscheidung getroffen worden. Es war, als bildeten die vier Freunde eine Konferenz von Geschäftsleuten, unter denen eine starke Übereinstimmung herrschte. Es war, als wären die vier Freunde vier Geschäftsführer im Konsens, so wie sie aufstanden und die Treppe hinunter über die Düne zum Strand liefen. Als sie durch die Veranda kamen, griff Margie ihren aufblasbaren Dumboschlauch und legte ihn sich über den Kopf und um die Taille. Es war ein Kinderspielzeug, aber es machte ihr Spaß. Sie hatte es den ganzen Sommer zum Schwimmen mitgenommen. Sie hielt das graue Dumboplastikrohr in der Hand, so als wäre es eine Wünschelrute, und folgte dem Anführer geradewegs zum Wasser.

Unten am Strand zogen sich der verwöhnte, törichte John und der schöne J.J. die Schuhe aus und marschierten vollkommen bekleidet ins Wasser. Sie bahnten sich ihren Weg durch die stürmische Brandung, die manchmal hüfthoch, manchmal brusthoch war. Sie zogen ihre Beine an, über das Wasser hinweg und hindurch und mühten sich dabei ab, als durchquerten sie dichten, sich schnell bewegenden Schlamm. John wurde sofort von der ersten Welle umgeworfen, aber J.J. tauchte direkt hinein und kam oben auf einer anderen Welle wieder an die Oberfläche. Auch John tauchte wieder auf, jubelte und wurde erneut umgeworfen.

Margie zog sich bis auf die Unterwäsche aus, Peg dagegen streifte nur ihren Rock ab. Margie rannte hinter John und J.J. ins Wasser, hielt dabei ihren Dumboschlauch um ihre Taille und kreischte.

Peg stand einige Zeit in der Brandung und ließ sich von der Flut die Füße eingraben. Zwei Wellen reichten aus, um bis über die Knöchel im Sand zu versinken. Die Dunkelheit und der Regen sorgten dafür, dass sie nicht weit über die drei Köpfe ihrer Freunde dort draußen hinaussehen konnte. Sie zog ihre Füße aus dem Sand und bahnte sich ihren Weg in die Brandung, direkt in einen Brecher hinein, der einen Augenblick hoch wie ein Maschendrahtzaun über ihr stand. Die Welle fiel, Peg entspannte sich wieder und ließ sie über sich hinwegrollen. Als Peg auftauchte, befand sie sich oben auf einer anderen Welle. Sie sah John, J.J. und Margie in einem Wellental unter ihr, mit offenen Mündern. Das Rohr von Margies Dumboschlauch ragte aus dem Wasser hervor wie ein Periskop. Dann ergoss sich eine größere Welle auf Peg und auch auf ihre Freunde.

Als Peg wieder an die Oberfläche kam, konnte sie ihre Freunde nicht mehr sehen. Sie trat im Wasser auf der Stelle und duckte sich unter drei Wellen hindurch, ehe sie auf einer Woge hoch genug kam, um zu sehen, dass sie weiter auf die See hinausgeschwommen waren. Margie, John und ihr Freund waren jetzt dort, wo die Wellen zwar hochstiegen, sich aber nicht mehr brachen. J.J. war getrennt von John und Margie, er schwamm auf dem Rücken. Margie sah Peg und winkte ihr zu. Nach zehn Minuten schaffte es Peg, zu ihnen hinzuschwimmen. John hatte seinen Zopfhalter verloren, und sein Haar trieb um ihn herum wie Seetang.

»Das ist vielleicht laut!«, brüllte Margie. »Stimmt's?«

Peg war völlig außer Atem, deshalb nickte sie nur. Eine lange Haarsträhne klebte Margie vom Mund bis zum Ohr, die einen schwarzen Strich über ihrem Gesicht bildete, gleich einer Wunde von einer Messerstecherei. Sie traten alle im Wasser auf der Stelle, ganz ungraziös, spuckten Wasser und reckten die Hälse, um mit dem Kopf über der stürmischen Wasseroberfläche zu bleiben. Außer J.J., der niemals ungraziös war. J.J. schwamm ganz mühelos umher, seine Stöße waren so ruhig und kräftig, als schwämme er ein paar lässige Runden im Christlichen Verein Junger Männer, statt mit der stürmischen See zu ringen.

»Wie tief, glaubst du, ist es hier, mein Lieber?«, rief John.

J.J. lachte, während er auf einer Woge schwamm.

»Zwanzig Fuß!«, schrie J.J. Dann fiel die Woge, und er verbesserte: »Nein! Ich nehme es zurück. Es sind zehn Fuß!« Eine neue Welle erhob sich, und J.J. sagte: »Nein! Es sind achtzehn Fuß!«

Peg hielt sich die Nase zu und tauchte ab, sie arbeitete sich nach unten und suchte den Boden. Als sie ihn berührte, stieß ihr Fuß zuerst auf Steine, dann auf etwas Weiches. Sie geriet in Panik und strampelte, bis sie wieder über Wasser war. Sie versuchte, sich das Seewasser aus den Augen zu wischen, aber der Regen drückte es wieder zurück.

»Es wäre leichter, wenn wir einer Gattung angehörten, die nicht atmen müsste«, sagte Margie. Mit ihrem Dumboschlauch, der sie etwas trug, erschien sie weniger erschöpft als ihre Freunde. Sie war die munterste und am wenigsten außer Atem.

»John, mein Lieber?«, fragte Margie. »Wie lange kannst *du* es ohne Atmen aushalten?«

»Letztes Mal waren es drei Stunden«, rief John zurück. »Du meine Güte!«, sagte Margie.

John lachte und bekam den Mund voll Wasser, was ihn zum Schweigen brachte. Er hustete Wasser. Peg blickte umher und bemerkte, dass sie weit über die Molen hinausgetrieben worden waren, sehr weit fort vom Haus. Ohne es zu erwähnen, begannen die vier Freunde, wieder in Richtung Strand zu schwimmen. Sie versuchten, ganz lässig, sich auf den Rückweg zu machen, wurden alle müde, aber niemand wollte darüber sprechen. Eine Zeitlang bemühten sie sich, zur Küste hin zu schwimmen, aber sie schienen überhaupt nicht vorwärtszukommen. Sie hörten auf, miteinander zu witzeln, und stellten schließlich sogar das Sprechen ein.

Nach einer ganzen Weile keuchte J.J.: »Oh, verdammt!«

»Was?«, fragte Peg ihren Freund; sie war völlig außer Atem. »Was ist denn?«

»Quallen.«

Ein weiteres, sehr langes Schweigen. An diesem Punkt hatten sie endgültig aufgehört, so zu tun, als würden sie der Küste zustreben.

Dann stieß John hervor: »J.J.! Mein Freund!«

»Ja«, antwortete J.J.

»Ich werde … äh … ganz schön müde.«

»Okay«, sagte J.J. »Dann schwimmen wir zurück.«

John rollte mit den Augen, beinahe ärgerlich. »Meine Beine bringen mich noch um«, sagte er.

»Wir schwimmen jetzt zurück«, erklärte J.J. »Ich helf dir.«

»Meine Beine sind so … äh … schwer«, keuchte John.

»Du musst deine Jeans ausziehen, John«, sagte J.J. »Kannst du das?«

Der Regen fuhr den Freunden kalt durch die Kopfhaut, und ihr Atem war feucht und unregelmäßig.

John verzog das Gesicht, während er versuchte, seine Jeans abzustreifen. Er tauchte unter, kam wieder hoch und verschwand wieder. J.J. schwamm hinter ihn, fasste ihn unter den Armen und hielt ihn hoch. John wand sich weiter hin und her, bis schließlich seine Jeans auftauchten. Sie trieben einen Augenblick lang auf dem Wasser, dunkel, wie die Haut eines Haies, dann versanken sie.

»Wir schwimmen jetzt zurück«, rief J.J. »Wenn ihr Mädchen es auch schafft, dann kommt. Wenn ihr keine Kraft mehr habt, dann bleibt an Ort und Stelle. Bleibt einfach hier draußen.«

Peg und Margie hatten keinen Atem mehr, um zu antworten.

Die Jungen schwammen weg, und eine Welle trennte sie augenblicklich von ihren Freundinnen. Die Mädchen beobachteten sie eine Weile. Es sah so aus, als könnten die Jungen nicht über die Molen hinauskommen.

Margie klapperte mit den Zähnen. Peg schwamm über sie hinweg und ergriff das Oberteil des Dumbos.

»Nicht«, rief Margie. »Meins.«

»Ich muss«, sagte Peg. Ihre Beine schmerzten von dem kalten Wasser. Als sie heftig mit den Beinen trat, um sie zu wärmen, stieß sie Margie, die zu weinen begann. Margie und Peg wurden auf eine Welle gehoben, und sie konnten sehen, dass John und J.J. dem Strand nicht viel näher gekommen waren. Peg hielt den Atem an und schloss die Augen. Eine Welle schlug über sie hinweg. Sie öffnete die Augen im Wasser, atmete Wasser ein und schluckte es.

»Wir schaffen es nicht zurück«, keuchte Margie.

Peg stieß sie.

»Halt den Mund!«, rief Margie, obgleich Peg gar nichts gesagt hatte.

Peg stieß Margie wieder. Die Mädchen traten im Wasser auf der Stelle und versuchten zu erkennen, ob John und J.J. dem Strand näher kamen. Was die Jungen nach sehr langer Zeit auch wirklich schafften. John und J.J. erreichten schließlich den Strand, und als Peg das sah, sagte sie zu Margie: »Sieh mal!«

»Halt den Mund!«, schrie Margie und stieß Peg. Peg konnte sehen, wie John von J.J. aus dem Wasser gezogen wurde. J.J. zerrte John praktisch an den Haaren aus der See. Wie ein Höhlenmensch und seine Frau. J.J. schleifte John auf den Strand und sank neben ihm nieder.

Margie schaute nicht hin. Ihre Augen waren geschlossen und ihr Mund war offen. Auch Peg sah nicht mehr hin. Sie konnte sich vorstellen, wie J.J. ermattet über John herabhing, der atmete oder auch nicht. Sie konnte sich vorstellen, wie J.J. einige Zeit brauchte, um das Seewasser aus seinen Eingeweiden zu erbrechen, wie er sich mit der Stirn auf den Sand hinunterbeugte und ein wenig würgte.

Dann würde J.J., etwas zittrig, auf seinen starken, schönen Beinen stehen. Peg konnte sich das vorstellen. J.J. würde auf das Wasser hinaussehen, dahin, wo er Margie und Peg vermutete. Er würde sie wahrscheinlich nicht entdecken. Er würde noch immer unregelmäßig atmen und mit den Händen auf den Hüften, leicht vornübergebeugt, dastehen. Er würde ganz wie ein erschöpfter und heroischer Soccer-Star nach einer bemerkenswerten Ballabwehr aussehen.

Ja, J.J. würde dort stehen. Und er würde entscheiden müssen, ob er nun hinausschwimmen sollte, um Margie und Peg zu retten, oder lieber den Küstenwach- und -rettungsdienst benachrichtigen und auf Hilfe warten sollte. Es war gleichgültig, was er beschließen würde, denn er würde Margie und Peg in jedem Fall hassen. Ohne Zweifel: Was er auch beschließen würde, er würde sie dafür hassen. Dessen war sich Peg sicher, während sie mit geschlossenen Augen im Wasser auf der Stelle trat. Peg brauchte die Szene, die sich dort am Strand abspielte, nicht mehr zu verfolgen. Nein, das brauchte sie nicht. Peg musste es nicht sehen, um zu wissen, was geschah.

J.J. würde Peg und Margie dafür hassen, dass sie ihm diese schwierige Entscheidung abverlangten, ebenso, wie Peg Margie dafür hasste, dass sie neben ihr im Wasser weinte. Und ebenso, wie Peg jetzt den verwöhnten, törichten John dafür hasste, dass er seine Freunde mit hinaus in die stürmische See genommen hatte. Und ebenso wie Peg (am allermeisten) ihren schönen Freund J.J. dafür hasste, dass er jetzt am Strand stand, während sie selbst immer weiter in die See hinausgetrieben wurde. Sie hasste ihn dafür, dass er ein kräftiger Schwimmer war. Sie hasste ihn dafür, dass er sich fragte, wie er sich entscheiden sollte, und dass er wieder zu Atem kam, und sie hasste ihn (am allermeisten) dafür, dass er *sie* hasste.

Die vielen Dinge,
die Denny Brown nicht wusste

Es war nicht seine Schuld, aber Denny Brown wusste nicht sehr viel über seine Eltern und ihre Arbeit. Dennys Eltern waren beide Krankenpfleger. Seine Mutter arbeitete als Krankenschwester in der Intensivstation für Verbrennungen des Monroe Memorial Hospital, und sein Vater betreute häusliche Pflegefälle, war also ein Gemeindekrankenpfleger. Denny waren diese Tatsachen natürlich bekannt, aber darüber hinaus wusste er nicht viel.

Denny Brown kannte nicht das Ausmaß der Schrecken, denen seine Mutter täglich bei ihrer Arbeit in der Verbrennungsstation begegnete. Er wusste zum Beispiel nicht, dass sie manchmal Patienten pflegte, deren Haut zum größten Teil verbrannt war. Er wusste nicht, dass sie eine außergewöhnliche Krankenschwester war, berühmt dafür, dass sie niemals die Nerven verlor und die anderen davor bewahrte, die ihren zu verlieren. Er wusste nicht, dass sie zu jedem Verbrennungspatienten, selbst den Todgeweihten, in kühlem, beruhigendem Ton sprach und dabei nie etwas von den Qualen durchblicken ließ, die ihnen noch bevorstanden.

Denny Brown wusste sogar noch weniger über den Pflegeberuf seines Vaters, nur dass es ungewöhnlich und peinlich war, einen *Vater* zu haben, der Krankenpfleger war. Mr. Brown ahnte, dass sich sein Sohn schämte, was nur einer der vielen Gründe dafür war, dass er zu Hause über nichts sprach, was seine Arbeit betraf.

Deshalb hatte Denny auch keine Möglichkeit, zu erfahren, dass sein Vater insgeheim lieber Psychiatriekrankenpfleger gewesen wäre als Gemeindekrankenpfleger. Damals, während seiner Ausbildung als Krankenpfleger, hatte Mr. Brown in der Männerstation einer großen psychiatrischen Klinik gearbeitet. Es hatte ihm dort sehr gefallen, und er war von seinen Patienten vergöttert worden. Wenn er auch nicht wirklich geglaubt hatte, seine Patienten heilen zu können, so fühlte er sich doch gewiss imstande, ihr Leben zu erleichtern.

Doch im Monroe County gab es keine psychiatrische Klinik. Deshalb hatte er als verheirateter Mann sein Leben damit zugebracht, als Gemeindekrankenpfleger zu arbeiten statt als Psychiatriekrankenpfleger, wozu er sich eigentlich berufen fühlte. Er arbeitete allein aus wirtschaftlicher Notwendigkeit und empfand keine Freude an seinen Aufgaben. Seine Talente blieben unerkannt, seine Patienten waren alte, sterbende Leute. Sie nahmen ihn nicht einmal wahr, außer in spärlichen Momenten, wenn sie auf ihrem Weg ins Jenseits gerade so lange erwachten, um ihm zu misstrauen. Die Familien der Patienten waren ebenfalls misstrauisch und bezichtigten die Gemeindekrankenpfleger ständig, dass sie stehlen würden. Tatsächlich misstraute die Gesellschaft ganz allgemein männlichen Krankenpflegern. So begegnete Mr. Brown bei jeder neuen Aufgabe, in jeder neuen Wohnung eine gewisse Skepsis, so als wäre er etwas Perverses.

Und obendrein meinte Denny Browns Vater, dass seine Aufgaben als Gemeindekrankenpfleger überhaupt keine wirkliche Pflegetätigkeit umfassten, sondern lediglich ein Versorgen. Es deprimierte ihn, dass er mehr mit Baden und Wischen zu tun hatte als mit wirklichem Pflegen. Jahr für Jahr kam Dennys Vater in eine Wohnung nach der anderen und wachte über den langsamen, teuren Tod eines reichen alten Krebspatienten.

Denny Brown wusste von alledem nichts.

Denny Brown (fünfzehn Jahre alt) wusste nicht, dass seine Mutter all die schroffen Dinge bereute, die sie oft sagte. Sie hatte als kleines Mädchen ein ziemlich loses Mundwerk besessen, und sie besaß auch als erwachsene Frau ein ziemlich loses Mundwerk. Sie besaß auch ein ordinäres Mundwerk. Das lose Mundwerk war ihr immer eigen gewesen. Das ordinäre Mundwerk rührte von ihrem Jahr als Krankenpflegerin in Korea während des Krieges her. Jedenfalls sagte sie oft Dinge, die sie nicht so meinte oder die ihr später insgeheim leidtaten. Ganz insgeheim.

Zum Beispiel gab es da eine junge Krankenschwester namens Beth in der Verbrennungsstation, wo Dennys Mutter arbeitete. Beth hatte Probleme mit dem Alkohol. Eines Tages gestand Beth der Mutter von Denny, dass sie schwanger sei. Beth wollte keine Abtreibung, konnte sich aber auch nicht vorstellen, allein ein Kind zu ernähren.

Beth sagte verzweifelt: »Ich habe schon daran gedacht, mein Baby einem netten, kinderlosen Ehepaar zu verkaufen.«

Und Denny Browns Mutter entgegnete darauf: »So wie du trinkst, kannst du dieses Baby gleich an einen verdammten Zirkus verkaufen.«

Mrs. Brown schämte sich augenblicklich vor sich selber. Sie mied Beth tagelang und fragte sich wie so oft heimlich: *Warum bin ich nur ein so schrecklicher Mensch?*

Am Ende von Dennys zweitem Highschool-Jahr wurde er zu einem Festessen für akademische Auszeichnungen der Monroer Highschool eingeladen. Dennys Vater musste arbeiten, Mrs. Brown dagegen nahm daran teil. Denny bekam eine ganze Handvoll Auszeichnungen an diesem Abend. Er war ein sehr guter, allerdings auch kein außergewöhnlicher Schüler. Er war ein intelligenter Junge, aber er tat sich in keinem Fach besonders hervor, weil er auch noch gar nicht wusste, ob er auf irgendeinem speziellen Gebiet wirklich sehr gut war. So erhielt Denny eine kleine Handvoll Auszeichnungen, einschließlich einer Urkunde für besondere Verdienste, mit der er für seine Teilnahme an etwas geehrt wurde, das sich *Jugend Kunst Monat* nannte.

»Jugend Kunst Monat«, sagte seine Mutter bei ihrer Heimfahrt vor sich hin. »Jugend Kunst Monat.«

Sie sprach es langsam: »Jugend … Kunst … Monat …«

Sie sprach es schnell: »JugendKunstMonat.«

Sie lachte und sagte: »Man kann es doch auf keine Weise richtig sagen. Das ist nichts weiter als ein verdammt hässliches Schlagwort.«

Und dann bemerkte Denny Browns Mutter, dass ihr Sohn schwieg. Da schwieg auch sie während der weiteren Fahrt.

Sie fuhr weiter. Sie sagte nichts mehr, aber sie dachte an Denny. Sie dachte: *Er weiß nicht, wie sehr es mir leidtut.*

Denny Brown wusste zu Beginn seines sechzehnten Lebensjahres nicht, was er beruflich machten sollte. Er wusste nicht, woran er Interesse hatte. Er wusste nicht, was es da draußen für Arbeit gab.

Nachdem er sich ein paar Wochen umgesehen hatte, landete er schließlich in einem Teilzeitjob beim Monroe Country Club. Er arbeitete im Umkleideraum der Männer. Es war ein extravaganter, mit einem Teppich ausgelegter Umkleideraum, der nach Überbleibseln von Deodorants duftete. Die vornehme Männerwelt des Monroer Bezirks benutzte diesen Umkleideraum, um sich für den Golfplatz umzuziehen. Sie zogen ihre genagelten Golfschuhe an und ließen ihre eleganten Schuhe vor den Kabinen stehen. Denny Brown wusste nichts über Golf, aber das war auch nicht erforderlich für seine Arbeit. Es war Dennys Aufgabe, die eleganten Schuhe zu putzen, während die Herren selbst Golf spielten. Er teilte sich diese Arbeit mit einem sechzehn Jahre alten Jungen aus der Nachbarschaft namens Abraham Ryan. Es gab keinen ersichtlichen Grund, warum für diesen Job zwei Leute benötigt wurden. Denny wusste überhaupt nicht, warum diese Männer ihre Schuhe jeden Tag geputzt haben mussten. Er hatte keine Ahnung, warum er eigentlich eingestellt worden war.

An manchen Tagen hatten Denny und Abraham während ihrer gesamten Schicht nicht mehr als drei Paar Schuhe zu putzen. Sie wechselten sich dabei ab und wurden angewiesen, sich, wenn sie nichts zu tun hatten, in der Ecke des Ankleideraums neben der elektrischen Schuhputzmaschine aufzuhalten. Es gab nur einen Hocker im Raum, und Denny und Abraham wechselten sich mit dem Sitzen ab. Während der eine saß, lehnte sich der andere an die Wand.

Denny und Abraham wurden von dem Sport- und Erholungsmanager des Monroe Country Clubs kontrolliert, einem ernsthaften älteren Mann namens Mr. Deering. Dieser sah etwa alle Stunde zu ihnen herein und sagte: »Passt gut auf, Jungs. Die besten Männer von Monroe kommen durch diese Tür.«

Außer Schuheputzen gehörte allerdings noch etwas anderes zu ihren Aufgaben. Denny Brown und Abraham waren auch verantwortlich für das Ausleeren eines kleinen zinnernen Aschenbechers, der auf einem Holztisch in einer Ecke des Ankleideraumes stand. Niemals saß jemand an diesem Tisch. Denny wusste nicht, warum der Tisch überhaupt dort stand, außer für den zinnernen Aschenbecher. Im Durchschnitt sammelten sich vier Zigarettenkippen in diesem Aschenbecher. Doch da sich der Tisch außerhalb ihres Gesichtsfeldes befand, vergaßen Denny und Abraham manchmal, ihn zu leeren. Mr. Deering sah dann zu ihnen herein und tadelte sie.

»Jetzt passt aber auf, Jungs«, sagte Mr. Deering in solchen Momenten. »Es ist schließlich eure Aufgabe, dafür zu sorgen, dass der Raum ordentlich aussieht.«

Als Denny seiner Mutter die Arbeit im Monroe Country Club schilderte, schüttelte sie nur den Kopf und bemerkte: »Das ist genau die Art Arbeit von Leuten in kommunistischen Ländern.«

Dann lachte sie. Denny lachte auch.

Obwohl er eigentlich nicht wusste, was sie meinte.

Denny Brown (fünfzehn Jahre alt) wusste nicht, wie er plötzlich dazu gekommen war, Russell Kaleskys bester Freund zu sein. Er wusste auch nicht, wie er plötzlich dazu gekommen war, Paulette Kaleskys Freund zu sein. Beides hatte sich innerhalb eines Monats nach Abschluss der zehnten Klasse abgespielt.

Russell Kalesky und Paulette Kalesky waren Geschwister und Dennys Nachbarn. Russell Kalesky hatte Denny Brown als kleines Kind stets bis zur Besinnungslosigkeit drangsaliert. Russell war ein Jahr älter als Denny. Kein großes Kind, aber ein niederträchtiges. Und das waren einige von Russells beliebtesten Spielen: in Dennys Haus mit Feuer spielen, Eier nach Denny werfen, Dennys Tiere roh behandeln, sein Spielzeug wegnehmen und es hinter den Rädern parkender Autos verstecken. Außerdem machte es Russell Kalesky einen Riesenspaß, Denny in den Magen zu boxen.

Doch in Denny Browns sechzehntem Lebensjahr wurde er plötzlich Russell Kaleskys bester Freund. Er wusste nicht, wie es dazu gekommen war. Aber er wusste, *wann* es geschah. Es war am Tag, nachdem sich Russell Kalesky ein Auto gekauft hatte, das hundertfünfzig Dollar kostete. Es war eine riesige, schwarze achtzylindrige Ford-Limousine, die überhaupt nicht mehr fuhr. Der vorherige Besitzer des Fords – ein Amateurschlosser für Stock-Cars – schleppte den Wagen vergnügt bis zur Auffahrt der Kaleskys ab und ließ ihn dort für Russell stehen, damit er »daran arbeiten« konnte. Denny Brown ging an dem Morgen, als Russell an dem Ford zu arbeiten begann, zufällig am Haus der Kaleskys vorbei, und Russell sagte: »Hey, Mann. Sieh dir das mal an.«

Russell hatte die Haube geöffnet und polierte gerade den Motor mit einem Tuch. Denny Brown ging unsicher zu ihm hin, bemühte sich aber, nicht unsicher zu erscheinen. Er sah eine Weile zu. Bis Russell schließlich sagte: »Da ist noch ein Lappen, Mann. Hilfst du mir?«

Also nahm Denny einen Lappen und fing an, den Motor von Russell Kaleskys Auto zu polieren. Es war ein riesiger Motor. Groß genug für zwei Polierer.

»Exzellent, nicht?«, fragte Russell Kalesky.

»Exzellent«, stimmte Denny zu.

Danach kam Russell jeden Morgen zu den Browns herüber und fragte nach Denny.

»Hey, Mann«, sagte er, »willst du heute wieder am Auto arbeiten?«

»Exzellent«, antwortete Denny dann.

Denny Brown hatte nicht die geringste Ahnung von Autos. Und um die Wahrheit zu sagen, Russell auch nicht. Zusammen schraubten sie Teile ab und sahen sie sich genau an. Sie krochen unter das Auto und klopften alles mit Schraubenschlüsseln ab. Sie konnten Stunden auf diese Weise zubringen. Denny versuchte dann, den Motor zu starten, während sich Russell über die Haube beugte, den Kopf schief hielt und lauschte. Angestrengt lauschte. Sie hatten keine Ahnung, wonach sie sahen oder worauf sie lauschten.

Während der Ruhepausen saßen sie dann bei geöffneten Türen auf dem Vordersitz des Ford, einen Fuß drinnen und den anderen flach auf dem Boden der Auffahrt. Köpfe zurückgelehnt, die Augen halb geschlossen. Das einzige Teil des Ford, das wirklich funktionierte, war das Radio, und Russell fand dann auch eine Station und drehte es auf. Sie machten es sich bequem. Dann kamen die anderen Jungen aus der Nachbarschaft vorbei und fuhren mit ihren Rädern bis in Kaleskys Garten. Die Nachbarjungen standen dann, die Arme verschränkt, an Russell Kaleskys Ford gelehnt und hörten zu. Hingen nur so herum.

Gelegentlich fragte Russell: »Exzellent, nicht?«

»Exzellent«, stimmten die Jungen dann zu.

Auf diese Weise hörten sie alle Radio, bis Russell meinte: »Na dann. Wieder an die Arbeit.«

Dann mussten die Jungen aus der Nachbarschaft auf ihre Räder steigen und wieder abfahren.

»Bleib noch da, Dennis«, sagte Russell dann.

Denny Brown wusste nicht, wie er plötzlich dazu gekommen war, Russell Kaleskys bester Freund zu sein. Er wusste nicht, wie verbreitet es ist, dass sich Tyrannen mit ihren Opfern befreunden. Er war sich immer noch nicht vollkommen sicher, ob er nicht einen Faustschlag in den Magen bekommen würde. Denny hatte einfach keine Ahnung, wie glücklich es Russell machte, wenn er ihn am Morgen herüberkommen und an dem Ford arbeiten lassen konnte. Denny wusste nicht, dass dies die glücklichste Sache in Russells Leben war.

Denny Brown wusste auch nicht, dass sich Russell Kaleskys älterer Bruder, Peter Kalesky, jedes Mal, wenn er zum Dinner nach Hause kam, über Russells Auto lustig machte. Peter Kalesky besaß einen schönen Chevrolet-Truck, war zwanzig Jahre alt und lebte in seiner eigenen Wohnung auf der anderen Seite von Monroe. Unglücklicherweise kam Peter oft nach Hause zum Dinner. Denny Brown hatte keine Ahnung von Peters Attacken auf Russell.

»Weißt du eigentlich, was Ford bedeutet?«, fragte Peter immer wieder bei seinen Besuchen. »Es bedeutet ›fluche oder repariere dauernd‹.«

Oder: »Weißt du, was Ford bedeutet? Es bedeutet ›Fummeln ohne richtig denken‹.«

»Weißt du, warum Fords eine heizbare Heckscheibe haben?«, fragte Peter häufig. »Um deine Hände warm zu halten, während du dein Auto einen verdammten Berg raufschiebst.«

Russell Kalesky brachte sich jeden Abend mit Träumen zum Einschlafen, in denen er seinen Bruder Peter mit seinem funkelnden Ford überfuhr. Niemand wusste davon. Es war Russells heimlicher Trost. Er träumte dann, wie er über Peter hinwegfuhr, den Rückwärtsgang einschaltete und Peter erneut überrollte. Hin und zurück, hin und zurück, hin und zurück. In seinen Träumen gab es jedes Mal, wenn das Auto über Peters Körper fuhr, einen leichten Bums. Und es war genau dieses angenehme Bum, bum, bum, das Russell schließlich einschlafen ließ.

Am Morgen wachte Russell Kalesky dann auf und ging zu Denny Brown hinüber.

»Willst du am Auto arbeiten, Mann?«, fragte er ihn dann.

»Exzellent«, sagte Denny darauf. (Und er wusste immer noch nicht – und er würde es auch nie wissen –, warum er darum gebeten wurde.)

Was Paulette Kalesky betraf, so war sie Russells ältere Schwester, achtzehn Jahre alt und der beste Babysitter im Monroe County. Sie arbeitete ständig, passte auf die Kinder von einem Dutzend verschiedener Familien in der Nachbarschaft auf. Paulette war klein, brünett, hatte große Brüste, einen hübschen kleinen Mund und eine wunderschöne Haut. Sie ging auf und ab in den Straßen der Nachbarschaft, schob die Kinderwagen anderer Leute und hatte weitere Kinder auf Dreirädern im Gefolge. Sie trug sie huckepack und beaufsichtigte Eistüten. Sie hatte Verbandzeug und Kleenextücher in ihrer Handtasche, ganz wie eine richtige Mutter. Die Kaleskys waren zwar nicht die angesehenste Familie im Monroe County, aber die Leute mochten und vertrauten Paulette. Sie war sehr gefragt als Babysitter.

Ende Juni wurde Denny bei den Kaleskys zum Dinner eingeladen. Russell Kalesky hatte Geburtstag. Mrs. Kalesky machte Spaghetti. Alle waren da. Peter Kalesky war von seiner Wohnung am anderen Ende der Stadt herübergekommen, und Paulette Kalesky hatte einen freien Abend, was selten vorkam. Denny Brown war der einzige bei der Feier, der nicht zur Familie gehörte. Er wurde am Tisch Russell gegenüber und eingezwängt zwischen Paulette Kalesky und Mr. Kalesky platziert. Russell begann dann, seine Geburtstagsgeschenke auszupacken, und Paulette blieb einfach sitzen und legte ihre Hand, unterm Tisch versteckt, auf Dennys Bein. Denny und Paulette hatten vor diesem Ereignis nur einmal miteinander gesprochen. Die Hand auf dem Bein machte also eigentlich keinen Sinn. Trotzdem schob Denny Brown (fünfzehn Jahre alt) seine Hand unter den Tisch und legte sie auf die Hand von Paulette Kalesky (achtzehn Jahre alt). Er drückte ihre Hand. Er wusste nicht, wo er *das* gelernt hatte.

Im Verlaufe jenes Sommers entwickelten Paulette Kalesky und Denny Brown ein System. Sie ließ ihn wissen, wo sie an dem entsprechenden Abend zum Babysitten war, und er fuhr dann nach acht Uhr, wenn Paulette die Kinder zügig ins Bett gebracht hatte, mit dem Rad hinüber zu ihr. Einmal allein, hatten Denny Brown und Paulette Kalesky heißesten Sex miteinander. Unerhörten Sex sogar. Er wusste nicht, wie oder warum dieses System eingeführt worden war, aber es war da. Und beide waren mächtig verschwiegen. Niemand wusste irgend etwas über Denny und Paulette. Aber das war es. Heißer Sex. Aus dem Nichts heraus.

Im Alter von fünfzehn Jahren gab es so viel, was Denny Brown über Paulette Kalesky noch nicht wusste. Sie hatte große, dicke Brüste. Er wusste das, aber er hatte es nur durch heimliches Beobachten herausbekommen. Trotz ihres heißen Sexes ließ ihn Paulette niemals ihre Brüste sehen oder berühren. Sie behielt die ganze Zeit ihr Hemd an. Denny wusste nicht, warum. Es lag daran, dass Paulette ihre Brüste schon in der fünften Klasse bekommen hatte. Viel zu früh, viel zu groß. Ihre Brüder Peter und Russell hatten sich offensichtlich ungeheuer lustig darüber gemacht, genauso wie ihre Mitschüler. Es gab eine Zeit während der sechsten Klasse, in der sie so regelmäßig aufgezogen wurde, dass sie jeden Morgen weinte und ihre Eltern bat, sie nicht zur Schule zu schicken.

Paulettes Vater hatte zu ihr gesagt: »Große Brüste sind schön, und eines Tages wirst du glücklich sein, sie zu besitzen. Inzwischen musst du dich eben verspotten lassen.«

Und Paulette wurde weiter verspottet, während der ganzen Highschool-Zeit, jedoch dann mit einer neuen Wendung: Einige Mädchen in ihrer Klasse beneideten sie jetzt. Besonders eine Gruppe von Mädchen, die sie »Paulette, die Toilette« oder »Paulette, die Schlampe«, riefen. Aber es war nicht so, dass sie jemand den Freund wegnahm. Nicht im Geringsten. Denny Brown war ihr erster Freund, es war ihr erster Kuss. Zu dieser Zeit hatte sie bereits die Highschool beendet.

Denny wusste genauso wenig, warum ihn Paulette Kalesky plötzlich mochte, wie er wusste, warum ihn Russell plötzlich mochte. Er hatte keine Ahnung, was das alles bedeutete.

In Wahrheit gab es natürlich eine sehr gute Erklärung, warum sich Paulette zu Denny hingezogen fühlte, aber das war ein Geheimnis. Denny Brown würde nie etwas davon erfahren. Er würde nie erfahren, dass Paulette Kalesky mehrere Monate lang Babysitter in einem Haus gewesen war, in dem Dennys eigener Vater gleichzeitig als Gemeindekrankenpfleger arbeitete. Es war in der Wohnung einer wohlhabenden, ortsansässigen Familie mit Namen Hart. Mrs. Hart bekam gerade in dem Jahr wieder ein Baby, in dem Mr. Harts krebskranker Vater im Sterben lag.

Die Harts hatten deshalb im gleichen Haus einen für Koliken anfälligen Säugling, ein Mädchen, und einen achtzigjährigen senilen Mann mit einer zerfallenden Leber zu betreuen. Also wurde Paulette Kalesky engagiert, um für das Baby zu sorgen. Und Mr. Brown wurde engagiert, um für den alten Mann zu sorgen. Paulette und Mr. Brown verbrachten während dieser Monate persönlich nicht viel Zeit miteinander, doch ihre Wege kreuzten sich im Haus der Harts gewöhnlich in der Küche, wo Paulette dann eine

Flasche fertig machte, während Mr. Brown Mohrrüben pürierte.

»Möchten Sie vielleicht eine Tasse Tee?«, fragte Mr. Brown dann Paulette. »Oder lieber ein Glas Wasser? Sie sehen so müde aus.«

»Nein, danke«, sagte Paulette dann, die Hemmungen gegenüber Erwachsenen hatte, die sie selbst wie eine Erwachsene behandelten.

»Sie machen Ihre Sache sehr gut«, sagte Mr. Brown einmal zu Paulette. »Mrs. Hart wäre verloren ohne Sie.«

Paulette dachte, dass Mr. Brown seine Sache ebenfalls sehr gut machte, so wie er den alten Mr. Hart umsorgte. Sie hatte gesehen, wie er das Krankenzimmer sofort freundlicher gestaltet, gründlich aufgeräumt und gesäubert hatte, seit seiner Tätigkeit als erster Gemeindekrankenpfleger dort. Mr. Brown brachte einen großen, freundlichen Kalender mit ins Krankenzimmer, den er direkt gegenüber dem Bett von Mr. Hart aufhängte. Er besorgte auch eine Uhr mit hellen Zeigern, die er dort aufstellte, wo der Patient sie sehen konnte. Er sprach zu Mr. Hart in einer sehr klaren und besonderen Art, wobei er immer wieder direkte Hinweise auf Zeit und Ort verwendete. Er gab ihm jede nur mögliche Information und versuchte damit, das Interesse des dahinscheidenden Mr. Hart an der Welt stets wachzuhalten.

»Mein Name ist Fred Brown«, sagte er zu Beginn jeder Schicht. »Ich bin der Krankenpfleger, der Sie betreut. Ich werde acht Stunden hierbleiben. Ihr ältester Sohn Anthony hat mich engagiert. Sie befinden sich in Anthonys Haus.«

Während des gesamten Tages erkläre Mr. Brown jeden seiner Schritte gleichermaßen deutlich. Und am Ende eines gewöhnlichen Tages sagte er dann: »Gute Nacht, Mr. Hart. Es ist sieben Uhr abends und Zeit für mich, nach Hause zu gehen. Ich komme am Mittwoch, dem vierzehnten Oktober, am Vormittag um elf Uhr wieder, um Ihnen zu helfen.«

Paulette Kalesky hielt Mr. Brown für einen wunderbaren Menschen und einen wunderbaren Krankenpfleger. Für sie war er der netteste Mann, dem sie jemals begegnet war, und sie verliebte sich heimlich in ihn. Natürlich starb der alte Mr. Hart schließlich an Leberkrebs. Mr. Brown kam zu einem anderen Fall, so dass ihn Paulette Kalesky nicht mehr sah, abgesehen von einem flüchtigen Blick ab und an in der Nachbarschaft. Doch dann begann Denny Brown plötzlich, bei ihnen zu Haus herumzuhängen und an dem Ford ihres kleinen Bruders mitzubasteln.

»Dein Dad ist doch Fred Brown, nicht wahr?«, fragte Paulette Denny lange vorher im Juni. Es war das erste Mal, dass sie jemals miteinander gesprochen hatten. Genaugenommen war es sogar das einzige Mal vor dem Abend, an dem Paulette ihre Hand auf Dennys Bein legte. Denny würde niemals drauf kommen, warum sie gerade diese Frage gestellt hatte.

»Klar«, entgegnete Denny. »Er ist mein Dad.«

Paulette meinte zwar, er sähe seinem Vater überhaupt nicht ähnlich. Dennoch hoffte sie sehr, dass er eines Tages wie sein Vater sein würde. Irgendwie, in irgendeiner Weise. Sie verliebte sich also aus diesem Grunde heimlich in Denny Brown. Mit dieser Hoffnung.

Natürlich wusste Denny Brown von alledem nicht das Geringste.

Als Erwachsener würde Denny Brown auf sein sechzehntes Jahr zurückblicken und es für ein Wunder halten, dass er überhaupt das Haus verlassen durfte. Er würde erkennen, wie beklagenswert unwissend er gewesen war, wie beklagenswert unvorbereitet. Da gab es so viele Dinge, von denen Denny Brown im Alter von fünfzehn Jahren nichts wusste. Und jedes Wissen hätte ihm helfen können, selbst über geringfügige Einzelheiten. Später im Leben würde Denny meinen, er sei ohne alles Wissen ins Leben hinausgeschickt worden. Niemals hatte irgend jemand über irgend etwas mit ihm gesprochen. Er wusste nicht, was die Leute mit ihrem Leben anfingen, was sie wünschten oder bedauerten. Er wusste nicht, warum die Leute heirateten, sich Jobs und Freunde suchten oder ihre Brüste versteckten. Er wusste nicht, ob er gut oder sonst etwas war oder wie er das herausfinden konnte. Alle ließen ihn einfach in der Welt umhergehen, ohne dass er das Geringste wusste.

Seine Ausbildung war so unvollkommen. Denny Brown (im Alter von fünfzehn Jahren) kannte nicht die Bedeutung eines einzigen dieser Worte: *ätherisch, prosaisch, fluvial, Minorität, gregorianisch, Vitriol, Umbra, Nihilismus* oder *Putsch.* Diese Ausdrücke gehörten zu der Liste von Wörtern, die ihm (und jedem anderen Highschool-Junior in der Gegend) am Ende des folgenden Schuljahres erklärt wurden. Aber er würde durch sein sechzehntes Jahr gehen, ohne für eines dieser Wörter Verwendung zu haben.

Denny Brown wusste nichts über Euklid oder Mitose und auch nichts über Beethovens Taubheit, doch das Monroe County Board of Education war vollkommen darauf eingerichtet, ihm diese Dinge ab kommendem September ebenfalls beizubringen.

Und da gab es noch etwas anderes, worüber Denny Brown nichts wusste, und das betraf den Namen seiner eigenen Stadt. Was bedeutete »Monroe« eigentlich? Es war ihm irgendwie gestattet worden, zehn Klassen der staatlichen Schulen des Monroe Countys zu durchlaufen, ohne jemals gelernt zu haben, dass seine Stadt nach einem amerikanischen Präsidenten, James Monroe, benannt worden war. Denny Brown dachte, »Monroe« wäre nur irgendein Wort. Denny wusste deshalb nicht, worauf Monroe dort hinwies, wo es ganz unmittelbar mit seinem Leben zu tun hatte, wie Monroe Memorial Hospital oder Monroe Highschool oder Monroe Country Club. Denny Brown wusste nicht, dass James Monroe ein verwundeter Veteran des zweiten britisch-amerikanischen Krieges und Präsident während zweier Amtszeiten war. Denny wusste zweifellos nicht, dass James Monroe, als er sich 1820 zur Wiederwahl stellte, jede einzelne Stimme der Wahlmänner erhalten hatte, außer einer – der eines Delegierten von New Hampshire namens William Plumber. William Plumber hatte ihm seine Stimme absichtlich vorenthalten und es auf sich genommen, sicherzustellen, dass sich niemals jemand mit George Washington die Ehre einer einstimmigen Wahl zum Präsidenten der Vereinigten Staaten teilte. William Plumber (der sich übrigens in seinem Leben mit nichts anderem hervortat) glaubte damals, dass es eine nationale Schmach wäre, wenn man George Washington dieser einzigartigen Errungenschaft beraubte, und dass dies während der gesamten Geschichte Amerikas von jedem Bürger bedauert und unvergessen bleiben würde.

Und doch wusste Denny Brown (mit fünfzehn Jahren) nicht einmal, dass das Wort »Monroe« der Name einer Person war.

Denny Brown wusste nichts über den Ort, in dem er lebte. Er wusste nicht, dass sein Wasser aus einem fünfundzwanzig Meilen entfernten Staubecken im Norden von Monroe und der elektrische Strom von einem der ersten Atomkraftwerke des Staates kam. Er hatte sein Leben in einer vorstädtischen Wohnsiedlung, genannt Greenwood Fields, zugebracht, ohne jemals zu ahnen, dass sich auf diesem Gebiet einst eine Milchwirtschaftsfarm befunden hatte. Er wusste nicht, dass das Land einst einer schwedischen Emigrantenfamilie mit Namen Martinsson gehört hatte, deren einziger Sohn 1917 starb, getötet in den Schützengräben von Frankreich.

Tatsächlich wusste Denny Brown noch nicht einmal, was *Schützengräben* waren. Das gehörte nämlich erst zum Fach Geschichte in der elften Klasse. Er wusste auch noch nicht viel über den Ersten Weltkrieg. Er wusste nichts (und würde es auch nie wirklich lernen) über unbedeutendere Kriege, wie zum Beispiel den spanisch-amerikanischen Krieg und den Koreakrieg. Er wusste nicht, dass seine Mutter im Koreakrieg ein Jahr lang als Krankenschwester tätig war. Sie hatte es nie erwähnt.

Denny Brown wusste nicht, dass sich seine Eltern buchstäblich auf den ersten Blick ineinander verliebt hatten und dass seine Mutter an ihrem Hochzeitstag schon schwanger war. Er wusste nicht, dass seine Großmutter Brown starke Einwendungen gegen die Heirat gemacht hatte, weil Dennys Mutter älter war als sein Vater und ein loses Mundwerk hatte. Großmutter Brown meinte, dass Dennys Mutter eine »Hure« sei, und sagte das auch ihrem Sohn. (Das würde *ihr* einziger Gebrauch von ordinärer Sprache in ihren neunzig Lebensjahren gewesen sein, Dennys Vater weinte bei diesem Wort.)

Denny Brown wusste nicht, dass seine Mutter nur einmal in ihrem Eheleben geweint hatte. Er konnte sich nicht vorstellen, dass sie jemals weinte. Dieses eine Mal war sogar Denny selbst der Anlass gewesen. Es geschah, als Denny zwei Jahre alt war. Er hatte auf den Herd gefasst und dabei eine Bratpfanne voll siedender Bratensoße auf sich heruntergerissen. Seine Mutter war sofort zur Stelle. Sie packte

Denny, warf ihn in die Badewanne und ließ kaltes Wasser auf ihn herunterströmen. Sie riss ihm die Kleider herunter. Seine Mutter (die Krankenschwester in einer Intensivstation für Verbrennungen, die Kriegskrankenschwester) wurde hysterisch, schrie nach ihrem Mann. Das Kind schrie; die Mutter schrie. Sie wollte Denny nicht fortlassen aus dem strömenden kalten Wasser, selbst dann nicht, als er schon zitterte und seine Lippen blau wurden.

»Er hat sich verbrannt!«, schrie sie. »Er hat sich verbrannt! Er hat sich verbrannt!«

Aber es wurde doch noch alles gut. Mrs. Brown hatte schnell genug gehandelt, und Denny hatte nur Verbrennungen ersten Grades an Gesicht und Händen. Dennoch weinte seine Mutter einen ganzen Tag lang. Sie dachte, *»Ich bin es einfach nicht wert, eine Mutter zu sein«*.

Dabei hatte Dennys Mutter bis zu dem Tag, an dem er sich verbrannt hatte, eigentlich noch ein zweites Kind haben wollen. Sie zog das danach nie wieder in Erwägung. Nie wieder. Denny Brown wusste nicht, dass er sich jemals verbrannt, dass seine Mutter jemals geweint oder sich jemals ein weiteres Baby gewünscht hatte. Er wusste von alledem nichts.

Er wusste jedoch, woher die Babys kamen. Im Alter von fünfzehn Jahren wusste er das. Seine Mutter hatte es ihm im richtigen Alter und in der richtigen Weise erklärt.

Aber es gab so vieles andere, was er noch nicht wusste. Er hatte von sehr vielen Dingen keine Kenntnis. Im Alter von fünfzehn Jahren glaubte Denny zum Beispiel immer noch, dass Partnertürme in den Partnerstädten standen.

Am Morgen des 17. August, während Denny Browns sechzehntem Lebensjahr, kam Russell Kalesky herüber zu den

Browns und fragte nach Denny. Wie gewöhnlich. Alles war an diesem Morgen genau wie immer.

»Willst du heute am Auto arbeiten, Mann?«, fragte Russell.

»Exzellent«, sagte Denny.

Aber Russell sah anders aus. Sein Gesicht und seine Arme waren mit hässlichen roten Flecken bedeckt.

»Bist du okay?«, fragte Denny.

»Sieh dir das an«, sagte Russell. »Ich hab die Windpocken, Mann.«

Denny Brown wusste nicht, dass man auch in diesem Alter noch Windpocken bekommen konnte.

»Mom!«, rief Denny lachend. »Hilfe! Mom!«

Dennys Mutter, die Krankenschwester, kam zur Tür und sah sich Russell an. Sie ließ ihn das Hemd hochheben, damit sie die Flecken auf seiner Brust untersuchen konnte. Das brachte Russell Kalesky aus Verlegenheit so zum Lachen, dass eine Rotzblase aus seinem Nasenloch heraustrat. Was wiederum *Denny* so sehr zum Lachen brachte, dass er sich auf die Eingangsstufe setzen musste. Denny und Russell lachten nun beide wie die Verrückten.

»Du hast eindeutig die Windpocken, Russell«, diagnostizierte Dennys Mutter.

Aus irgendeinem Grund mussten Russell und Denny so schrecklich lachen, dass sie sich einfach in die Arme fallen, sich aneinanderklammern und mit den Füßen stampfen mussten.

»Wenn es auch nicht gerade mit Moral zu kollidieren scheint ...«, bemerkte Dennys Mutter.

Da Denny die Windpocken schon gehabt hatte, durfte er zu den Kaleskys mitgehen. Denny und Russell arbeiteten eine Weile an dem Ford. An diesem Tag beschäftigten sie sich damit, die Spiegel an beiden Seiten des Autos abzumontieren, sie in einem Eimer mit Seifenwasser einzuweichen, sie dann zu polieren und wieder anzubringen. Russell ging immer wieder von der Auffahrt in die Garage, mit der Begründung, die Sonne schade seinen Windpocken. Jedes Mal, wenn Russell das Wort *Windpocken* erwähnte, fing Denny wieder an zu lachen.

»Wer kriegt denn schon Windpocken, Mann«, sagte Denny. »Es ist doch verrückt, Windpocken zu kriegen.«

»Meine ganze verdammte Familie hat sie, Mann«, entgegnete Russell. »Keiner hat sie schon vorher gehabt, deshalb hat sie die ganze Familie gekriegt. Sogar meine Mom, Mann.«

Denny lachte. Dann hörte er auf zu lachen.

»Auch Paulette?«, fragte er. »Hat Paulette sie auch gekriegt?«

Es war das erste Mal, dass Denny Brown überhaupt den Namen *Paulette* vor ihrem Bruder Russell Kalesky erwähnte.

»Paulette?«, fragte Russell. »Paulette? Die hat sie doch mitgebracht, Mann. Scheiße! Sie hat sie am schlimmsten. Sie hat sie von einem ihrer blöden Kinder mitgebracht, Mann.«

»Ist sie ... äh okay?«

Russell nahm Dennys Ton weder wahr noch deutete er ihn. Er fragte sich nicht, warum Denny Brown sich Gedanken um seine Schwester Paulette machte.

Russell entgegnete: »Paulette ist ein Freak. Sie kommt nicht aus ihrem Zimmer, Mann. Sie bleibt nur oben und heult den ganzen Tag. Ahhh! Es juckt so! Hilf mir!«

Denny stand in der Auffahrt der Kaleskys. Er stand dort in der Sonne und hielt einen Seitenspiegel in der Hand. Stand und stand.

»Hey, Mann«, sagte Russell.

»Hey, Mann«, sagte Russell noch einmal.

Denny Brown blickte zu ihm hoch.

»Hey, Mann«, sagte Russell.

»Ich muss reingehn«, sagte Denny.

Er legte den Seitenspiegel in der Auffahrt ab und ging ins Haus der Kaleskys. Mrs. Kalesky lag auf der Couch. Im Wohnzimmer waren die Rollos heruntergelassen, und der Fernseher lief. Mrs. Kalesky sah von der Galmeilotion ganz rosa aus.

»Sind Sie okay?«, fragte Denny.

Sie rauchte eine Zigarette und sah zu ihm auf. Sie war normalerweise eine freundliche Frau, aber heute lächelte sie nicht, schüttelte nur den Kopf und sah elend aus. Ihr Gesicht war schlimmer als Russells mit Beulen und Schwellungen bedeckt.

»Ich bin gleich wieder da, Mrs. Kalesky«, sagte Denny. »Ich gehe nur mal nach oben. Ich gehe nur mal für einen Augenblick nach oben.«

Denny ging im Haus der Kaleskys die Treppe hinauf und über die Diele zu dem Zimmer, das, wie er wusste, Paulette gehörte. Er klopfte an die Tür.

»Ich bin's«, sagte er, »Denny.«

Er ging hinein. Paulette war in ihrem Bett. Sie lag oben auf ihrem ganzen Bettzeug, sah Denny und begann zu weinen. Sie war schlimmer dran als Russell und sogar noch schlimmer als ihre Mutter. Sie hielt sich die Hände vors Gesicht.

»Es juckt so«, klagte sie. »Es juckt so schrecklich.«

»Okay«, entgegnete Denny. »Halte durch, okay?«

Tatsache war, dass Denny die Windpocken wirklich schon gehabt hatte. Er war auch nicht mehr so ganz klein gewesen, als er sie bekam. Fast elf Jahre. Seine Mutter hatte während dieser Zeit sehr viel gearbeitet, und Dennys Vater hatte ihn gepflegt. Der hatte das sehr gut gemacht, wie sich Denny erinnerte.

Er ging wieder nach unten, in die Küche der Kaleskys. Russell war jetzt auch im Haus.

»Was zum Teufel ist denn los, Mann?«, fragte er.

»Russell«, sagte Mrs. Kalesky. »Lass das.« Sie war zu schwach, um gegen solche Ausdrücke noch weiter zu protestieren.

»Russell«, sagte Denny, »ich brauche etwas Hafermehl.«

Denny begann, die Küchenschränke zu durchsuchen.

»Was zum *Teufel* ist denn los, Mann?«, fragte Russell jetzt mit Nachdruck. Kein Protest diesmal von Mrs. Kalesky. Sie war wirklich krank.

Denny fand ein großes Gefäß mit Hafermehl und sagte zu Russell: »Es hilft gegen das Jucken. Paulette braucht es, okay?«

Er ging nach oben. Russell folge ihm schweigend. Denny ließ etwas Wasser in die Badewanne laufen, schüttete das ganze Hafermehl aus dem Gefäß in das Bad und prüfte die Temperatur, indem er einen Ärmel hochrollte und seinen Arm in die Wanne tauchte. Er verrührte das Hafermehl und ließ das Wasser weiterlaufen.

Dann ging Denny zurück in Paulettes Schlafzimmer. Er ging an Russell vorbei, ohne etwas zu sagen.

»Paulette«, begann Denny, »du wirst jetzt ein Weilchen in der Badewanne sitzen, okay? Das hilft. Es hilft gegen das Jucken. Ich bleib bei dir sitzen, okay?«

Er half ihr im Bett auf und führte sie dann ins Bad. Sie weinte immer noch, wenn auch nicht mehr so heftig. Er hielt ihre Hand, als sie an dem verblüfften früheren Tyrannen, Russell Kalesky, vorbeikamen, der noch immer im Korridor stand.

»Entschuldige«, sagte Denny höflich zu Russell. »Tut mir leid.«

Denny brachte Paulette ins Bad, schloss die Tür und verriegelte sie hinter ihnen.

»Okay«, sagte er zu ihr. »Na dann los, okay?«

Paulette hatte ihren Pyjama an. Er war feucht vom Schweiß. Sie war sehr, sehr krank.

»Okay«, sagte Denny, »du musst dich ausziehen, okay?«

Paulette legte ihre Hand auf das Waschbecken, um Halt zu finden. Dann zog sie ihre Socken aus, einen nach dem anderen, und stieg aus ihrem Pyjama-Unterteil. Sie zog ihre Unterwäsche aus und rührte sich nicht mehr.

»Okay«, sagte Denny. »Ich werde dir jetzt helfen, das Hemd auszuziehen, und dann setzen wir dich in die Badewanne, okay? Du wirst dich gleich viel besser fühlen. Okay? Heb deine Arme, Paulette.«

Paulette rührte sich nicht.

»Na dann«, sagte Denny. »Heb schon deine Arme.«

Paulette hob ihre Arme, wie ein kleines Mädchen, das Hilfe brauchte, um aus ihrem Nachthemd herauszukommen. Denny zog ihr das Pyjama-Oberteil über den Kopf.

»Okay«, sagte Denny. »Sieht so aus, als hättest du es am schlimmsten auf dem Bauch.«

»Sieh dir bloß meine Haut an!«, klagte Paulette und begann wieder zu weinen.

»Deine Haut wird wieder schön, okay?«, erklärte Denny.

Er prüfte das Wasser erneut, es war lauwarm. Kühl und beruhigend, genau die richtige Wassertemperatur. Er verrührte das Hafermehl in der Badewanne noch einmal und half Paulette hineinzusteigen.

»Das ist besser, stimmt's?«, sagte Denny Brown (fünfzehn Jahre alt). »Das hilft, nicht wahr?«

Sie saß in der Badewanne, die Knie an die Brust gezogen. Sie legte den Kopf auf die Knie und weinte noch immer.

»Na dann«, sagte Denny Brown. Er schöpfte das nasse, kühle Hafermehl mit den Händen heraus und presste es auf ihren Rücken, auf die Stellen mit den scheußlichen geschwollenen Pocken. »Und noch einmal. Und noch einmal.«

Denny strich ihr das Hafermehl auf Nacken, Schultern und Arme. Er nahm einen Becher vom Waschbecken und ließ das kühle Wasser über ihren Kopf rinnen, damit das Jucken unter ihren Haaren nachließ. Wenn sich das Wasser in der Wanne abkühlte, goss er wärmeres nach.

Denny Brown kniete auf dem Fußboden neben Paulette. Unten auf der Couch fragte sich Mrs. Kalesky, was denn dort oben vor sich gehe. Oben auf dem Korridor setzte sich der frühere Tyrann, Russell Kalesky, auf den Fußboden, direkt vor die verriegelte Badezimmertür. Russell starrte auf die Tür. Er versuchte zu verstehen, was sich da drinnen abspielte, aber er konnte nichts hören.

Im Bad half Denny währenddessen Paulette. »Du kannst dich nun zurücklehnen«, erklärte er ihr.

Denny half ihr aus der sitzenden Stellung, bis sie in der Badewanne liegen konnte. Er schob ein zusammengefaltetes Handtuch unter ihren Kopf als Kissen. Das Wasser war kühl und umgab sie nun ganz, es reichte ihr bis unters Kinn. Ihre Brüste trieben nach oben. Sie wurden leichter durch das Wasser.

»Du wirst dich in genau fünf Minuten besser fühlen«, erklärte Denny Brown und lächelte sie an. Dann fragte er: »Möchtest du vielleicht ein Glas Wasser?«

»Nein, danke«, erwiderte Paulette.

Es vergingen vielleicht fünf Minuten. Wahrscheinlich waren es sogar genau fünf Minuten. Mrs. Kalesky wartete unten und wunderte sich noch immer, was dort oben vor sich gehe. Ein paar Häuser weiter machte sich Dennys Mutter fertig, um zur Arbeit in die Intensivstation zu gehen. Denny Browns Vater half einem im Sterben liegenden Patienten am anderen Ende der Stadt, etwas Mittagessen zu sich nehmen. Die Monroe Highschool war leer. Russell Kaleskys Ford stand in der Auffahrt, bewegungslos wie immer. Es war August. Alles war wie immer im August.

Und dann sagte Paulette Kalesky zu Denny Brown: »Du machst deine Sache gut.«

Direkt vor dem Bad hockte Russell Kalesky vollkommen still. Er wusste nicht, was sein Freund da drin machte. Er wusste nicht, was seine Schwester da drin machte. Russell wusste nicht, worauf er aufpasste, aber er beobachtete diese Badezimmertür mit einer solchen Anspannung, wie es einem Menschen nur möglich ist. Er wusste auch nicht, worauf er lauschte. Aber Russell Kalesky lauschte, und sein Kopf war dabei hoch aufgerichtet.

Die Namen von Blumen und Mädchen

Zur Zeit von Babette war mein Großvater noch keine zwanzig Jahre alt, und obgleich sich heute, und vielleicht selbst damals schon, ein so junger Mann nicht unbedingt mit einem unberührten Mädchen verheiratete, war dies bei ihm doch der Fall. Es gab Jungen in seinem Alter, die bereits den Krieg mitgemacht hatten und wieder zurückgekehrt waren, aber er gehörte nicht dazu, aus dem ganz unromantischen Grund, dass bei ihm ein Fuß den anderen um mehrere Größen überragte. Ihn mit Stiefeln auszustatten hätte der Armee der Vereinigten Staaten zu viel Umstände gemacht, als dass sie ihn genommen hätten, und so verbrachte er die Kriegsjahre wie zuvor in der Gesellschaft seiner ältlichen Großtante.

An diesem Mittwochabend zog er es vor, seiner Tante zu verschweigen, wohin er gehen wollte. Das geschah nicht etwa aus Unaufrichtigkeit, denn er war von Natur aus kein Mensch, der lügen würde. Er glaubte vielmehr, dass sie ihn in dem fortgeschrittenen Stadium ihrer Senilität nicht verstanden oder überhaupt gehört hätte. Er bat deshalb die Nachbarin, eine Witwe mit einem Knieleiden, im Laufe des Abends nach ihr zu sehen, und sie erklärte sich auch dazu bereit. Er war im Monat davor schon einmal zu einem Boxkampf gegangen und hatte an einem Sonnabend zu später Stunde kurz am Eingang einer lauten und zwielichtigen Bar gestanden. So war dies nicht sein erster Versuch, eine Schäbigkeit zu beobachten, die er nie zuvor gesehen hatte.

Er lernte jedoch nur wenig aus diesen beiden ersten Erfahrungen, außer dass der Zigarettenrauch hartnäckig in Haar und Kleidern haften bleibt. Von diesem Abend erwartete er mehr.

Drinnen in dem Nachtklub, den er ausfindig machte, war es bedeutend dunkler als draußen auf der Straße. Es war eine frühe Vorstellung, eine Wochentagsvorstellung, doch der Raum hatte sich bereits gefüllt mit rauchenden und auf ihren Sitzen hin und her rutschenden männlichen Besuchern. Als er eintrat, verdunkelten sich die wenigen Lampen um das Orchester gerade, und er war genötigt, über Füße und Knie hinwegsteigend, seinen Weg zu einem Platz zu ertasten. Er versuchte dabei, die Leute nicht zu berühren, streifte aber dennoch mit jedem Schritt an Wolle oder Haut, bis er einen leeren Platz gefunden und ihn eingenommen hatte.

»Spät?«, ertönte eine fordernde Stimme neben ihm. Mein Großvater horchte auf, antwortete aber nicht.

»Wie spät?«, ertönte die Stimme wieder. Mein Großvater fragte leise: »Sprechen Sie mit mir?«

Plötzlich ging das Scheinwerferlicht auf der Bühne an, und die Frage war vergessen. Babette begann zu singen, doch zu dieser Zeit kannte er natürlich ihren Namen noch nicht. Als sich seine Augen an das blendende weiße Licht gewöhnt hatten, war es nur die Farbe ihres Kleides, die er sah – ein leuchtendes Grün. Es ist eine Farbe, die man ganz bestimmt nicht in der Natur findet, die aber jetzt für Anstreichfarben, Kleidung und Nahrungsmittel künstlich hergestellt wird. Sie kann uns heute nicht mehr schockieren, weil sie uns schon zu sehr vertraut ist. Im Jahre 1919 waren jedoch noch keine Autos oder Häuschen in den Vororten oder, wie man hätte vermuten können, Stoffe in diesem Farbton zu finden.

Dennoch trug Babette ein solches Kleid, es war ärmellos und kurz. Mein Großvater bemerkte zuerst nicht einmal, dass sie sang, wegen dieses leuchtend grünen Kleides. Sie war keine talentierte Sängerin, aber es ist fast kleinlich, das zu erwähnen, da für ihren Job ganz offensichtlich keine musikalischen Fähigkeiten benötigt wurden. Was sie machte, und gut machte, bestand darin, sich wiegend und tanzend auf sehr erfreulichen Beinen zu bewegen. Schriftsteller, die nur zehn Jahre vor diesem Abend ihre Romane schrieben, behaupteten von schönen Frauen, dass sie »wohlgeformte runde Arme« hätten. Ende des Ersten Weltkrieges hatte sich die Mode insofern geändert, als nun andere Dinge sichtbar waren. Das war bedauerlich, denn Babettes Arme waren reizend, vielleicht sogar das Beste an ihr. Mein Großvater war nicht sehr modern, selbst als junger Mann nicht, und er nahm Babettes Arme deshalb voller Anerkennung wahr.

Die Lampen im hinteren Teil der Bühne waren angegangen, und es befanden sich jetzt mehrere tanzende Paare hinter Babette. Gute und gewandte Tänzer – die Männer schlank und dunkel, die Frauen in kurzen, schwingenden Kleidern. Die Art der Beleuchtung dämpfte die Farbtöne ihrer Kleidung zu einem gleichmäßigen Braun und Grau, und mein Großvater konnte nicht viel mehr tun, als ihre Gegenwart zur Kenntnis zu nehmen und dann wieder weiter auf Babette zu starren.

Er war nicht genügend vertraut mit der Welt der Vergnügungen, um zu wissen, dass, was er hier sah, nur ein unbedeutendes Vorspiel eines zu erwartenden langen Abends voll obszöner Darbietungen sein würde. Diese spezielle Nummer war nichts weiter als ein Vorwand, den Vorhang über etwas anderem hochgehen zu lassen als über einer leeren Bühne, und um das kleine Orchester in Schwung zu bringen und die Zuschauer darauf aufmerksam zu machen, dass der Abend nun begann. Es gab nichts Schlüpfriges an Babette, außer der Kürze ihres Kleidersaumes, und es ist wahrscheinlich, dass mein Großvater der einzige von all den Zuschauern war, der bei dem, was er sah, in Aufregung geriet. Es ist so gut wie sicher, dass keiner der anderen Männer um ihn herum mit feuchten Händen seine Hosenbeine umklammerte oder seine Lippen bewegte, heimlich nach Worten suchend, um dieses Kleid, diese Arme, dieses verblüffende rote Haar und die roten Lippen zu beschreiben. Die meisten der Zuschauer kannten das Lied bereits von einer anderen Aufnahme mit einem hübscheren, talentierteren Mädchen als Babette, aber mein Großvater wusste sehr wenig über Schlagermusik und hübsche Mädchen.

Als sich die Darsteller verbeugten und die Lichter gedämpfter wurden, sprang er von seinem Platz auf und ging schnell an den Männern in seiner Reihe entlang, trat ihnen dabei auf die Füße, stolperte und entschuldigte sich flüsternd für seine Ungeschicklichkeit. Er tastete sich den Mittelgang entlang und zu den schweren Türen, die rasche Lichtdreiecke auf den Boden hinter ihm warfen, als er sie aufstieß. Er lief in das Foyer und packte einen Platzanweiser am Arm.

»Ich muss die Sängerin sprechen«, sagte er.

Der Platzanweiser, gleichen Alters wie mein Großvater, aber ein Kriegsveteran, fragte: »Wen?«

»Die Sängerin. Die mit den roten, den roten ...« Er zog an seinem eigenen Haar vor lauter Verlegenheit.

»Die Rothaarige«, beendete der Platzanweiser den Satz.

»Ja.«

»Sie ist bei der Gastspieltruppe.«

»Ja, gut, gut«, stotterte mein Großvater und nickte töricht. »Wunderbar!«

»Was wollen Sie denn von ihr?«

»Ich muss mit ihr sprechen«, wiederholte er.

Vielleicht dachte der Platzanweiser, der sah, dass mein Großvater ein solider junger Mann war, er sei ein Botenjunge oder er wolle vielleicht einfach nicht gefragt werden. Jedenfalls führte er ihn zu Babettes Umkleideraum in einer dunklen Halle unter der Bühne, von der eine Reihe von Türen abgingen.

»Es ist jemand hier, der Sie sprechen will, Miss«, meldete er, klopfte zweimal und ging fort, ehe sie geantwortet hatte.

Babette öffnete die Tür, blickte die Halle entlang auf den fortgehenden Platzanweiser und dann auf meinen Großvater. Sie trug einen Slip und hatte ein großes rosa Handtuch wie einen Schal um ihre Schultern gelegt.

»Ja?«, fragte sie und zog ihre hohen, gewölbten Augenbrauen noch höher.

»Ich muss mit Ihnen sprechen«, sagte mein Großvater.

Sie warf einen flüchtigen Blick auf ihn. Er war hochgewachsen und blass, hatte einen sauberen, billigen Anzug an und trug seinen zusammengefalteten Mantel unterm Arm, als wäre er ein Fußball. Mein Großvater hatte die schlechte Angewohnheit, sich krumm zu halten, doch jetzt stand er vor Nervosität vollkommen gerade. Diese Haltung war seiner Erscheinung insgesamt ein wenig förderlich, sein Kinn wurde dadurch herausgedrückt und seinen Schultern eine Breite verliehen, die sie gewöhnlich nicht zu haben schienen. Es gab nichts an ihm, das Babette genötigt hätte, ihm die Tür vor der Nase zuzuschlagen, so blieb sie in ihrem Slip und mit ihrem Handtuch vor ihm stehen.

»Ja?«, fragte sie noch einmal.

»Ich möchte Sie malen«, sagte er. Sie trat einen Schritt zurück. Mein Großvater dachte erschrocken, dass sie gemeint hätte, er wolle auf ihren Körper Farbe auftragen, so wie man eine Wand anstreicht, und entsetzt erklärte er ihr: »Ich meinte, dass ich gern ein Bild, ein Porträt, von Ihnen malen möchte!«

»Gleich jetzt?«, fragte sie, und er antwortete rasch: »Nein, nein, nicht jetzt. Aber ich würde es gern tun. Ich würde es schrecklich gern tun.«

»Sind Sie ein Maler?«, fragte sie.

»Oh, ich bin ein sehr schlechter Maler«, sagte mein Großvater, »ein furchtbar schlechter Maler.«

Sie lachte ihn aus. »Ich habe schon mehrere Künstler ein Bild von mir malen lassen«, log sie.

»Gewiss haben Sie das«, sagte er.

»Sie haben mich singen hören?«, fragte sie, und er sagte ja, das habe er.

»Sie bleiben wohl nicht während der übrigen Vorstellung?«, fragte sie, und er zögerte, bevor er antwortete, denn ihm wurde erst jetzt klar, dass die Vorstellung von anderer Art sein würde als das, was er bisher gesehen hatte.

»Nein«, entgegnete er. »Ich wollte Sie nur nicht verpassen. Ich fürchtete, Sie könnten gleich fortgehen.«

Sie zuckte mit den Achseln. »Ich lasse keine Männer in meinen Umkleideraum.«

»Natürlich nicht!«, sagte er und hoffte, er hatte nicht den Verdacht aufkommen lassen, dass er eine Einladung erwartete. »Das war auch gar nicht meine Absicht.«

»Ich will aber auch nicht in dieser Halle stehen und mit Ihnen reden«, fuhr sie fort.

Mein Großvater sagte: »Es tut mir leid, dass ich Sie gestört habe«, und er faltete seinen Mantel auseinander und zog ihn an. »Ich wollte damit sagen, dass Sie, wenn Sie schon mit mir sprechen wollen, hereinkommen müssen«, erklärte Babette. »Das könnte ich nicht; ich wollte doch nicht …«

Aber sie war bereits hineingegangen in den kleinen, schlecht beleuchteten Raum und hielt die Tür für ihn auf. Er folgte ihr, und als sie die Tür schloss, lehnte er sich dagegen in seiner Besorgnis, sich so wenig wie möglich aufzudrängen. Babette zog sich einen alten Klavierhocker zum Spülbecken hin und betrachtete sich in einem silbernen Handspiegel. Sie ließ das Wasser laufen, bis es heiß wurde, feuchtete zwei Finger an und drückte eine Locke direkt hinter ihrem Ohr wieder zurecht. Dann sah sie meinen Großvater über die Schulter hinweg an.

»Nun, warum sagen Sie mir nicht einfach, was Sie eigentlich wollen.«

»Ich möchte Sie zeichnen, Sie malen.«

»Aber Sie sagen doch, Sie sind nicht gut.«

»Ja.«

»Das sollten Sie nicht sagen«, meinte Babette.

»Wenn Sie etwas darstellen wollen, wenn Sie jemand sein wollen, müssen Sie damit anfangen, den Leuten zu erklären, dass Sie gut sind.«

»Das kann ich nicht«, sagte er. »Denn ich bin es nicht.«

»Na, es ist doch so leicht zu sagen, dass Sie es sind. Na los, sagen Sie es. Sagen Sie: ›Ich bin ein guter Maler.‹ Na los.«

»Das kann ich nicht«, erklärte er. »Ich bin nämlich keiner.«

Sie nahm einen Augenbrauenstift vom Rand des Spülbeckens und warf ihn zu ihm hin.

»Zeichnen Sie etwas«, sagte sie.

»Worauf?«

»Irgendwohin. Auf diese Wand oder auf diese. Irgendwohin. Ist mir ganz gleich.«

Er zögerte.

»Machen Sie schon«, sagte sie. »Sie können doch diesen

Raum nicht schlimmer machen, als er ohnehin schon aussieht – falls es das ist, was Sie beunruhigt.«

Er fand eine Stelle neben dem Spülbecken, wo die Farbe nicht allzusehr abbröckelte oder voller Graffiti war. Er begann langsam, eine Hand zu malen, die eine Gabel hielt. Babette stand hinter ihm, sie beugte sich vor und beobachtete ihn über seine Schulter hinweg.

»Es ist kein guter Blickwinkel für mich«, sagte er, aber sie antwortete nicht, und so machte er weiter. Er fügte den Unterarm eines Mannes mit einer Armbanduhr hinzu.

»Es schmiert so, weil der Stift zu weich ist«, entschuldigte er sich, und sie erwiderte: »Hören Sie auf, darüber zu reden. Machen Sie es einfach nur fertig.«

»Es ist fertig.« Er tat einen Schritt zurück. »Es ist schon fertig.«

Sie sah ihn an und dann die Skizze. »Aber das ist doch nur eine Hand. Das ist kein Mensch, kein Gesicht.«

»Sehen Sie, ich bin nicht gut! Ich hab Ihnen ja gesagt, dass ich nicht gut bin.«

»Doch«, sagte Babette, »ich finde, Sie sind sogar sehr gut. Ich finde, das ist eine ausgezeichnete Hand mit einer Gabel. Allein daraufhin lasse ich Sie mein Porträt malen. Es ist nur etwas eigenartig, auf eine Wand zu malen, meinen Sie nicht?«

»Ich weiß nicht«, entgegnete er, »ich habe noch nie vorher auf eine Wand gemalt.«

»Ja, das ist eine hübsche Zeichnung«, entschied Babette. »Ich finde, Sie sind ein guter Maler.«

»Danke.«

»Sie sollten mir nun aber auch sagen, dass ich eine gute Sängerin bin.«

»Aber das sind Sie!«, erklärte er. »Sie sind wunderbar.«

»Sie sind aber nett, dass Sie das sagen.« Babette lächelte

huldvoll. »Aber das stimmt nicht. An einem Ort wie diesem gibt es keine guten Sängerinnen. Es gibt hier einige ausgezeichnete Tänzerinnen, und ich bin auch keine schlechte Tänzerin, aber eine schreckliche Sängerin.«

Er wusste zwar nicht, was er darauf entgegnen sollte, doch sie sah ihn an, als sei er nun an der Reihe zu sprechen, und so fragte er: »Wie heißen Sie denn?«

»Babette«, antwortete sie. »Und wenn ein Mädchen sich selbst kritisiert, sollten Sie wirklich nichts unversucht lassen, um ihr zu widersprechen.«

»Es tut mir leid«, sagte er leise. »Das wusste ich nicht.«

Sie betrachtete sich wieder im Spiegel. »Sie möchten also nur meine Hand malen?«, fragte sie. »Ich habe aber keine Gabel hier.«

»Nein«, sagte er, »ich möchte Sie malen, ganz und gar, umgeben von Schwarz, umgeben von einer dichten, schwarzen Menschenmenge. Aber es wird ein weißes Licht da sein, und Sie befinden sich im Zentrum davon« – er hob seine Hände, um eine Anordnung in einem imaginären Rahmen zu zeigen –, »im Zentrum in Grün und Rot.«

Er ließ die Hände sinken. »Sie hätten dieses Grün und Rot sehen sollen.«

»Na, dann ist es also nur das Kleid, was Ihnen gefällt«, sagte sie. »Nur das Kleid und mein Haar.«

Und ihre Arme, dachte er, doch er nickte nur.

»Aber nichts davon bin wirklich ich«, sagte Babette. »Selbst meine Haarfarbe ist falsch.«

»Falsch?«

»Ja, falsch. Gefärbt. Machen Sie doch nicht so ein entsetztes Gesicht. Wirklich, Sie können doch diese Haarfarbe noch nie vorher gesehen haben.«

»Nein!« Mein Großvater schrie es fast. »Das habe ich

auch noch nie. Ich finde es aufregend, dass Sie das so machen können, wenn Sie es möchten. Ich habe mich zwar darüber gewundert, aber ich dachte natürlich nicht, dass es gefärbt war. Ich glaube, es gibt eine Menge Farben, die ich noch nie gesehen habe. Könnte ich es mal berühren?«

»Nein«, sagte Babette. Sie langte nach einem Kamm auf dem Spülbecken und zog ein einzelnes rotes Haar aus seinen Zähnen.

Sie reichte es ihm. »Sie können dieses eine Haar haben. Ich kenne Sie schließlich nicht gut genug, um Sie meinen ganzen Kopf begrapschen zu lassen.«

Er ging mit dem Haar zur Lampe und zog es mit vor Konzentration gerunzelter Stirn unter der Glühbirne straff.

»Es ist an einem Ende braun«, bemerkte er.

»Da ist es nachgewachsen«, erklärte sie ihm.

»Ihr richtiges Haar?«

»Das alles ist mein richtiges Haar. Dieses Braun ist nur meine richtige Haarfarbe.«

»Genau mein Farbton«, stellte er überrascht fest. »Aber Sie würden es niemals wissen, wenn ich Sie nicht auf der Bühne gesehen hätte. Ich sage Ihnen, Sie wären niemals darauf gekommen, dass wir beide die gleiche Haarfarbe haben. Ist das nicht bemerkenswert?«

Babette zuckte mit den Achseln. »Ich würde es nicht für bemerkenswert halten, aber ich bin eben an mein Haar gewöhnt.«

»Ja, das sind Sie wohl.«

»Sie sind wohl nicht aus New York City?«, fragte sie.

»Doch, ich habe schon immer hier gelebt.«

»Na, Sie verhalten sich aber nicht so, sondern eher wie ein kleiner Junge vom Lande. Lassen Sie sich aber jetzt nicht davon irritieren. Das ist ja nichts Schlechtes.«

»Ich denke doch. Ich denke, es ist schrecklich. Das kommt bestimmt davon, dass ich nicht mit genügend Leuten spreche.«

»Was machen Sie denn den ganzen Tag?«

»Ich arbeite manchmal in einer Druckerei. Und ich lebe mit meiner Großtante zusammen.«

»Und sie ist sehr alt«, sagte Babette.

»Ja. Und senil. Alles, an was sie sich noch erinnern kann, sind die Namen von Blumen und Mädchen.«

»Wie?«

»Die Namen von Blumen und Mädchen. Ich weiß auch nicht, warum, aber so ist es nun mal. Wenn ich sie etwas frage, überlegt sie und überlegt, aber schließlich sagt sie dann so etwas wie ›Wilde Möhre, Gänseblümchen, Emily, Schwertlilie, Veilchen …‹«

»Nein, wirklich!«, rief Babette aus. »Ich denke, das ist bemerkenswert. Es muss sehr hübsch sein, ihr zuzuhören.«

»Manchmal schon. Aber manchmal ist es auch einfach traurig, denn ich kann sehen, wie deprimiert sie ist. Ein andermal redet sie einfach drauflos und reiht alles aneinander: ›Efeu-Butterblume-Catherine-Pearl-Mohnblume-Lilie-Rose.‹ Dann ist es hübsch, ihr zuzuhören.«

»Das glaube ich gern«, meinte Babette. »Man vergisst, wie viele Blumennamen auch Mädchennamen sind.«

»Ja.« Mein Großvater nickte. »Das hab ich auch bemerkt.«

»Sie hat früher für Sie gesorgt, nicht wahr?«

»Ja«, sagte er. »Als ich jung war.«

»Sie sind immer noch jung.« Babette lachte. »Ich bin sogar noch jung, und ich denke, ich bin viel älter als Sie.«

»Ich habe keine Vorstellung, wie alt Sie sind. Ich habe nicht einmal darüber nachgedacht.«

»Ich kann verstehen, warum Sie das nicht wollten.« Babette nahm wieder ihren Spiegel und betrachtete sich. »Dieses ganze Make-up verdeckt alles. Es ist schwer zu sagen, wie ich überhaupt aussehe. Ich glaube, ich bin immerhin hübsch, aber ich habe erst diese Woche entdeckt, dass ich nicht gut altere. Einige Frauen, die ich kenne, sehen ihr ganzes Leben lang wie Mädchen aus, und ich vermute, das liegt an ihrer Haut. Von fern sehe ich zwar immer noch gut aus, und auf der Bühne werde ich wohl noch Jahre wunderbar aussehen, aber wenn Sie nahe an mich herankommen, werden Sie die Veränderung bereits feststellen.«

Sie sprang auf und lief mit zwei Schritten zu der Ecke des Raumes gegenüber von meinen Großvater.

»Sehen Sie, von hier bin ich einfach himmlisch«, sagte sie, und dann sprang sie direkt auf ihn zu, so dass sich ihre Nasen beinahe berührten. »Aber sehen Sie mich jetzt an. Sehen Sie all diese Fältchen hier und hier?« Sie wies auf ihre äußeren Augenwinkel. Mein Großvater sah allerdings nichts von Fältchen, er sah schnell blinkende Wimpern und etwas Make-up. Und er bemerkte, dass ihr Atem nach Zigaretten und Apfelsinen roch, und dann hielt er die Luft an, aus Furcht, er könnte sie irgendwie berühren oder etwas Falsches machen. Sie trat einen Schritt zurück, und er atmete wieder aus.

»Aber so ist es ja mit allem, was man sich zu nahe ansieht«, fuhr Babette fort. Ihr grünes Kleid, das sie vorher getragen hatte, hing über einem niedrigen Rohr unter der Decke. Sie zog das Kleid herunter, ging wieder zurück in die hintere Ecke und hielt es sich an. »Sehen Sie sich nur dieses reizende grüne Ding an«, sagte sie. »Auf der Bühne verdreht es den Männern die Köpfe, nicht wahr? Und ich sah so toll darin aus, fanden Sie nicht?«

Mein Großvater erklärte, dass er genau das gedacht habe.

Sie kam wieder auf ihn zu, wenngleich zu seiner Erleichterung dieses Mal nicht so nah.

»Aber jetzt können Sie sehen, was für ein billiges Ding das in Wirklichkeit ist«, meinte sie und wendete das Kleid. »Es sieht aus, als hätte ein Kind diese Säume gemacht, und es wird alles nur mit Nadeln zusammengehalten. Fühlen Sie mal. Machen Sie nur.«

Mein Großvater hob den Rock ein wenig mit einer Hand, fühlte aber das Material nicht wirklich.

»Sie können sofort feststellen, dass es keine richtige Seide ist, dass da wirklich überhaupt nichts Schönes dran ist. Würde ich es zu einem Besuch anziehen, sähe ich geradeso aus wie irgendein Straßenmädchen. Es ist erbärmlich.« Sie wandte sich von ihm ab und fügte über ihre Schulter hinweg hinzu: »Ich will Ihnen den Geruch von dem Ding ersparen. Ich bin sicher, Sie können ihn sich vorstellen.«

In Wirklichkeit konnte er sich nicht im Geringsten vorstellen, wie es roch. Nach Zigaretten und Apfelsinen, vermutete er, aber er wusste es keineswegs. Babette ließ ihr rosa Handtuch zu Boden gleiten, und dann wandte sie sich um und stand meinem Großvater nur in Slip und Strümpfen gegenüber.

»Ich könnte mir vorstellen, dass ich so sehr hübsch aussehe«, sagte sie, »obgleich ich keinen großen Spiegel habe, deshalb bin ich nicht sicher. Aber wenn ich diesen Slip ausziehen würde und Sie hier zu mir herüberkämen, würden Sie alle möglichen Unebenheiten und Flecken sehen, und Sie wären womöglich schwer enttäuscht. Sie haben doch noch nie eine nackte Frau gesehen, nicht wahr?«

»Doch, das habe ich«, sagte er, und Babette sah ihn voll lebhafter Überraschung an.

»Niemals haben Sie das«, sagte sie scharf. »Nie im Leben.«

»Doch. Meine Tante kann nun schon seit drei Jahren nicht mehr für sich selbst sorgen. Ich halte sie sauber, wechsle ihre Kleider und bade sie.«

Babette zuckte zusammen. »Das muss doch widerlich sein.« Sie hob ihr Handtuch vom Boden auf und legte es sich wieder um die Schultern. »Wahrscheinlich hat sie auch keine Kontrolle mehr über sich. Wahrscheinlich ist sie von oben bis unten mit ekelhaftem Schmutz bedeckt.«

»Ich halte sie sehr sauber«, sagte er. »Ich sorge dafür, dass sie …«

»Nein.« Babette hielt die Hände hoch. »Das kann ich nicht hören, nichts dergleichen. Mir wird übel davon, wirklich.«

»Das tut mir leid«, entschuldigte sich mein Großvater. »Ich wollte Sie nicht …«

»Es widert Sie nicht an? So etwas zu tun?«, unterbrach sie ihn.

»Nein«, entgegnete er ehrlich. »Ich denke mir, dass es genauso ist, als würde man ein Baby versorgen?«

»Nein. Durchaus nicht. Aber ist es nicht merkwürdig, dass mich das so anwidert, was Sie mir gerade erzählt haben? Bestimmt gibt es Dinge in meinem Leben, die *Sie* schockieren würden, aber ich hatte nicht geglaubt, dass *Sie mich* schockieren könnten.«

»Ich wollte Sie nicht schockieren«, entschuldigte er sich. »Ich habe nur Ihre Fragen beantwortet.«

»Jetzt will ich Ihnen mal etwas Schockierendes erzählen«, sagte sie. »Als ich ein kleines Mädchen war und in Elmira lebte, wohnten wir neben einem sehr alten Mann, einem Bürgerkriegsveteranen. Ihm war während einer Schlacht ein Arm amputiert worden, aber er wollte nicht, dass der Chirurg seinen Arm wegwarf; er behielt ihn, ließ die ganze

Haut wegfaulen, trocknete ihn in der Sonne und nahm ihn mit nach Hause. Als Souvenir. Er behielt ihn, bis er starb. Er pflegte seine Enkel damit im Garten herumzujagen und sie dann mit seinem eigenen Armknochen zu schlagen. Und einmal rief er mich zu sich und zeigte mir einen winzigen Riss darin, die Stelle, wo er sich als Junge einmal den Arm gebrochen hatte. Finden Sie das nicht abscheulich?«

»Nein«, sagte mein Großvater. »Es ist interessant. Ich bin noch nie jemandem aus dem Bürgerkrieg begegnet.«

»Na, das ist aber seltsam«, bemerkte Babette, »denn alle Leute, denen ich das jemals erzählt habe, waren schockiert, nur mich hat es niemals erschreckt. Warum kann ich Ihnen da nicht zuhören, wenn Sie darüber sprechen, wie Sie Ihre alte Tante säubern?«

»Ich weiß es nicht«, sagte er, »nur war Ihre Geschichte sehr viel interessanter.«

»Ich hatte eigentlich nicht geglaubt, dass mich noch irgend etwas anwidern könnte«, sagte sie.

»Ich will Ihnen noch eine andere Geschichte erzählen. Die Kirche in meiner Heimatstadt pflegte Eiskrempartys für Kinder zu veranstalten, und wir konnten dann so viel davon essen, bis uns schließlich übel wurde. Aber es war ein solches Vergnügen, dass wir immer mehr davon wollten, und dann gingen wir nach draußen, erbrachen, was wir gegessen hatten, und liefen wieder rein, um uns noch mehr zu holen. Sehr schnell fanden sich dann sämtliche Hunde aus der Stadt bei der Kirche ein und fraßen das schmelzende Eis so rasch auf, wie wir es rausbringen konnten. Finden Sie das nicht widerlich?«

»Nein«, entgegnete mein Großvater, »ich finde es eher spaßig.«

»Das finde ich auch. Ich fand es damals, und ich finde

es auch jetzt noch spaßig.« Sie war einen Augenblick still. »Und doch gibt es Dinge, die ich in den letzten Jahren gesehen habe, von denen Ihnen übel würde, wenn Sie sie hörten. Ich *könnte* Sie schockieren. Ich habe Dinge getan, die so schrecklich sind, dass ich sie Ihnen nicht einmal erzählen würde, wenn Sie mich darum bäten.«

»Das würde ich nicht tun. Ich möchte sie gar nicht wissen«, erklärte mein Großvater, obgleich er sich, als er an diesem Abend von zu Hause fortging, gerade diese Art von Informationen so dringend gewünscht hatte.

»Es ist ohnehin nicht wichtig. Wir wollen darüber gar nicht sprechen. Aber Sie sind schon ein seltsamer Mensch, nicht wahr? Ich fühle mich beinahe wie eine alte Hure, wenn ich das sage. Es gibt so viele alte Huren in diesem Geschäft, und sie alle schauen auf junge Männer und sagen: ›Sie sind schon ein seltsamer Mensch, nicht wahr?‹ Aber bei Ihnen trifft es wirklich zu. Die meisten Männer wittern etwas von der Vergangenheit eines Mädchens und wollen jede Kleinigkeit wissen, die es jemals getan hat. Und Sie sehen mich nur ständig an, allerdings nicht so, wie ich es gewohnt bin.«

Mein Großvater errötete. »Es tut mir leid, wenn ich Sie angestarrt habe«, sagte er.

»Aber nicht nur mich! Sie haben den ganzen Raum angestarrt. Ich wette, Sie haben sich jeden Riss an diesen Wänden, die Sprossen am Bettrahmen und auch alles, was auf dem Boden meines Koffers liegt, gemerkt.«

»Nein.«

»Doch, das haben Sie. Und Sie haben sich auch meine Person eingeprägt. Da bin ich sicher.«

Er antwortete nicht, denn sie hatte natürlich vollkommen recht. Statt dessen verlagerte er sein Gewicht unsicher von einem Fuß auf den anderen, da er sich plötzlich brennend der verschiedenen Größen seiner Füße bewusst wurde. Nicht zum erstenmal fühlte er sich wegen dieser Missbildung von unten herauf aus dem Gleichgewicht gebracht, und ihm war beinahe schwindlig davon.

»Jetzt habe ich Sie nervös gemacht«, stellte Babette fest. »Ich vermute, das ist ziemlich leicht bei Ihnen, deshalb bilde ich mir auch nichts darauf ein.« Nach einer Pause fügte sie hinzu: »Ich glaube, Sie sind wirklich ein Künstler, so wie Sie alles angestarrt haben. Sie sind ein Beobachter, kein Zuhörer. Habe ich recht?«

»Ich weiß nicht, was Sie meinen«, sagte er.

»Summen Sie mir einen Takt aus meinem Lied von heute Abend vor, oder nennen Sie mir eine Zeile aus dem Refrain.«

Er überlegte rasch und konnte zuerst nur die Worte des gesichtslosen Mannes neben sich heraufbeschwören, der die Uhrzeit wissen wollte. Dann sagte er: »Sie haben etwas von traurig sein gesungen, weil jemand fortgegangen ist, ein Mann, glaube ich …« Er verstummte schließlich, dann fügte er mit schwacher Stimme hinzu: »Es war aber ein hübsches Lied. Sie haben es schön gesungen.«

Sie lachte. »Es ist ebensogut, dass Sie nicht zugehört haben. Es ist ein dummes Lied. Aber sagen Sie mir jetzt, wie viele Paare hinter mir getanzt haben.«

»Vier«, erwiderte er ohne Zögern.

»Und wer war das kleinste Mädchen auf der Bühne?«

»Das waren Sie.«

»Und wie stark war das Orchester?«

»Das konnte ich nicht erkennen, mit Ausnahme des Dirigenten und natürlich des Bassisten, der stand.«

»Ja, natürlich.« Babette ging zum Spülbecken und hantierte dort einige Augenblicke mit ihren Toilettenartikeln. Dann drehte sie sich um und kam mit ausgestrecktem Arm auf ihn zu. Sie hatte sich mit Lippenstift fünf kurze Striche auf die weiße Unterseite ihres Unterarms gemalt, von denen sich jeder von dem benachbarten im Farbton ein wenig unterschied. Mit der anderen Hand bedeckte sie ihren Mund und fragte: »Welche Farbe habe ich in diesem Augenblick auf meinen Lippen?«

Mein Großvater starrte auf ihren Arm, plötzlich erschrocken über die roten Striche auf der weißen Haut. Er zögerte erst, bevor er antwortete, weil etwas anderes seinen Blick gefangen nahm – eine schwache, bläuliche Ader, die diagonal über die Beuge ihres Armes verlief. Dann zeigte er auf den zweiten Lippenstiftstrich vom Handgelenk aus und sagte vollkommen überzeugt: »Diese.«

Er blickte erst auf und sah sie an, nachdem Babette ihren Arm hatte sinken lassen und die faszinierende blaue Ader seinem Blick entschwunden war. Sie hielt noch immer die andere Hand auf ihren Mund und starrte ihn mit so weit geöffneten und erschrockenen Augen an, dass es schien, als gehöre ihre Hand einem Fremden, einem Angreifer. Er zog ihr langsam die Hand vom Gesicht fort und schaute sie schweigend an. Er blickte auf ihre Lippen und stellte fest, dass er richtig gewählt hatte. Ohne darüber nachzudenken, was er jetzt tat, hob er ihr Kinn, so dass ihr Gesicht aus dem Schatten herauskam, und sah sich die Form ihrer Stirn, ihrer Nase und ihres Kinns genau an. Babette beobachtete ihn.

»Wissen Sie«, sagte sie, »wenn Sie mich küssen wollen, dann …«

Sie hielt inne, als er ihr Kinn losließ, ihr Handgelenk ergriff und den Arm herumdrehte, so dass die Lippenstiftstriche zu sehen waren. Er starrte lange darauf, und sie begann schließlich, mit einer Ecke ihres Handtuchs an den schmierigen roten Strichen zu reiben, so als wäre ihr jetzt peinlich, was sie gemacht hatte. Doch das war es nicht, was meinen Großvater fesselte. Er musterte wieder diese schwache blaue Ader, untersuchte ihren kurzen Weg in der weichen Hautfalte ihres Armes. Nach einiger Zeit hob er auch Babettes anderen Arm und verglich die beiden Adern miteinander. Dabei hielt er ihre Handgelenke nur ganz sanft, doch in so vollkommener Selbstvergessenheit, dass sie die Leichtigkeit seiner Berührung aufhob. Sie trat zurück, und er löste seinen Griff, ohne etwas zu sagen.

Er durchquerte den Raum und betrachtete noch einmal das Kleid, prägte sich erneut das beunruhigende Grün ein und runzelte die Stirn. Dann kehrte er zu Babette zurück, um sich ihrer Haarfarbe zu versichern. Er hob seine Hand, um es zu berühren, doch sie ergriff mit einer raschen Bewegung seinen Arm.

»Bitte«, sagte sie. »Das ist nun genug.«

Mein Großvater blinzelte, als hätte sie ihn gerade aus einem kurzen Schlaf geweckt oder ihm eine unerwartete schlechte Nachricht überbracht. Er blickte in dem Raum umher, so als suchte er nach jemand anderem, jemand Vertrauterem, runzelte dann die Stirn und sah wieder auf Babette.

»Sie sollten wissen, dass es bestimmte Verhaltensweisen gibt«, sagte sie ruhig. »Es gibt Dinge, die man sagen kann, damit sich ein Mädchen nicht benutzt vorkommen muss.« Ihr Gesicht war vollkommen ausdruckslos, doch sie hatte den Handspiegel hochgehoben und hielt ihn fest in der Hand, so wie man einen Tennisschläger oder eine Waffe halten mochte.

Dann errötete er. »Es tut mir leid«, stammelte er. »Ich wollte nicht … Es überkommt mich nur manchmal, dass ich so schaue und starre …«

Babette schnitt ihm das Wort ab mit einem scharfen, ärgerlichen Blick, der so rasch und dunkel wie ein Schatten über ihr Gesicht glitt.

»Das kann man mit Leuten nicht machen«, sagte sie. Er fing wieder an, sich zu entschuldigen, aber sie schüttelte den Kopf. Schließlich fuhr sie fort: »Es wird ein sehr gutes Bild werden, aber bestimmt nicht sehr schmeichelhaft für mich. Doch das ist in Ordnung«, fügte sie unbekümmert mit den Schultern zuckend hinzu, »weil ich es ja niemals sehen werde.«

»Es tut mir leid«, wiederholte er, und er fühlte sich und klang wie ein Fremder, so als würde er wieder draußen vor ihrer Tür in der dunklen Halle unter der Bühne stehen, die voller Spinnweben war.

Sie zuckte mit einer Schulter und hob eine Hand, um eine rote Locke zu richten, die schon ordentlich saß. Mein Großvater sah ihr schweigend zu.

»Meinen Sie nicht, dass Sie jetzt gehen sollten?«, fragte Babette schließlich.

Er nickte, angewidert von der Zwecklosigkeit, sich zu entschuldigen, und ging. Er fand seinen Weg durch die dunkle Halle und hinaus aus dem Nachtklub allein, ohne den jungen Platzanweiser zu benötigen, der ihn vorher zu Babette geführt hatte. Er erinnerte sich nicht einmal an ihn. Sein Mantel war in ihrem Zimmer getrocknet, er hatte bereits vergessen, dass er einmal nass gewesen war.

Die Witwe mit dem Knieleiden hatte schon auf ihn gewartet, als er nach Hause kam. Sie fragte ihn nicht, wo er gewesen war, sondern sagte nur, dass seine Tante in ihrem Stuhl schliefe und den ganzen Abend ruhig gewesen sei.

»Ich habe ihr etwas Suppe gegeben«, flüsterte sie ihm zu, als sie die Tür öffnete.

»Danke«, sagte er. »Sie sind sehr freundlich.«

Mein Großvater schloss die Tür leise hinter sich und zog seine Schuhe aus, um die Tante nicht aufzuwecken, wenn er durch das Wohnzimmer ging. In seinem Zimmer angekommen, begann er, an dem zu arbeiten, was das erste bedeutende Gemälde seines Künstlertums sein würde. Er füllte mehrere Seiten mit der kohleverwischten, gesichtslosen Menge des Nachtklubpublikums und ließ auf jeder Skizze, immer an der gleichen Stelle, einen weißen Platz frei. Nach mehreren Stunden prüfte er sein Werk und war irritiert, als er sah, dass sich alle Bilder genau glichen: alle gleichermaßen kompakt und dunkel, mit einer gähnenden freien Stelle in der Mitte für eine Sängerin, von der er noch nicht wusste, wie er sie malen sollte.

Er legte den Kopf auf die Arme und schloss die Augen. Er atmete den Tabakgeruch seines Hemdes ein, zuerst unbeabsichtigt und dann ganz bewusst, so als würde sein Können beflügelt, wenn er diesen dumpfen Geruch tief in sich einsog. Nach einiger Zeit öffnete er seinen kleinen Kasten mit Ölfarben und begann mit dem Versuch, das Grün von Babettes Kleid zu mischen. Obgleich man später in seinem Leben seine Meisterschaft in der Farbgebung als unvergleichlich ansehen würde, als junger Mann, mit einer begrenzten Auswahl an Farben, wurde er erdrückt von der Aufgabe, sich diesen Farbton ins Gedächtnis zurückzurufen. Er arbeitete sehr sorgfältig, und mehrmals fühlte er sich dem Erfolg nahe, doch dann, wenn die Farbe getrocknet war, stellte er fest, dass die Wirkung verschwunden und die Farbe glanzlos geworden war. Er war betroffen von der Unvermeidlichkeit seiner eigenen Grenzen.

Sein Schreibtisch war bereits bedeckt mit zerrissenen Stücken Papier und Flecken von klebrigem, unzulänglichem

Grün. Er sah wieder auf die Kohleskizzen und dachte daran, was Babette gesagt hatte. Sie hatte recht gehabt, als sie sagte, dass es ein gutes Bild werden würde, aber unrecht, zu meinen, dass es ihr nicht schmeicheln würde. Mein Großvater vergegenwärtigte sich die Gestalt, die, wie er wusste, schließlich den leeren weißen Platz ausfüllen würde, und er war sicher, dass es ein sehr reizvolles Wesen sein würde. Nichtsdestoweniger würde es nach seiner Meinung das Schicksal des Gemäldes sein, eine unbeholfene Wiedergabe eines flüchtigen, phantastischen Augenblicks zu bleiben. Am Ende wäre er es, dem sein Werk nicht schmeichelte. Es war sein Unglück, dies in so jungen Jahren schon zu erkennen.

Er hörte einen Laut und legte sein Skizzenbuch auf den Boden. Seine Tante sprach, und er fragte sich, wie lange sie wohl schon wach war. Er ging ins Wohnzimmer, wo er eine kleine Leselampe anschaltete. Sie schaukelte langsam hin und her, und er hörte eine Weile ihrem Gemurmel zu.

»Schwarzäugige Susan«, sagte sie, »Grace, Anna, Ringelblume, Stiefmütterchen, Sara ...«

Sie war kleiner geworden mit dem Alter. Jedoch bei diesem Licht, mit den dunklen Decken über ihren Beinen und umgeben von gestickten Kissen, erschien sie stattlich, wenn nicht gar kräftig. Mein Großvater ließ sich zu ihren Füßen nieder gleich einem Kind, das auf eine Geschichte wartet.

»Gartenbalsamine, Hagebutte, Zinnie, Leimkraut«, sagte sie.

Er bettete seinen Kopf auf ihre Knie, und sie hörte auf zu sprechen. Sie legte ihre Hand auf seinen Kopf und ließ sie dort, zitternd infolge der beständigen Lähmungserscheinungen des Alters. Er begann einzuschlafen und war tatsächlich eingenickt, als sie ihn mit dem Wort »Baby« weckte. Er öffnete halb die Augen, ohne den Kopf zu heben, nicht sicher, was er gehört hatte.

Sie wiederholte das Wort immer wieder, in dem gleichen leisen Tonfall wie ihre seltsamen, unzusammenhängenden Aufzählungen.

»Baby, Baby, Baby«, sprach sie, und in der Verwirrung seiner Erschöpfung missverstand er sie. Er glaubte, dass sie wieder und wieder »Babette« sagte. Von allen Blumen und Mädchen, dachte er, war es dieser kostbare, schmerzliche Name, bei dem sie schließlich blieb und ihn immer und immer wieder hersagte.

Er schloss die Augen. Selbst noch geschlossen schmerzten sie, so als seien sie gezwungen worden, sich selbst nach sechzig Jahren zu betrachten, ältlich und sterbend, wie er nach seinen Töchtern und Enkelinnen rief, sie alle zu sich rief und sie alle Babette nannte.

Beim Bronx Terminal Vegetable Market

Jimmy Moran war noch ziemlich jung – kaum über vierzig als er bedenkliche Rückenschmerzen bekam. Sein Hausarzt sagte ihm, dass er wahrscheinlich an einer Bandscheibe operiert werden müsse, und ein zweiter Arzt (ein teurer Spezialist) bestätigte dies. Beide Ärzte stimmten darin überein, dass Jimmy sechs Monate von der Arbeit fernbleiben müsse. Er würde sechs Monate lang auf dem Rücken liegen müssen und absolut nichts tun dürfen, nur dann hätte er eine Chance, danach wieder vollkommen hergestellt zu sein.

»Sechs Monate!«, sagte Jimmy zu den Ärzten. »Ich arbeite im Produktenhandel, Freunde – das ist doch nicht Ihr Ernst?«

Sechs Monate! Er bot den Ärzten vier Monate an, was immer noch viel mehr Zeit war, als er sich leisten konnte. Sie gingen schließlich auf fünf Monate herunter, aber nur widerwillig und mit offensichtlicher Missbilligung. Selbst fünf Monate fort zu sein war absurd. Er hatte sich noch nie auch nur eine Woche vom Bronx Terminal Vegetable Market freigenommen, seit er im Sommer 1970 dort als Transportarbeiter angefangen hatte. Fünf Monate! Er hatte eine Frau zu versorgen und so viele Kinder, dass es beinahe peinlich war, die ganze Zahl zu nennen. Aber es half alles nichts. Sein Rücken war geschädigt, und der chirurgische Eingriff war nötig, also machte er ernst damit. Und so existierten sie weiter: Seine Frau, Gina, arbeitete zusätzliche Stunden in ihrem Job; sie räumten ihr kleines Sparkonto; und Jimmys

Bruder Patrick gab ihnen etwas Geld. Die Sache stand nicht so schlecht, wie es hätte sein können.

Wie sich herausstellte, vollbrachte Jimmy Moran schließlich zwei wichtige Dinge während seiner Abwesenheit vom Markt. Zuerst einmal kaufte er eine prachtvolle 1956er Chrysler-Limousine, die in ausgezeichnetem Zustand war und wie ein Luxusozeandampfer fuhr. Gina war zwar mit dieser Investition nicht einverstanden, aber sie brauchten ein weiteres Auto, und der Chrysler war billiger als irgend etwas Neues. Außerdem erwarb er ihn von einem alten Mann in Pelham Bay, der das Ding seit Jahrzehnten nicht mehr aus der Garage geholt und keine Ahnung hatte, was es wert war. Offen gesagt, er bekam das Auto fast geschenkt. Wirklich. Jimmy hatte sich immer schon ein schönes altes Auto gewünscht. Er hatte immer geglaubt, dass er ein schönes altes Auto verdiene, weil er es zu schätzen wisse und es gut pflegen würde, und wenn er damit in der Stadt herumführe, würde er einen schönen, altmodischen Hut mit einer Krempe tragen, genau so einen, wie ihn sein Vater getragen hatte.

Das zweite war, dass er beschlossen hatte, für den Vorsitz der Ortsgruppe seiner Gewerkschaft zu kandidieren.

Der gegenwärtige Ortsgruppenvorsitzende der Lastwagenfahrer 418 war ein Bursche namens Joseph D. DiCello, der den entscheidenden Vorteil hatte, Amtsinhaber *und* Italiener zu sein. Die meisten Gewerkschaftsmitglieder am Bronx Terminal Vegetable Market waren nämlich Italiener, und selbst wenn nur die Hälfte der Italiener für DiCello stimmte, würde Jimmy Moran geschlagen werden wie ein ungehorsamer Hund, das war ihm vollkommen klar. Jimmy glaubte aber dennoch, dass er eine Chance habe zu gewinnen. Und zwar deshalb, weil Joseph D. DiCello im Grunde ein Trottel und ein korrupter, nutzloser Kerl war.

DiCello fuhr einen dicken Bonneville und hatte in sechs Jahren nicht eine Beschwerde eines Arbeiters erfolgreich durchgesetzt. Er zeigte sich kaum noch auf dem Bronx Terminal Vegetable Market, und wenn er tatsächlich einmal aufkreuzte, dann brachte er bestimmt jedesmal eine Prostituierte mit, die er draußen vor den Toren aufgelesen hatte. Gewöhnlich eine chinesische Hure. DiCello fragte dann irgendeinen müden, erschöpften Transportarbeiter: »He, Junge, gefällt dir meine Frau? Gefällt dir meine neue Frau, Junge?«

Und der Transportarbeiter sagte dann natürlich so etwas wie: »Klar, Boss.«

Dann lachte DiCello über den armen Kerl, und selbst die chinesische Prostituierte machte sich über den armen Kerl lustig. Deshalb und aus zahlreichen anderen Gründen hatten die Leute Joseph D. DiCello im Grunde allmählich satt.

Jimmy Moran, andererseits, war ein wohlgelittener Mensch. Die wenigen irischen Arbeiter, die noch beim Markt waren, würden instinktiv für ihn stimmen, und mit den meisten Italienern kam Jimmy durchaus gut zurecht. Schließlich hatte er sogar eine Italienerin geheiratet. Seine eigenen Kinder waren halbe Italiener. Er hatte auch keine Probleme mit den Portugiesen, denn er glaubte keinesfalls, dass diese von Natur aus Diebe waren. Mit den Schwarzen gab es ebenfalls keine Schwierigkeiten (im Gegensatz zu diesem perversen, selbstgerechten DiCello), und er war sogar bei den Hispanos ziemlich beliebt. Jimmy hatte an dem Markt über die Jahre viele verschiedene Jobs gehabt, doch vor kurzem war er wieder einmal als Transportarbeiter engagiert worden, was bedeutete, dass er meistens mit Dominikanern und Puertoricanern zusammenarbeitete. Die alle sehr ordentliche und das Vergnügen liebende Menschen waren, soweit Jimmy Moran das beurteilen konnte.

Wenn es um die Stimmen der Mexikaner ging, würde es gleichfalls keine Probleme geben. Die älteren Mexikaner würden sich daran erinnern, dass Jimmy Moran vor sehr vielen Jahren in dem typisch mexikanischen Job, dem Verpacken und Befördern von Pfeffer, gearbeitet hatte. (Und nicht etwa von diesen süßen italienischen grünen Pfeffersorten, sondern den erbarmungslosen spanischen Pfefferarten – Jalapeño, Poblano, Cayenne, Chili, Jamaika Hot –, also feurigen Pfeffersorten, die gewöhnlich nur von den Mexikanern gehandhabt wurden, denn wenn jemand beim Umgang damit nicht Bescheid wusste, konnte er sich wirklich verletzen. Wer das Öl einer dieser Pfefferarten ins Auge bekam, empfand es geradeso, als bekäme er einen Faustschlag aufs Auge.) Obgleich das Transportieren von Pfeffer leicht für den Rücken war, war es keine Arbeit für einen Weißen, und Jimmy hatte damit vor sehr vielen Jahren wieder aufgehört. Aber er kam immer noch sehr gut mit all den älteren Mexikanern aus und mit den meisten jüngeren ebenfalls.

Was die Koreaner betraf, so hatte Jimmy keine Erfahrung mit ihnen. Das hatte allerdings auch niemand anders, somit fiel das wirklich nicht ins Gewicht. Nicht einmal Joseph D. DiCello war mit den Koreanern gut Freund. Die Koreaner waren seltsame Menschen, und man konnte sie einfach vergessen. Sie hatten innerhalb des Bronx Terminal Vegetable Market ihren eigenen Markt, und sie verkauften nur an ihre eigenen Leute. Untereinander sprachen sie nur koreanisch, außerdem waren sie nicht einmal in der Gewerkschaft.

Es gab noch etwas anderes, das für Jimmy Moran sprach. Er war ein echter Gewerkschaftsmann und nicht so ein verlogener Gangster wie DiCello. Er stammte nicht einmal aus dieser Stadt, sondern war in Virginia geboren, und seine Angehörigen waren wirkliche Bergleute und waschechte Arbeiter. Dort in Virginia hatte Jimmy, als er zehn Jahre alt war, mitangesehen, wie sein Großvater während eines Arbeiterstreiks einen Kohlenförderwagen der Gesellschaft umgestoßen und eine Schrotflinte in den Motorblock entleert hatte. Sein Onkel war von Detektiven der Gesellschaft ermordet worden. Jimmys anderer Onkel starb an einer Staublunge, seine Vorfahren hatten sich gegen U.S. Steel gewerkschaftlich organisiert. Und Jimmy Moran war ein so echter Arbeiter, wie es ein wohlhabender Betrüger, zum Beispiel Joseph D. DiCello, niemals, auch nicht in tausend Leben, wirklich werden konnte.

Jimmy Moran widmete dem Gedanken an eine mögliche Kandidatur gerade mal einen Abend. Das war nach vier Monaten seiner Genesungszeit von der Rückenoperation. Er überlegte sich alle Vor- und Nachteile für einen Wahlkampf, der sein erster sein würde. Gina würde nicht scharf sein auf diese Aussicht, aber Jimmys Rücken tat nicht mehr weh, er besaß einen schönen 1956er Chrysler, und er fühlte sich absolut in der Lage dazu. Er sah nicht den geringsten Grund, warum er – mit seinem guten Arbeiterbackground, seinem soliden Charakter und all den verschiedenen Arbeiten, die er über die Jahre am Markt schon ausgeführt hatte – nicht Vorsitzender der Gewerkschaft werden sollte.

Ja, er widmete dem Gedanken an seine Kandidatur gerade mal diesen einen Abend, und als er am nächsten Morgen aufwachte, war er entschlossen. Sogar überzeugt. Es war ein großartiges Gefühl. Es war ein Erwachen, wie wenn man sich verliebt hatte.

Und so kehrte Jimmy Moran nach nur vier Monaten Genesungszeit zum Bronx Terminal Vegetable Market zurück. Sein Plan bestand darin, einige Nächte lang Wahlkampf zu machen und dann offiziell zur Arbeit zurückzukehren. Er erschien weit nach Mitternacht, als die Lieferwagen hereinkamen, um abzuladen. Als er durch das Eingangstor kam, blieb er stehen, um mit Bahiz, der Araberin, zu sprechen, die die Ausweise kontrollierte. Sie war eine recht attraktive Frau, deshalb flirteten alle mit ihr. Auch war sie die einzige Frau, die auf dem Markt arbeitete, zumindest soweit Jimmy Moran das in beinahe fünfundzwanzig Jahren wahrgenommen hatte.

»Bahiz!«, fragte er. »Wer hat dich denn aus dem Harem rausgelassen?«

»Ach, du meine Güte. Jimmys Rücken«, entgegnete sie. Sie hatte einen Kaugummi im Mund.

»›Jimmys Rücken!‹«, wiederholte Jimmy. »›Jimmys Rücken!‹ Hey, rede nicht über Jimmys *Rücken*, mein Schatz. Du solltest sagen: ›Jimmy Moran ist *zurück*.‹ Himmel, ich will nicht über Jimmys *Rücken* reden. Gefällt dir mein neues Auto?«

»Sehr schön.«

»Rate mal, welcher Jahrgang.«

»Keine Ahnung.«

»Schätze einfach mal.«

»Ich hab keine Ahnung. Achtundsechzig?«

»Das ist doch nicht dein Ernst?«

»Was dann, sechsundsechzig? Woher soll ich das denn wissen?«

»Bahiz! Es ist ein Sechsundfünfziger! Ein Sechsundfünfziger, Bahiz!«

»Ach ja?«

»Benutze einmal deine Augen, Bahiz.«

»Woher soll ich das wissen? Ich kann das wohl kaum erkennen.«

»Den Damen gefällt er sehr, mein Schatz. Ich lad dich mal ein zu einer Fahrt. Du hättest mich die ganzen Jahre nicht immer abgewiesen, wenn ich ein so schönes Auto gehabt hätte. Das stimmt doch, Bahiz?«

»Ach, Jimmy. Scher dich doch zum Teufel.«

»Du hast ein dreckiges Mundwerk, Bahiz. Hör mal. Wie wär's mit ein paar Feigen?«

Manchmal hatte Bahiz die größten Feigen bei sich, die man sich denken konnte. Die getrockneten Feigen, die man auf dem Bronx Terminal Vegetable Market allgemein bekommen konnte, waren meist Kaktusfeigen aus Kalifornien. Nachdem Jimmy Moran jedoch Bahiz' Feigen probiert hatte, aß er bestimmt nie wieder getrocknete kalifornische Kaktusfeigen. Einige der besseren Handelshäuser am Markt führten noch importierte spanische Feigen, die sehr gut, aber ziemlich teuer waren. Außerdem wurden spanische Feigen in mit Plastik umhüllte Kisten verpackt, womit es fast unmöglich war, nur eine Handvoll zum ungehinderten Probieren zu stehlen.

Bahiz hatte jedoch zuweilen die unglaublichsten israelischen Feigen bei sich, und sie gab Jimmy auch immer ein paar ab. Bahiz' Mutter schickte ihr die Feigen per Luftpost aus dem Nahen Osten, was zwar sehr teuer, aber die Sache durchaus wert war. Es ist eine bekannte Tatsache, dass die israelischen Feigen während der gesamten Menschheitsgeschichte immer als die wertvollsten in der Welt galten. Israelische Feigen schmecken wie gekörnter Honig. Sie haben eine Haut wie dünner Karamell.

Aber Bahiz hatte in dieser Nacht keine Feigen.

»Vergiss es, Bahiz«, sagte Jimmy Moran. »Du nichtswürdige alte Schlampe.«

»Ich hoffe, jemand fährt dir in dein blödes Drecksauto rein!«, konterte sie, und sie lächelten sich beide dabei an und winkten sich zum Abschied zu.

Jimmy parkte sein Auto vor Grafton Brothers, die seine letzten Arbeitgeber gewesen waren – es war eines der bedeutendsten Großhandelshäuser am Markt und ein guter Ort, um seinen Wahlkampf zu beginnen. Grafton Brothers galt als ein sehr profitables Handelshaus, und zwar aus folgendem Grund: Salvi und John Grafton kauften überreife Erzeugnisse ohne jede Lagerfähigkeit zu den denkbar niedrigsten Schleuderpreisen auf. Dann stellten sie Transportarbeiter ein, die die Ware verlasen (von der das meiste bereits verdorben war), das verdorbene Zeug rauswarfen und den Rest neu verpackten. Grafton's konnte seine Investitionen in den billigen Versand von Gemüsen verdreifachen, während sie den übrigen Markt noch unterboten. Es war praktisch Betrug.

Salvi und John Grafton mögen auf diese Weise reich geworden sein, mit großen Pferderennfarmen unten in Florida, doch ihr Großhandelsempire stank noch immer wie Kompost von all den verdorbenen Nahrungsmitteln, die sie fortwarfen, und es gab mehr Ratten bei Grafton's als in irgendeinem anderen Handelshaus am Markt. Graftons Produkte waren Abfall.

Es gab Spezialitätenhandelshäuser am Markt, die ihr Warenangebot sehr ernst nahmen und nur herrliche Früchte und Gemüse verkauften. Bei den Norddocks gab es einen russischen Juden, der täglich von einer kleinen Familienwirtschaft in Mittelbelgien Endivien einflog, und das waren die feinsten Endivien in der ganzen Welt. Und es gab einen Filipino, der im Februar Brombeeren, den halben Liter für fünf Dollar *en gros* verkaufte, und die Käufer bezahlten das gern, denn die Brombeeren waren phantastisch und waren es wert. Grafton's war kein solches Handelshaus.

Jimmy Moran hatte während seiner fünfundzwanzig Jahre als Transportarbeiter, Fahrer, Gemüsesortierer und in praktisch jedem anderen Job ab und an für Grafton's gearbeitet. Das Einzige war, dass es ihm nie gelang, irgendeine Art von Schreibtischjob in den Bürobaracken von Grafton's zu bekommen. An Büroarbeiten war am Bronx Terminal Vegetable Market immer ein wenig schwerer ranzukommen. Es gab eine Menge Konkurrenz und viel Druck, und es half offensichtlich, wenn man gut im Rechnen war. Jedenfalls beschäftigten Grafton Brothers Hunderte von Dockarbeitern, und Jimmy kannte sie fast alle.

Jimmy Moran ging an den Docks von Grafton Brothers entlang. Er trug auf dem Rücken einen schweren Juteleinensack, gefüllt mit den Wahlkampfplaketten, die er am Tag zuvor angefertigt hatte. Auf ihnen stand: DICELLO IST NICHT AUF UNSERER SEITE, DESHALB WOLLEN WIR IHN AUF DIE AUSSENSEITE SETZEN. STIMMT FÜR JIMMY MORAN ALS VORSITZENDEN. Es waren riesige Plaketten, jede mit dem Durchmesser von einer Pampelmuse, mit schwarzen Buchstaben auf gelbem Grund. Er ging zwischen den Kistenstapeln, Gemüseauslagen und Traktoren umher, gab jedem eine Plakette und sprach mit jedem. Er versuchte, dies so persönlich wie möglich zu halten.

Er sagte: »Hey, Sammy! Kocht dir deine Frau immer noch dieses Essen?«

Und: »Hey, Len! Machst du immer noch deine Schläfchen?«

Und: »Hey, Sonny! Arbeitest du immer noch mit dem verrückten Kerl zusammen?«

Jimmy Moran verteilte Plaketten, schüttelte Hände, verteilte Plaketten, schüttelte Hände und verteilte immer noch mehr Plaketten. Er fühlte sich richtig gut. Sein Rücken plagte ihn überhaupt nicht. Er fühlte sich ausgeruht und leistungsfähig, und er brauchte mehrere Stunden, um bei Grafton's durchzukommen.

Er sah seinen alten Freund Herb mit einem jungen Transportarbeiter sprechen und sagte: »Hey, Herb! Wer ist denn das, dein neuer Liebhaber?«

Er sah einen Transportarbeiter, nicht viel älter als sein Sohn Danny, wie er hinter einer Melonenauslage Marihuana rauchte, und sagte: »Polizei! Du bist festgenommen, du Schwachkopf!«

Er sah seinen alten Freund Angelo auf einer umgestülpten Kiste mit ein paar anderen Burschen Karten spielen und fragte: »Was ist denn das, Angelo, ein Casino?«

Angelo und die anderen lachten. Jeder fragte nach seinem Rücken und hoffte, dass es ihm wieder besser gehe. Jimmy Moran war bei Grafton's stets beliebt gewesen, und alle waren froh, ihn wiederzusehen. Er pflegte ihnen etwas Lustiges vorzuspielen, wenn er dort im Gurkenkühlraum arbeitete. Er tat dann so, als wäre er blind, starrte ins Leere, stolperte mit ausgestreckten Armen umher und stieß mit jedem zusammen. Dann sagte er: »Ich bin der blinde Gemüsemann ... Entschuldigen Sie, mein Herr, könnten Sie mir sagen, wo die Gurken sind?«

Es gab nur einen Burschen, der bei diesem Spaß niemals lachte, und das war der ruhige, ernste haitianische Transportarbeiter mit Namen Hector. Jimmy führte den Spaß mit dem blinden Gemüsemann schließlich nur noch auf, wenn

Hector in der Nähe war, und versuchte, Hector wenigstens einmal zum Lachen zu bringen. Jimmy stolperte dann über dessen Füße und tastete nach seinem Gesicht, doch Hector stand mit verschränkten Armen einfach nur da und verzog keine Miene. Schließlich hörte Jimmy damit auf und erkundigte sich: »Was ist los mit dir, Hector? Vielleicht bist du ja derjenige, der blind ist.«

»Wo ist denn dieser Haitianer Hector?«, fragte Jimmy seinen alten Freund Angelo. Jimmys Sack mit den Wahlkampfplaketten war bereits halb leer. Er fand, der Wahlkampf lief gut.

»Hector?«, meinte Angelo, »Hector ist doch jetzt Verteiler.«

»Ist hier weg! Hector ist *Verteiler*?«

»Er ist im Brokkolihandel.«

»Ich bin ein paar Monate weg, und Hector ist plötzlich *Verteiler*?«

Jimmy ging die Grafton-Docks entlang zu den riesigen Speicherkühlräumen für Brokkoli, und, tatsächlich, da war Hector, in der Bude des Verteilers. Jeder einzelne Kühlraum war so groß wie ein Möbelspeicher, deshalb wurde für jeden Kühlraum ein Verteiler benötigt. Die Arbeit des Verteilers war es, sich mit den Tabellen und Listen zu beschäftigen, die zeigten, wie viel Ware in jedem Kühlraum vorhanden war und wie viel mit jedem Auftrag rausging. Das war eine sehr angenehme Arbeit. Wenn man gut rechnen konnte, war es natürlich um vieles leichter. Jimmy Moran war sogar selbst einmal ein paar Monate als Verteiler für Mohrrüben angestellt gewesen, aber seine Freunde, die Dockarbeiter, witzelten ständig mit ihm herum und lenkten ihn davon ab, seine Arbeit ordentlich zu tun. So war dieser Job für Jimmy nicht gut gelaufen, und das Ende war, dass er sich wieder auf den Docks einen Job als Transportarbeiter suchen musste.

Natürlich arbeiteten die Verteiler ebenfalls auf den Docks. Der einzige Unterschied war, dass sie ihre Arbeit in kleinen Sperrholzbuden taten, die aussahen wie die Häuschen zum Eisfischen. Diese Buden hatten Raumstrahler gegen die Kälte und waren manchmal sogar mit Teppichen ausgelegt.

Hector war in seiner Bude und prüfte gerade die Tabellen. Außer ihm befand sich dort noch ein anderer Bursche, der einen Hamburger aß.

»Hector!«, sagte Jimmy. »Nun sieh dir Seitor Hector an, den Verteiler!«

Hector schüttelte Jimmy die Hand durch das Fenster der Verteilerbude. Hinter ihm an der Wand hingen Plakate mit nackten schwarzen Frauen. Hector hatte nicht einmal eine Jacke an, nur ein dünnes Baumwollhemd zum Knöpfen. In einer Verteilerbude hatte man es wahrhaftig warm.

»Wie geht's denn hier so?«, fragte Jimmy.

»Nicht schlecht.«

»Wer ist denn dein Freund?«

»Das ist Ed. Er arbeitet im Büro.«

Ed und Jimmy schüttelten sich die Hände.

»Na, und was treibt ihr Burschen hier so?«, fragte Jimmy. »Packt Brokkoli in kleine Kisten und schreibt fünfundzwanzig Pfund drauf? Was ist das denn, so eine Art Betrug?«

Hector lächelte nicht. Auch Ed nicht.

»Höre mal, Hector, ich mach doch nur Spaß! Hör zu, ich kandidiere für den Vorsitz bei der Ortsgruppe.«

Jimmy schob zwei seiner Wahlkampfplaketten zu Hector hinüber. »Da ist für jeden eine Plakette«, sagte er.

Hector las die Plakette mit seinem eigenartigen Akzent vor:

»DICELLO IST NICHT AUF UNSERER SEITE, DESHALB WOLLEN WIR IHN AUF DIE AUSSENSEITE SETZEN. STIMMT FÜR JIMMY MORAN ALS VORSITZENDEN.«

»Sie kandidieren gegen DiCello?«, fragte der Mann aus dem Büro mit Namen Ed.

»Das ist richtig.«

Ed starrte Jimmy sehr lange an. Er kaute seinen Hamburger nicht besonders eilig, schluckte und meinte schließlich: »Was haben Sie sich denn da vorgenommen?«

»Was soll das heißen?«

»Im Ernst. Was haben Sie sich da vorgenommen? Wollen Sie sich umbringen lassen?«

»Ach, kommen Sie.«

»Was wollen Sie? Wollen Sie im Kofferraum eines Autos aufwachen? Im Ernst?«

Jimmy Moran blickte auf Hector und zuckte belustigt mit den Achseln. Hector lächelte nicht, und Ed sprach weiter.

»Was wollen Sie?«, wiederholte er. »Wollen Sie, dass Ihnen die Beine abgehackt werden?«

»Ich habe keine Angst vor Joey DiCello«, sagte Jimmy. »Ich hoffe doch, ihr beiden alten Jungs habt auch keine Angst vor ihm.«

»Na klar hab ich Angst vor ihm«, entgegnete Ed.

»Joey DiCello hat keinen Grund, auf einem rechtschaffenen Kerl wie mir herumzuhacken. Was denken Sie denn – er sollte mich umbringen und alle meine Kinder ohne Dad zurücklassen? Vergessen Sie's.«

Ed schob seine Wahlkampfplakette durch das Fenster zurück zu Jimmy. »Sie können die Plakette behalten, Freund.«

»Stimmen Sie für mich, und es wird sich hier wirklich alles ändern.«

Hector sagte noch immer nichts, aber Ed fragte: »Haben Sie eine Frau?«

»Ja, hab ich.«

»Und Sie hassen sie so sehr, dass Sie sie zur Witwe machen wollen? Im Ernst. Ist das Ihre Absicht?«

»Na, ich werde mich nicht mit euch allen darüber streiten«, sagte Jimmy. »Ich streite nicht mit Leuten, die nicht wissen, was gut für sie ist.«

Jimmy warf sich seinen Sack mit den Wahlkampfplaketten über die Schulter und ging weiter die Docks entlang.

»Wir stimmen hier für DiCello!«, rief ihm Hector hinterher. »Wir sind doch nicht dumm.«

»Na, dann zum Teufel mit euch!«, brüllte Jimmy vergnügt zurück.

Dann stahl sich Jimmy Moran von einer Fruchtauslage ein paar schöne haitianische Mangos und ließ sie in seine Jackentasche fallen. Jimmy hatte von den Hispanos gelernt, dass sich haitianische Mangos am besten von allen aus der Hand essen lassen, weil ihr Fleisch nicht so faserig ist. Grafton's hatten gewöhnlich keine guten Früchte, aber dies waren außergewöhnliche, prachtvolle Mangos, mit mintgrüner Schale, die gerade in ein sanftes Bananengelb überging. Es gab Männer, die jahrelang am Bronx Terminal Vegetable Market gearbeitet und niemals in ihrem Leben frisches Gemüse oder Obst angerührt hatten. Es war wirklich traurig. Das waren Männer, die alle mit fünfzig an einem Herzinfarkt starben, weil sie sich jeden Tag von Rindfleisch und Speck ernährten statt von Früchten und Gemüse, die es überall hier gab. Man denke zum Beispiel nur an Ed, der vor einem Speicher voller Brokkoli stand und Hamburger aß. Ein Herzinfarkt war vorprogrammiert.

Jimmy Moran dagegen aß von allem, denn er liebte Obst und Gemüse außerordentlich. Seine Mutter hatte immer wunderbares Gemüse angebaut. Er aß das alles. Er hatte als Kistenstapler in einem großen Kühlraum voll frischer Küchenkräuter gearbeitet und hatte dort sogar bündelweise Petersilie verschlungen. Und er aß Radieschen und Blumenkohl, als wären es Äpfel. Er aß sogar kleine Artischocken, schälte die harten äußeren Blätter ab und aß den ganzen Rest der Artischocke roh. Er aß mehr Gemüse als ein Hippie. Die Leute hielten ihn für verrückt.

In dieser Nacht ging er von Grafton Brothers fort und aß haitianische Mangos auf puertoricanische Weise. Zuerst massierte und quetschte er die Mangofrucht mit dem Daumen, bis das Fleisch unter der Haut weich und breiig war. Dann bearbeitete er die Frucht mit seinem Daumen weiter, bis sie die Konsistenz von Gelee hatte. Am Schluss biss er oben ein kleines Loch hinein und saugte das Innere heraus. Süß wie Kokosnuss. Ein fremdartiger Geschmack, aber lecker.

In den nächsten Stunden führte Jimmy Moran seinen Wahlkampf in den Großhandelshäusern Dulrooney's, Evangelisti & Sons, DeRosa Importers und E & M Wholesalers. Er stellte sich allen Arbeitern vor und plauderte mit ihnen. Er sprach mit einem armen Narren, der gerade die Ersparnisse seines ganzen Lebens für einen Windhund ausgegeben hatte, mit einem anderen Burschen, dessen Tochter im Teenageralter Krebs hatte, und mit einem Glückskerl, der demnächst Urlaub auf den Bermudas machte. Eine ganze Menge der Männer sagte, er müsse verrückt sein, als Vorsitzender gegen eine solche von einer Bande gestützten Bestie wie Joseph D. DiCello anzutreten.

Auf seinem Wege aß er eine Handvoll Babyzucchini, die

er von einer Auslage bei Evangelisti & Sons gestohlen hatte. Jede Zucchini war nicht länger als sein kleiner Finger und zart-würzig in einer leicht salzigen Weise, wie es bei einer großen Kürbisart niemals der Fall ist. Diese Zucchini waren auch roh köstlich und die einzige Kürbisart, die weder Dip noch Soße erforderte, um Aroma zu bekommen. Baby-zucchinis waren rar in dieser Jahreszeit. Und teuer. Er hatte sich seine Taschen vollgestopft bei Evangelisti & Sons. Eine Delikatesse. Er aß sie hintereinander weg, so als wären es Erdnüsse.

Um vier Uhr früh war er mit seinen Wahlkampfplaketten am Boden des Sackes angelangt. Er befand sich nun in einem kleinen, nagelneuen Handelshaus für Feinschmecker-spezialitäten, Bella Foods genannt, einer Firma, die als sehr anspruchsvoll bekannt war und ihre Waren an die besten Restaurants in New York verkaufte. Er glaubte nicht, dort überhaupt jemanden zu kennen, bis er seinen alten Freund Casper Denni sah. Sie sprachen eine Weile über Jimmys Wahlkampf und über ihre Familien. Casper hatte ebenfalls einen ganzen Haufen Kinder und eine Italienerin zur Frau. Und er war ebenfalls viele Jahre lang Transportarbeiter ge-wesen.

»Was war denn eigentlich los? Du hattest irgendeinen Unfall, hab ich gehört?«, sagte Casper.

»Die ganze Stadt redet davon«, entgegnete Jimmy. »Eine Rückenoperation, mein Freund. Was bist du denn jetzt, ein Verteiler oder so was?«

Casper saß in einer sauberen, kleinen, weiß gestrichenen Bude und trank eine Tasse Kaffee.

»Keineswegs. Ich hab mir ein kleines Geschäft eingerich-tet, ich verkaufe Kaffee und Ersatzräder für Handkarren.«

»Was?«, lachte Jimmy.

»Im Ernst, Jimmy. Es läuft großartig.«

»Wirklich?«

»Na, pass mal auf. Mein Gedanke war der: Wie viele Handkarren gibt es auf dem Markt?«

»Hunderte, Millionen.«

»Tausende, Jimmy. Tausende. Und es sind durch die Bank alles billige Dreckdinger, wie jeder weiß. Aber jeder Transportarbeiter braucht einen Handkarren, stimmt's? Denn wie viele Kisten kann ein Mann allein tragen?«

»Das kannst du vergessen, Casper.«

»Eine Kiste, stimmt's? Selbst du – ein so großes Ungeheuer – konntest in deiner besten Zeit nur zwei Kisten tragen, stimmt's? Aber mit einem Handkarren kannst du ... wie viel transportieren ... zehn Kisten? Zwölf Kisten vielleicht? Ein Handkarren ist also ein sehr wichtiges Instrument, Mr. Moran, für den wirtschaftlichen Erfolg eines Menschen.«

»Entschuldige, Casper. Entschuldige, mein Freund, aber mit wem redest du denn hier?«

»Also, Mr. Moran, es ist mitten in der Nacht, und an deinem miesen Handkarren geht plötzlich ein Rad kaputt. Was machst du dann?«

»Ich such mir einen Handkarren von einem anderen Narren und klau ihn.«

»Und lässt dir den Schädel einschlagen? Das ist die alte Methode. Jetzt kannst du einfach zu mir kommen. Für fünf Dollar verkaufe ich dir ein neues Rad. Du gibst mir weitere fünf Dollar als Pfand für einen Hammer und einen Schraubenschlüssel, die du wiederkriegst, wenn du die Werkzeuge zurückbringst. Dann verkaufe ich dir eine Tasse Kaffee im Wert von zehn Cent für einen Dollar und verdiene sechs Dollar bei dem Handel, und du hast deinen Handkarren wieder in Ordnung.«

»Wer würde das denn machen?«

»Alle, Jimmy. Alle kommen jetzt zu mir.«

»Und das ist in den letzten vier Monaten auch wirklich vorgekommen?«

»Ich sag dir, Jimmy, es läuft großartig. Steuerfrei. Keine Gewerkschaft.«

»Du bist Spitze, Casper. Ich sage dir, du bist wirklich Spitze.«

»Wenn man so ein alter Kerl geworden ist wie wir beide, dann braucht man eben eine neue Idee.«

»Ich hab auch eine Idee«, lachte Jimmy. »Ich hab eine neue Idee. Du machst mich zu deinem Partner, mein Freund.« Casper lachte auch und puffte ihn in den Arm.

»Hör zu«, sagte er, »hast du in diesem Laden schon mal gearbeitet?«

»Hier in dieser Firma? Nein.«

»Hast du schon mal den Pilzmann gesehen?«

»Casper«, meinte Jimmy, »ich weiß wirklich nicht, wovon du redest, mein Freund.«

»Du hast noch nie den Pilzmann gesehen? Ah, das ist großartig. Den musst du dir einfach ansehen, Jimmy. Ich kann gar nicht glauben, dass du noch nie etwas von dem Kerl gehört hast. Willst du mal wirklich was Verrücktes sehen? Ja? Dann musst du dir diesen Kerl anschauen.«

Casper kam heraus aus seiner sauberen kleinen Bude und führte Jimmy in einen riesigen Speicher mit gekühlten Räumen. »Der Kerl wird dir gefallen, Jimmy.«

Sie gingen zurück zum Ende des Speichers, und Casper blieb an einer breiten Türöffnung stehen, die mit diesen dicken Plastikstreifen bedeckt war, die für eine gleichmäßige Temperatur sorgen. Ein kleiner gekühlter Raum. Casper schob ein paar der Plastikstreifen beiseite und ging hinein.

Er winkte Jimmy, ihm zu folgen, dabei griente er, als ginge es in ein Bordell.

Sobald Jimmy drinnen war, sah er sich den allerfeinsten Pilzprodukten gegenüber, die er je in seinem Leben gesehen hatte.

»Sieh dir mal diese Beute an, Jimmy«, sagte Casper. »Sieh dir diese Ware an.«

Die Kisten waren ordentlich gestapelt, nicht höher als fünf pro Stapel, und die oberste Kiste war jeweils offen und diente als Auslage. Gleich an der Tür stand eine offene Kiste mit schneeweißen Champignons, die größer waren als Pflaumen. Es gab außerdem Kisten mit blanken Shiitakepilzen, Kisten mit glänzenden gelben Strohpilzen und frischen Steinpilzen, die so kostbar aussahen, dass sie an Gottes Tafel hätten serviert werden können. Jimmy registrierte Kisten mit Parasolpilzen, so fleischig und dick wie Lendenfilet. Er bemerkte eine Ladung wildwachsender schwarzer Pilze, mit winzig fedrigen Lamellen. Er entdeckte eine Kiste mit einer Art hölzerner Pilze, die seine Mutter Blätterpilz nannte, und auch eine Kiste mit Pilzen, die genauso aussahen wie Blumenkohlköpfe. Da gab es Morcheln in den Formen und Farben von Korallen. Er sah eine Kiste mit den gelbbraunen, rippförmigen Pilzen, die aus verrottenden Baumstümpfen herauswuchsen. Da waren Kisten voller chinesischer Pilze, die er nicht benennen konnte, andere Kisten waren gefüllt mit rot und blau gepunkteten Pilzen, die giftig sein mochten. Der ganze Raum roch wie feuchter Dung, wie die Erde in einem Wurzelgemüsekeller unter einer Scheune.

Jimmy Moran griff nach einem Parasolpilz, dem größten, den er jemals gesehen hatte. Es verlangte ihn so sehr danach, doch gerade als seine Hand den Pilz berührte, hörte er ein Knurren wie von einem Tier. Ein riesiger, hässlicher Mann in einem Overall und einer braunen wollenen Zipfelmütze kam auf ihn zu wie ein großer Hund.

Jimmy sprang in panischem Schrecken zurück, und Casper versetzte ihm noch einen kräftigen Stoß und rief: »Geh raus! Geh raus!« Jimmy stolperte und fiel in seiner Panik rückwärts aus dem Kühlraum heraus. Er fiel durch die Plastikverkleidung und landete hart auf dem Betonfußboden des Speichers. Casper sprang hinter ihm her und lachte und lachte.

Jimmy lag rücklings auf dem kalten Fußboden, und Casper beruhigte ihn: »Hier draußen bist du sicher, Jimmyboy. Der alte Pilzmann kommt nie raus. Du lieber Himmel, was für ein verrückter Kerl. Rühr die Pilze bloß nicht an, Jimmy. Ich hätte dir vorher sagen sollen, dass du die verdammten Pilze nicht anrühren darfst, wenn du keine Erlaubnis dazu hast.«

Jimmy versuchte, sich vom Fußboden aufzurichten, aber sein Rücken zuckte krampfartig, er blieb einige Zeit liegen, um seinen Rücken zum Entspannen zu zwingen. Casper bot ihm seine Hand, aber Jimmy schüttelte den Kopf und wies sie zurück.

»Bist du okay, mein Freund?«, fragte Casper.

Jimmy nickte.

»Scheiße, du hast dir wahrscheinlich den Rücken verletzt. Ich hab deinen verdammten Rücken ganz vergessen. Herrgott, tut mir das leid.«

Jimmy nickte wieder.

»Das ist ein verrückter Kerl da drin«, meinte Casper und bot ihm erneut die Hand. Jimmy ergriff sie diesmal und stand sehr vorsichtig auf. Casper hielt die Plastikstreifen auseinander und sagte: »Sieh nur mal rein auf diesen Kerl.«

Jimmy schüttelte den Kopf. Er stellte fest, dass er nur sehr vorsichtig atmete.

»Komm schon. Du musst ja nicht reingehn. Sieh dir nur diesen riesigen Burschen an. Er rührt dich nicht an, wenn du nicht an die Pilze gehst. Du musst dir diesen Burschen mal richtig anschauen.«

Casper bestand weiter darauf, und Jimmy steckte schließlich vorsichtig seinen Kopf in den gekühlten Pilzraum. Der Mann dort war in der Tat riesenhaft. Er stand ruhig in der Mitte des Raumes, trug einen braunen Overall und hatte einen langen braunen Bart. Er stand mit gespreizten Beinen da, und seine Arme hingen herunter, die Hände leicht zu Fäusten geballt. Jimmy und der Pilzmann sahen einander an. Und während der Mann nicht wieder knurrte und keinerlei Bewegung nach vorn machte, zog Jimmy Moran seinen Kopf sehr langsam wieder zurück und trat von der Tür weg. Er ging mit Casper langsam zu dessen Bude in der Eingangshalle zurück.

Sobald sie draußen waren, sagte Casper: »Die besten Pilze auf dem ganzen verdammten Markt.«

Jimmy setzte sich auf eine Kiste neben Caspers Bude und schloss die Augen. Sein Rücken war steif. Sitzen half auch nichts, so stand er wieder auf.

»Der Eigentümer hat den verrückten Kerl vor ein paar Monaten eingestellt«, erklärte Casper. »Der Bursche war vorher Lastwagenfahrer. Er kommt aus Texas oder so, niemand weiß so richtig, woher er kommt. Sie haben eine Art Vereinbarung getroffen, er und die Eigentümer. Der Bursche verlässt niemals den Raum. Ich sitze hier Nacht für Nacht, Jimmy, und ich sage dir, der Kerl verlässt niemals den Raum. Diese Pilze, Jimmy, sind echt die besten verdammten Pilze, die du jemals zu Gesicht bekommen wirst. Die Eigentümer hatten Probleme mit Leuten, die Pilze gestohlen haben, verstehst du?«

»Du lieber Himmel.«

»Jetzt gibt's keine Probleme mehr damit. Das eine sag ich dir: Wenn du vorhast, diese Pilze zu klauen, dann musst du erst mit dem großen Burschen ringen.«

»Hast du Aspirin?«, fragte Jimmy.

»Nein, aber ich geb dir eine Tasse Kaffee, du armer Kerl. Na, dann geh, Jimmy. Gute Besserung. Viel Glück für deine Wahl, obgleich ich finde, dass es verrückt von dir ist zu kandidieren, und ich glaube, du wirst wahrscheinlich ziemlich bald eine Kugel von jemand ins Genick kriegen. Nun nimm deinen Kaffee und dann geh. Mach schnell, sonst denken hier noch alle, ich geb das Zeug umsonst weg. Sie werden denken, ich komm nicht mal mit meinem eigenen verdammten Geschäft klar.«

Jimmy Moran schlenderte langsam durch die verschlungenen und miteinander verbundenen Parkplätze, um sein Auto zu suchen. Er schwang beim Laufen seine Arme in dem Versuch, die Steifheit aus seinem Rücken wegzubekommen. Er dachte, dass er dabei wahrscheinlich wie ein Idiot aussah, aber es war ihm gleich. Wie sich herausstellte, ging er ohnehin die meiste Zeit den hinteren Parkplatz des koreanischen Marktes entlang, und es war ihm gleich, was die Koreaner über sein Aussehen dachten. Der koreanische Markt war jetzt riesengroß. Jimmy Moran kam der Gedanke, dass die Koreaner eines Tages vielleicht den gesamten Bronx Terminal Vegetable Market übernehmen würden, eine Vorstellung, die ihm keinesfalls behagte. Die Koreaner hatten absurde Arbeitszeiten und nicht mal eine Gewerkschaft. Und sie vertrieben Gemüsearten, von denen noch nie jemand gehört hatte.

Er war müde. Während der vier Monate, die er von der

Arbeit fort war, hatte er zum ersten Mal in seinem Erwachsenenleben menschliche Tageszeiten eingehalten – hatte während der Dunkelheit geschlafen und war während des Tages wach gewesen –, und er war noch nicht wieder darauf eingestellt, mitten in der Nacht auf zu sein. Es war schon beinahe Tagesanbruch. Es kostete ihn fast eine Stunde, dahin zurückzukommen, wo er sein Auto geparkt hatte – unter einer sehr hellen Straßenlampe. Sein Auto sah wirklich wunderbar aus. Er liebte sein Auto. In dieser bewölkten, feuchten Nacht, unter dem starken künstlichen Licht sah es aus wie eine Art Meerestier – wässrig, blau, kraftvoll, mit schimmernden Flossen. Die Rücklichter sahen aus wie reflektierende Lockvogelaugen.

Er hatte noch einen zweiten Sack mit Wahlkampfplaketten im Kofferraum seines Autos. Er beabsichtigte, noch zur Nordseite des Marktes zu fahren und dort bei einigen größeren Handelshäusern Plaketten zu verteilen, bevor für diesen Tag alle nach Hause gingen. Er fuhr Richtung Norden, vorbei an den vielen, vielen Reihen von Stückgutlastern, die alle rückwärts an die dunklen Laderampen herangefahren waren. Die Fahrerhäuser der Laster waren dunkel und geschlossen. Die Fahrer, meist Südstaatler wie er selbst, schliefen innen auf verdreckten Matratzen, während die Transportarbeiter die Fracht einluden. Männer schoben Handkarren, beladen mit Kisten, und manövrierten sie die schmalen Gänge zwischen den großen Lastern entlang. Manchmal hielten die Männer an und gaben Jimmy mit dem Daumen ein zustimmendes Zeichen für sein schönes Auto. Ein andermal kamen sie ihm über seinen Weg getrottet, nur auf ihr Ziel konzentriert, und er stieß beinahe mit ihnen zusammen.

Jimmy traf auf einen Wächter, den er kannte und der zu Fuß auf einem Parkplatz patrouillierte. Niedrige dicke Die selschwaden stiegen hinauf bis über die Knie des Mannes, so dass es aussah, als wate er im Nebel. Jimmy blieb stehen, um mit ihm zu sprechen. Der Wächter war ein freundlicher Pole aus Jimmys eigener Nachbarschaft, mit Namen Paul Gadomski. Jimmy kurbelte sein Fenster herunter, und Paul lehnte sich gegen den Chrysler und zündete sich eine Zigarette an.

»Was ist denn das für einer, ein Achtundfünfziger?«, fragte Paul.

»Es ist ein Sechsundfünfziger, Pauly.«

»Das ist ein Schatz.«

»Danke. Hier hast du eine Plakette«, entgegnete Jimmy und reichte ihm eine Wahlkampfplakette durchs Fenster.«

»Was ist denn das? Du kandidierst doch nicht etwa gegen DiCello?«

»Genau das tue ich«, erklärte Jimmy. Mein Gott, war er müde. »Und ich würde gerne annehmen, dass ich auf deine Stimme zählen kann, Paul.«

»Zum Teufel, ich wähle nicht in deiner Gewerkschaft, Jim. Denk doch mal nach. Ich bin kein Lastwagenfahrer. Ich bin ein Polizist.«

»Jetzt denk du mal nach, Pauly. Du bist doch kein Polizist, mein Freund.«

»Ist das Gleiche.«

»Ein Wächter?«

»Na, jedenfalls bin ich ganz bestimmt kein Lastwagenfahrer.«

»Ich fände es jedenfalls gut, wenn du eine Plakette tragen würdest.«

»Zum Teufel, Jim, ich kann doch keine Wahlkampfplakette für Lastwagenfahrer an meiner Uniform tragen.«

»Na, überleg dir's, Pauly.«

»Ich werde sie mit nach Hause nehmen für mein Kind zum Spielen«, erwiderte Paul. Er steckte die Plakette in seine Jackentasche.

Die beiden Männer, allein auf dem hinteren Parkplatz, sprachen über ihre Arbeit. Paul sagte, dass in der Zeit, als Jimmy wegen seiner Rückenoperation nicht dagewesen war, einem Fernfahrer eines Nachts der Hals aufgeschlitzt worden sei. Niemand war dafür bis jetzt festgenommen worden. Jimmy erklärte, er hätte davon gar nichts gehört. Paul sagte, den Leichnam habe man unter dem Laster eines anderen Fahrers gefunden. Dieser Fahrer, ein Bursche, der weither von Florida Bananen transportierte, behauptete, er wüsste nichts von irgendeinem Mord, so ließ ihn die Polizei laufen. Paul konnte nicht begreifen, wie leichtgläubig die Polizei war. Er sagte, die Polizisten schienen nicht besonders daran interessiert zu sein, rauszukriegen, was in jener Nacht passiert war. Jimmy entgegnete, dass das ja fast immer so sei, denn die Polizisten würden gewöhnlich von einer Gang eingeschüchtert und wären so korrupt wie jeder andere. Paul sagte, er wisse mit Bestimmtheit, dass der Ermordete gerade an diesem Nachmittag die Dreierwette, die sogenannte Trifecta, gewonnen und die ganze Nacht damit geprahlt habe, so um die zwanzigtausend Dollar dabei gemacht zu haben. Paul sagte, etwa eine Woche lang sei auf dem ganzen Markt allerhand verrücktes Zeug vor sich gegangen und die Polizei habe ganze Gebiete abgeriegelt und lauter dumme Fragen gestellt. Jimmy meinte, für ihn höre sich das Ganze so an, als wäre der Mord beim Kampf um eine Parklücke passiert, und er persönlich würde den Fahrer des Bananenlasters aus Florida verdächtigen. Jimmy erinnerte sich, dass er im allerersten Jahr seiner Arbeit am Markt gesehen hatte, wie ein Bursche wegen eines Streits um eine Parklücke mit einem

Reifenheber erschlagen wurde. Jimmy hatte oft beobachtet, wie der Streit um eine Parklücke in Gewalt ausartete.

Paul stellte fest, dass hier nur ein Haufen verdammter Mistkerle arbeitete. Jimmy stimmte ihm zu, und die beiden Männer sagten sich gute Nacht.

Jimmy Moran fuhr weiter. Er kam an einem stattlichen Park von Supermarkt-Kühllastern vorüber, die bei Bennetti & Perke beladen wurden, dem bedeutendsten Firmengroßhändler, der sämtliche großen Supermarktketten an der Ostküste belieferte. Jimmy wusste nicht, wem Bennetti & Perke gehörte, aber es musste ein außerordentlich reicher Mann sein, der jetzt vermutlich in einem großen Haus direkt am Meer schlief.

Jede Nacht wurde hier am Bronx Terminal Vegetable Market ein solcher Reichtum hin- und herbewegt, es war fast unglaublich. Es musste unfassbar und unvorstellbar sein für diejenigen, die diesen Ort noch nicht in Betrieb gesehen hatten. Die Sturmzäune mit dem Natodraht und die Sicherheitsflutlichter verliehen dem Markt das Aussehen eines Gefängnisses, aber es war ganz bestimmt kein Gefängnis, wie Jimmy und jeder, der jemals dort gearbeitet hatte, wusste. Es war vielmehr eine *Bank*.

Als Jimmy Moran noch ein junger Transportarbeiter war, hatten er und seine Freunde eine Menge Zeit damit verschwendet, herauszukriegen, wie man etwas von diesem Reichtum abschöpfen konnte. Sie hatten eine Menge Zeit damit verbracht, sich vorzustellen, wie viel Geld jede Nacht auf dem Markt von Hand zu Hand ging. Das war natürlich das Spiel eines jungen Mannes. Es waren die alten Männer, die wussten, dass es keinen Weg gab, lohnendes Geld zu stehlen, wenn man nicht bereits reich war.

Im vergangenen Sommer hatte Jimmys ältester Sohn, Danny, bei Grafton Brothers einen Teilzeitjob als Transportarbeiter gehabt. Danny hatte in der gleichen lässigen Weise versucht herauszubekommen, wie viel Geld sich auf dem Markt befand und wie er dessen habhaft werden könnte. Jimmy wusste das. Danny wollte auch wissen, wie man es stehlen, wie man es heben, wie man es abschöpfen konnte. Wenn sie am frühen Morgen zusammen nach Hause fuhren, pflegte Danny planlos über Geld zu spekulieren. Wäre es nicht phantastisch, meinte Danny in solchen Momenten, wenn man nur *einen* lausigen Cent von jedem Pfund der Erzeugnisse abschöpfen könnte, die in einer Nacht verkauft wurden. Wie viel Geld wäre das wohl in einer Woche? Einem Monat? Einem Jahr? Wäre es nicht sogar gerecht, wenn man ein wenig von oben abschöpfen könnte. Wenn man mal bedachte, wie hart Transportarbeiter schufteten und für welch miese Bezahlung.

»Du weißt nicht, worüber du redest«, sagte Jimmy dann zu seinem Sohn. »Vergiss es einfach.«

»Was ist mit dem koreanischen Markt?«, fragte Danny. »Alle ihre Geschäfte werden mit Bargeld getätigt. Man könnte doch einfach einen dieser Burschen ausrauben und dabei ein Vermögen kassieren. Alle diese koreanischen Burschen tragen die ganze Zeit mindestens fünftausend Dollar mit sich herum.«

»Nein, Danny, niemand hat so viel Bargeld bei sich.«

»Aber die Koreaner machen das. Sie haben Angst vor Banken.«

»Du weißt nicht, worüber du redest.«

»Das sagen aber die Lastwagenfahrer.«

»Dann ist es verdammt sicher, dass du nicht weißt, worüber du redest.«

Natürlich war es unsinnig, daran zu denken, von irgend jemand hier Geld zu stehlen, denn sehr viele der Leute trugen Gewehre und Messer bei sich. Man brachte sich ständig gegenseitig um wegen *nichts*, nur um die Zeit totzuschlagen. Es war völlig unsinnig, an all das Geld zu denken, das andere Leute hier machten. Man würde nur Bauchschmerzen bekommen, wenn man das tat.

Jimmy hatte bei Bennetti & Perke parken wollen. Er hatte gedacht, dass es ein guter Ort sei, dort seinen zweiten Sack mit Wahlkampfplaketten zu verteilen, aber nun war er sich nicht mehr so sicher. Sein Rücken machte ihm wirklich zu schaffen, und er wusste nicht recht, wie er den schweren Sack tragen sollte. Und was das betraf, wusste er auch nicht recht, wie er in nur zwei Tagen wieder seinen Job als Transportarbeiter aufnehmen sollte, wie es eigentlich vorgesehen war. Wie sollte er nur die Kisten mit Früchten und Gemüse herumschleppen? Wie sollte er das nur machen? Ehrlich, wie denn?

Jimmy fuhr also weiter. Es war nach 5.30 Uhr morgens, und sein Rücken schmerzte ihn bedenklich. Er umkreiste Bennetti & Perke und fuhr dann endgültig vom Markt fort. Er würde einfach nach Hause fahren. Er würde das Kandidieren einfach vergessen. Während der Fahrt dachte er zum ersten Mal seit ewigen Zeiten an seinen alten Freund Martin O'Ryan.

Von März 1981 bis Januar 1982 hatte Jimmy als Einkäufer auf Probe für eine Discount-Obst- und Gemüse-Handelskette, mit Namen Apple Paradise, gearbeitet. Es war eine bedeutende Gelegenheit zum Weiterkommen gewesen, sein alter Freund Martin O'Ryan hatte ihm diesen Job verschafft. Es war ein ziemliches Privileg gewesen, von den Docks wegzukommen und zum Einkäufer gemacht zu werden. Einkäufer arbeiteten in Büros über dem Markt und konnten wirklich vorwärtskommen.

Jimmys Freund Martin O'Ryan war wirklich ein sehr guter Einkäufer gewesen. Er war ein richtiger Fanatiker bei seinen Telefongeschäften, glühte geradezu beim Verhandeln mit Lastwagenfahrern, Farmern, Importeuren und Verteilern um den besten Preis. Martin hatte in dem Jahr eine Menge Geld für Apple Paradise und für sich selbst gemacht.

»Was habter denn zu bieten?!«, pflegte Martin ins Telefon zu schreien. »Ich brauche Eisbergsalat! ... fünfundzwanzig Dollar? Du kannst mich mal – fünfundzwanzig Dollar! Ich nehm ihn für achtzehn! ... Gib ihn mir für achtzehn, oder ich komm hin und brenn dein gottverdammtes Haus nieder! ... Gib ihn mir für achtzehn, oder ich reiß dir deine gottverdammte Lunge raus! ... Gib ihn mir für achtzehn, oder ich komm persönlich und stech dir die Augen aus, und ich werde auch deiner ... okay, ich nehm ihn für zwanzig.«

Dann legte Martin das Telefon auf und begann mit jemand anderem zu verhandeln.

Martin O'Ryan und Jimmy Moran wurden in das gleiche Büro gesteckt, an Schreibtischen, die einander gegenüber standen. Sie waren die besten Freunde. Martin wurde Jimmys allererster Freund, als er als zwölfjähriges Hinterwäldlerkind mit seiner Mom von Virginia hierher kam. Jimmy und Martin hatten zusammen als Transportarbeiter angefangen, waren gemeinsam in die Gewerkschaft eingetreten und hatten sich gegenseitig bei ihren Hochzeiten besucht. Er hatte Martin zwar sehr gern, konnte sich aber nicht auf seine eigenen Telefongeschäfte konzentrieren, während Martin ihm gegenüber durch den Raum brüllte. (»Beschaff mir diesen Laster mit Kartoffeln, du nichtsnutziger Scheißkerl, du nichtsnutziges, verlogenes schleimiges Arschloch, oder ich vergewaltige dich ganz persönlich!«)

Martin war der netteste Kerl der Welt, aber er lenkte Jimmy zu schr ab. Am Ende des Jahres bekam Martin eine gewaltige Prämie und einen offiziellen Job bei der Firma und Jimmy nicht. Aber es ging schließlich doch noch gut für ihn aus. Jimmy fand ziemlich schnell einen neuen Job und arbeitete wieder als Transportarbeiter bei den Laderampen.

Martin war ganz bestimmt der netteste Kerl von der Welt, und Martin und Jimmy mochten einander sehr, aber sie hatten sich eine lange Zeit nicht gesehen.

Jimmy musste seinen Chrysler auftanken. Weil er wusste, dass die kleine Tankstelle in seiner Nachbarschaft noch nicht geöffnet haben würde, benutzte er nicht die übliche Ausfahrt zu sich nach Hause, sondern fuhr weiter und suchte eine Tankstelle mit Vierundzwanzigstundenservice. So kam es, dass er sich schließlich auf dem Highway 95 befand.

Er war vertraut mit diesem Highway. Früher, in der Mitte der achtziger Jahre, hatte er einmal eine Weile als Lieferfahrer bei einer kleinen Großhandelsfirma für Feinschmeckergemüse mit Namen Parthenon Produce gearbeitet, die von zwei Griechen betrieben wurde. Das war der netteste Job, den er jemals gehabt hatte. Er lieferte damals Qualitätsblattgemüse vom Bronx Terminal Vegetable Market – meist Rucolasalat und Brunnenkresse – den ganzen Highway 95 hinauf an all die Delikatessenläden entlang Long Island Sound und hinauf nach Connecticut, bis hin nach Ridgefield. Es war eine lange, aber angenehme Fahrt, und er kam dann um acht oder neun Uhr am Morgen in Ridgefield (einem Ort, den er und Gina »Rich-field«, reiches Feld, zu nennen pflegten) an, wenn die reichen Leute dort gerade zu ihrer Arbeit losfuhren.

Er hatte diesen Lieferjob geliebt und war mit dieser Arbeit glücklich gewesen, aber die beiden Griechen hatten ihre Firma 1985 verkauft. Sie hatten ihm zwar die Chance geboten, diese spezielle Lieferroute für sich zu kaufen, aber Jimmy Moran hatte zu dieser Zeit einfach nicht das nötige Kleingeld gehabt.

Jimmy Moran fuhr an New Rochelle und Mount Vernon vorbei nach Connecticut. Es war noch sehr früh am Morgen und ein klarer Tag. Während er fuhr, dachte Jimmy daran, dass er, hätte er am Bronx Terminal Vegetable Market mehr Geld machen können, schon vor langer Zeit mit seiner Frau und seinen Kindern nach Connecticut gezogen wäre. Sie sprachen noch ständig davon: die ausgedehnten Rasenflächen, die ruhigen Schulen, die hochgewachsenen Frauen. Jimmy Morans Bruder Patrick hatte spaßigerweise Ginas Schwester Louisa geheiratet, und die beiden waren sofort nach Connecticut gezogen. Aber natürlich hatten Patrick und Louisa keine Kinder, und es war einfacher für sie, fortzuziehen. Sie waren nach Danbury gezogen, und hatten dort ein hübsches kleines Haus mit einer Terrasse.

Ginas Schwester Louisa war als Teenager echt sexy und überall in der Nachbarschaft dafür bekannt gewesen, dass sie nicht sehr für Spaß zu haben war. Jimmy Morans Bruder Patrick war immer schon verrückt nach Louisa Lisante gewesen. Jimmy dagegen hatte Gina von Anfang an mehr gemocht. Im Sommer 1970, als Jimmy seinen ersten Job auf dem Markt als Transportarbeiter hatte, sah er jeden Morgen, wenn er von der Arbeit heimging, Gina und Louisa Lisante zusammen auf den Bus warten. Sie trugen stets Shorts und Sandalen. Sie machten sich dann gerade auf den Weg zu ihrem Sommerjob als Kellnerinnen in der Nähe des Strandes.

Jimmy stahl dann herrliche reife holländische Tomaten vom Markt und legte sie als Briefbeschwerer auf kleine Liebesbriefchen an Gina vor die Tür der Lisantes: *Ich liebe ... Gina Gina ist hübsch ... Gina hat hübsche Beine ... Ich wünschte, Gina würde mich heiraten.*

Jimmy dachte an Gina, Patrick und Louisa, als er den ganzen Weg nach Ridgefield, Connecticut, fuhr. Obgleich er es so nicht geplant hatte, war sein Timing an diesem Morgen genau das Gleiche wie früher bei der Lieferroute für Parthenon Produce, und er erreichte Ridgefield gerade zu der Zeit, als die Leute in der Stadt zur Arbeit aufbrachen. Es lag fast zehn Jahre zurück, seit er in Ridgefield gewesen war. In jenen Tagen fuhr er, wenn er mit seiner Tour fertig war, in der äußerst wohlhabenden Nachbarschaft umher und betrachtete eingehend die Häuser dort. Diese Wohnungen erschienen ihm alle so vertrauensvoll ungeschützt, und er hatte ein klein wenig den Wunsch eines jungen Mannes verspürt, sie auszurauben. Natürlich wollte er damals nicht den Inhalt der Häuser, sondern die Häuser selbst. Besonders die großen Steinhäuser.

Das Haus, das Jimmy Moran stets ganz besonders gern wollte, war absolut riesenhaft. Es lag eine halbe Meile vom Zentrum Ridgefields entfernt, ein großes, schiefergedecktes Herrenhaus oben auf einem steilen Hügel, mit einer kreisförmigen Auffahrt und weißen Säulen. An einigen frühen Morgen, wenn er sein ganzes Feinschmecker-Blattgemüse ausgeliefert hatte, fuhr er zu eben diesem Haus hinauf. Sein Dreitonner-Lieferwagen für Parthenon-Erzeugnisse donnerte dann jedesmal beim Runterschalten abscheulich die Steigung hinauf. An all diesen Morgen bemerkte er nicht ein einziges Mal einen Menschen oder ein Auto irgendwo in der Nähe des Hauses. Es erschien ihm jedes Mal als ein solcher

Frevel, ein so riesengroßes Haus zu besitzen und dort leer stehen zu lassen. Es war ein derart gepflegtes leeres Haus, und Jimmy erwog dann, ob er nicht einfach einziehen sollte. Was wäre, wenn er das tun könnte? Was, wenn er es einfach übernehmen könnte? Er dachte dann: *Man stelle sich nur mal vor, was alle meine Kinder mit all den Zimmern in diesem großen Haus tun könnten.*

An diesem Morgen parkte er seinen Chrysler gegenüber von dem Haus, das sich nicht verändert hatte, soweit er feststellen konnte. Er hatte in Stamford gehalten, um zu tanken, und dort in dem Geschäft für den täglichen Bedarf eine Packung Aspirin gekauft. Herrgott, sein Rücken tat ihm weh. Wie sollte er in nur zwei Tagen wieder zu den Docks gehen? Ehrlich, wie nur?

Jimmy öffnete die Packung und steckte sich eine Handvoll Aspirintabletten in den Mund – kaute und schluckte sie ohne Wasser. Es war allgemein bekannt, dass eine zerkaute Aspirintablette, wenn sie auch scheußlich schmeckte, viel schneller wirkte als eine ganze Tablette, die eine Zeitlang unversehrt und nutzlos in der Magensäure bleiben würde. Er schluckte also mehrere Aspirintabletten und dachte an seine Hochzeitsnacht. Er war damals gerade erst neunzehn Jahre alt, und Gina war sogar noch jünger.

Sie hatte ihn in ihrer Hochzeitsnacht gefragt: »Wie viel Kinder möchtest du haben, Jimmy?«

Er hatte entgegnet: »Deine Brüste werden größer, wenn du schwanger bist, stimmt's?«

»Ich denke ja.«

»Dann will ich zehn oder elf Kinder, Gina«, hatte er gesagt.

Tatsächlich hatten sie schließlich sechs, was schon unsinnig genug war. Sechs Kinder! Und Jimmy im Produktenhandel! Was hatten sie sich dabei nur gedacht? Sie bekamen drei Jungen und drei Mädchen. Die Mädchen hatten italienische Namen und die Jungen irische Namen, ein sentimentaler kleiner Gag, der Jimmys Idee war. Sechs Kinder!

Die Schmerzen in Jimmys Rücken, die mit Steifheit begonnen hatten und mittlerweile in Krämpfe übergegangen waren, waren jetzt noch weiter nach oben gewandert. Es war ein fürchterlicher Schmerz. Er ging von der Stelle der kürzlich erfolgten Operation aus und wurde noch durch einen regelmäßig wiederkehrenden heißen Pulsschlag verstärkt, der seinen Körper wie ein Schluchzen schüttelte. Jimmy kippte noch einige weitere Aspirintabletten auf seine Hand und blickte auf das große Haus. Er dachte an seinen Großvater, der in den Motor eines Kohlenförderwagens der Gesellschaft geschossen hatte, und er dachte an seinen Onkel, der von Detektiven der Gesellschaft ermordet worden war, weil er sich gewerkschaftlich organisiert hatte, und er dachte an die schwarze Lunge. Er dachte an seine Ärzte und an Joseph D. DiCello und an den Pilzmann und an Hector, den haitianischen Verteiler, und an seinen Bruder Patrick, den er kaum noch zu Gesicht bekam, weil Connecticut so weit weg war.

Er kaute die Tabletten und zählte die Fenster des großen Hauses auf der anderen Straßenseite. Jimmy Moran hatte niemals zuvor daran gedacht, die Fenster zu zählen. Er holte mit der Zunge die Krümel des Aspirins aus den Zähnen und zählte zweiunddreißig Fenster, die er von der Straße aus sehen konnte, nur von der Straße aus! Er überlegte und überlegte, dann sprach er.

»Selbst für mich, mit sechs Kindern und einer Frau ...«, meinte Jimmy laut, »selbst für mich, mit sechs Kindern und einer Frau, muss es eine Sünde sein, ein solches Haus zu besitzen. Das muss es wohl.«

Jimmy Moran überlegte und überlegte, aber mehr konnte er nicht herausbekommen. Das war alles, was ihm einfiel.

»Selbst für mich«, sagte er wieder, »muss es eine Sünde sein.«

Der berühmte Zigarettentrick

In Ungarn war Richard Hoffmans Familie Hersteller von *Hoffmans Rosenwasser*, einem Produkt, das zu der Zeit sowohl für kosmetische als auch medizinische Zwecke benutzt wurde. Hoffmans Mutter trank das Rosenwasser bei Verdauungsstörungen, und sein Vater verwendete es, um nach körperlicher Bewegung seine Leistengegend damit zu parfümieren und zu kühlen. Die Hausangestellten spülten Hoffmans Tischwäsche in einem kalten Bad, das so viel Rosenwasser enthielt, dass selbst die Küche von dem Duft erfüllt war. Die Köchin mischte einen Spritzer davon in ihren Briesteig. Bei abendlichen Ereignissen benutzten die Budapester Damen das importierte Kölnischwasser, doch Hoffmans Rosenwasser war ein Hauptprodukt für die Tageshygiene aller Frauen, ebenso notwendig wie Seife. Die ungarischen Männer konnten Jahrzehnte verheiratet sein, ohne jemals zu bemerken, dass der natürliche Duft der Haut ihrer Frauen in Wirklichkeit nicht der feine Wohlgeruch blühender Rosen war.

Richard Hoffmans Vater war ein vollendeter Gentleman, seine Mutter dagegen schlug die Hausangestellten. Sein Großvater väterlicherseits war ein Trunken- und Raufbold gewesen, sein Großvater mütterlicherseits ein bayrischer Wildschweinjäger, den seine eigenen Pferde im Alter von neunzig Jahren zu Tode getrampelt hatten. Nachdem ihr Gatte an Tuberkulose gestorben war, übertrug Hoffmans Mutter das gesamte Familienvermögen einem gut aussehenden Scharlatan mit Namen Katanowsky, einem gewöhnlichen Zauberkünstler und Geisterbeschwörer, der Madame Hoffman Audienzen mit dem Toten versprach. Was Richard Hoffman selbst betraf, so ging er nach Amerika, wo er zwei Menschen ermordete.

Hoffman immigrierte während des Zweiten Weltkriegs nach Pittsburgh und arbeitete dort über ein Jahrzehnt als Hilfskellner. Er hatte eine schreckliche, demütigende Art, mit Gästen zu sprechen.

»Ich bin aus Ungarn!«, pflegte er zu bellen. »Sind Sie auch Ungarn? Wenn Sie Ungarn, Sie hier richtig!«

Jahrelang redete er solchen Unfug, selbst nachdem er ausgezeichnet Englisch gelernt hatte und für einen in Amerika gebürtigen Stahlarbeiter gehalten werden konnte. Durch diese rituelle Erniedrigung wurde er großzügig mit Trinkgeld bedacht, und er sparte sich so viel Geld, dass er sich einen exklusiven Nachtklub kaufen konnte, genannt Pharao's Palace, dessen Hauptattraktionen abendliches Vorführen von Zauberkünsten, ein Komiker und einige Revuegirls waren. Der Nachtklub galt als sehr beliebt bei Hasardeuren und den Neureichen.

Als Hoffman in den späten Vierzigern war, gab er einem jungen Mann namens Ace Douglas die Gelegenheit, sich für eine Rolle als Hilfsmagier vorzustellen. Ace hatte keine Nachtkluberfahrung, keine professionellen Fotos oder Referenzen, aber dafür eine schöne Stimme am Telefon, und Hoffman gewährte ihm eine Audienz.

An dem Nachmittag seiner Probevorstellung erschien Ace im Smoking. Seine Schuhe hatten einen wohlhabenden Glanz, und er nahm seine Zigaretten aus einem silbernen Etui, in das mit schön geschwungenen Buchstaben seine Initialen eingraviert waren. Er war schlank und attraktiv und hatte helles braunes Haar. Wenn er nicht lächelte, sah er aus wie ein Matinee-Idol, und wenn er es tat, sah er aus wie ein freundlicher Bademeister. Wie auch immer, er schien im Großen und Ganzen genommen viel zu freundlich, um eine gute Zauberschau abhalten zu können (Hoffmans andere Zauberkünstler legten absichtlich Wert auf ein drohendes Auftreten), aber seine Vorstellung war wunderbar und unterhaltsam und unberührt von den derzeitigen, oft dummen Moden der Zauberei. (Ace behauptete zum Beispiel nicht, von einem Vampir abzustammen, mit den Geheimnissen aus dem Grabmal des Ramses betraut, als Kind von Zigeunern entführt oder im geheimnisvollen Orient von Missionaren aufgezogen worden zu sein.) Er hatte nicht einmal eine weibliche Assistentin, im Gegensatz zu Hoffmans anderen Zauberkünstlern, die wussten, dass ein Sprung in ein Fischernetz jede schludrige Nummer retten konnte. Und was noch wichtiger war, Ace hatte die Vernunft und die Klasse, sich nicht der *Große* irgendwas oder der *Erhabene* irgendwer zu nennen.

Auf der Bühne hatte Ace Douglas mit seinem glatten Haar und weißen Handschuhen die sinnliche Ungezwungenheit des Sinatra.

An dem Nachmittag von Ace Douglas' Probevorstellung bereitete eine ältere Kellnerin, bekannt in Pharao's Palace als Big Sandra, gerade die Cocktailbar vor. Sie sah der Vorführung ein paar Minuten lang zu, dann wandte sie sich an Hoffman und flüsterte ihm ins Ohr: »Nachts, wenn ich ganz allein in meinem Bett liege, denke ich manchmal an Männer.«

»Das glaube ich dir, Sandra«, sagte Hoffman.

Sie redete immer so. Sie war eine großartige, ordinäre Frau, und er hatte auch einige Male Sex mit ihr gehabt.

Sie fuhr leise fort: »Und wenn ich anfange, an Männer zu denken, Hoffman, dann denke ich an genau so einen Mann wie diesen.«

»Er gefällt dir?«, fragte Hoffman.

»Du meine Güte.«

»Du meinst, die Damen werden ihn mögen?«

»Du meine Güte«, sagte Big Sandra, während sie sich geziert Luft zuwedelte. »Du lieber Himmel, ja.«

Hoffman feuerte seine beiden anderen Zauberkünstler binnen einer Stunde.

Danach arbeitete Ace Douglas dort an jedem Abend, an dem Pharao's Palace geöffnet war. Er war der höchstbezahlte Darsteller in Pittsburgh. Das alles ereignete sich während eines Jahrzehnts, in dem hübsche junge Damen im Allgemeinen nicht ohne Begleitung in Bars gingen. Doch Pharao's Palace wurde zu einem Ort, den hübsche Mädchen – außerordentlich attraktive junge, alleinstehende, hübsche Mädchen – mit ihren besten Freundinnen und in ihren besten Kleidern besuchten, um sich Ace Douglas' Zauberschau anzusehen. Und Männer kamen wiederum ins Pharao's Palace, um sich die hübschen jungen Mädchen anzusehen und ihnen teure Cocktails zu kaufen.

Hoffman hatte seinen eigenen Tisch im hinteren Teil des Restaurants, und wenn die Zaubershow zu Ende war, unterhielten er und Ace Douglas dort junge Damen. Die Mädchen verbanden dann Ace die Augen, und Hoffman wählte einen Gegenstand auf dem Tisch, den er erkennen musste.

»Es ist eine Gabel«, erkärte Ace dann. »Es ist ein goldenes Feuerzeug.«

Die misstrauischeren Mädchen öffneten daraufhin ihre Handtaschen und suchten nach ungewöhnlichen Gegenständen – Familienfotos, eine verordnete Medizin, einen

Fahrschein –, was Ace alles mit Leichtigkeit benannte. Die Mädchen lachten dann und bezweifelten, dass er nichts sehen konnte, und bedeckten seine Augen mit ihren feuchten Händen. Sie hatten Namen wie Lettie und Peari und Siggie und Donna. Sie tanzten alle gern, und sie hatten die Gewohnheit, aus Stolz ihre hübschen Pelzumhänge am Tisch bei sich zu behalten. Hoffman stellte sie dann geeigneten oder anderweitig interessierten Geschäftsleuten vor. Spät in der Nacht begleitete Ace Douglas die hübschen jungen Damen zum Parkplatz, hörte ihnen höflich zu, wenn sie mit ihm sprachen, und legte seine Hand beruhigend auf ihre Taille, wenn sie zitterten.

Am Ende jedes Abends meinte Hoffman dann traurig: »Ich und Ace, wir sehen so viele Mädchen kommen und gehen ...«

Ace Douglas konnte eine Perlenkette in einen weißen Handschuh verwandeln und ein Feuerzeug in eine Kerze. Er konnte ein Seidentuch aus der Haarnadel einer Dame hervorzaubern. Aber sein glänzendstes Kunststück vollführte er 1959, als er seine kleine Schwester aus einer Klosterschule holte und sie Richard Hoffman zur Heirat anbot.

Sie hieß Angela. Sie war Volleyballmeisterin in der Klosterschule gewesen, und sie hatte Beine wie ein Filmstar und ein sehr hübsches Lachen. Nach ihrem Hochzeitstag war sie nur noch zehn Tage schwanger, obgleich sie und Hoffman einander erst zwei Wochen kannten. Kurz danach bekam Angela eine Tochter, die sie Esther nannten. Während der ganzen frühen sechziger Jahre war ihnen allen Glück und Erfolg beschieden.

Esther wurde acht Jahre alt, und die Hoffmans feierten ihren Geburtstag mit einer besonderen Party in Pharao's Palace. An diesem Tag saß ein Dieb im Cocktailsalon.

Er sah nicht aus wie ein Dieb, war ziemlich gut gekleidet und wurde ohne irgendwelche Probleme bedient. Der Dieb trank ein paar Martinis. Dann, mitten in der Zauberschau, sprang er über die Bar, stieß den Barmixer weg, riss die Registrierkasse auf und rannte mit den Händen voller Zehner und Zwanziger aus Pharao's Palace hinaus.

Die Gäste schrien, Hoffman hörte es von der Küche aus. Er jagte dem Dieb hinterher, stellte ihn auf dem Parkplatz und ergriff ihn an den Haaren.

»Du klaust bei mir?«, schrie er. »Verdammt, du klaust bei mir?«

»Hör auf, Kamerad«, erwiderte der Dieb. Sein Name war George Purcell, und er war betrunken.

»Verdammt, du klaust bei mir?«, schrie Hoffman erneut.

Er stieß George Purcell gegen einen gelben Buick. Einige der Gäste waren herausgekommen und verfolgten von der Tür des Restaurants aus die Szene. Ace Douglas kam ebenfalls heraus. Er ging an den Gästen vorbei zum Parkplatz und steckte sich eine Zigarette an. Ace Douglas sah zu, wie Hoffman den Dieb an seinem Hemd hochzog und ihn gegen die Motorhaube eines Cadillac schleuderte.

»Lass mich in Ruhe!«, forderte Purcell.

»Verdammt, du klaust bei mir?«

»Du hast mein Hemd zerrissen!«, schrie Purcell entsetzt. Er blickte auf sein zerrissenes Hemd, als Hoffman ihn erneut gegen die Seite des gelben Buick stieß.

Ace Douglas sagte: »Richard? Könntest du etwas ruhiger werden?« (Der Buick gehörte nämlich ihm, und er war neu. Hoffman stieß George Purcells Kopf immer wieder gegen die Tür.) »Richard? Entschuldige? Entschuldige, Richard. Bitte beschädige mein Auto nicht, Richard.«

Hoffman ließ den Dieb auf den Boden fallen und setzte

sich auf seine Brust. Er kam wieder zu Atem und lächelte. »Klau niemals wieder«, sagte er, »niemals wieder. Hörst du. Klau niemals wieder was von mir.«

Während er noch immer auf Purcells Brust saß, sammelte er ruhig die Zehner und Zwanziger ein, die auf den Asphalt gefallen waren, und reichte sie Ace Douglas. Dann schob er seine Hand in Purcells Hosentasche, zog eine Geldtasche heraus und öffnete sie. Er nahm neun Dollar heraus, denn das war alles, was er darin fand. Purcell war empört.

»Das ist mein Geld!«, schrie er. »Du kannst doch nicht mein Geld nehmen!«

»*Dein* Geld?« Hoffman schlug ihn auf den Kopf. »*Dein* Geld? *Dein* verdammtes Geld?«

Ace Douglas klopfte Hoffman leicht auf die Schulter und meinte: »Richard! Entschuldige! Lass uns doch auf die Polizei warten, okay? Wie ist's, Richard?«

»*Dein* Geld?« Hoffman schlug Purcell ins Gesicht, jetzt mit der Brieftasche. »Verdammt, du hast mich bestohlen, du besitzt kein Geld! Du hast mich verdammt nochmal bestohlen, dein ganzes Geld gehört mir!«

»Herrgott, Mann«, rief Purcell. »Hör auf damit, ja! Lass mich in Ruhe, ja!«

»Lass ihn«, sagte Ace Douglas.

»*Dein* Geld? Mir gehört dein ganzes Geld!«, brüllte Hoffman. »Du gehörst mir. Du hast mich, verdammt nochmal, bestohlen. Mir gehören sogar deine verdammten *Schuhe*!«

Hoffman hob Purcells Bein hoch und zog ihm einen seiner Schuhe aus. Es war ein hübscher brauner Leder-Wingtip. Er schlug Purcell einmal damit ins Gesicht und riss ihm auch den anderen Schuh vom Fuß. Er schlug Purcell auch noch ein paarmal mit diesem Schuh, bis ihm die Lust dazu verging. Dann saß er nur noch eine Weile auf Purcells

Brust, kam wieder zu Atem, umklammerte die Schuhe und schwankte bekümmert hin und her.

»Herrgott, Mann«, stöhnte Purcell. Seine Lippe blutete. »Steh schon auf, Richard«, mahnte ihn Ace.

Nach einiger Zeit sprang Hoffman von Purcell auf und ging, mit den Schuhen des Diebes in der Hand, zurück ins Pharao's Palace. Sein Smoking war an einem Knie zerrissen, und sein Hemd hing lose heraus. Die Gäste traten zurück an die Wand des Restaurants und ließen ihn vorbeigehen. Er ging in die Küche und warf Purcells Schuhe in einen der großen Abfalleimer neben den Abwaschbecken. Dann ging er in sein Büro und schloss die Tür.

Der Geschirrwäscher war ein junger Kubaner mit Namen Manuel. Er holte George Purcells braune Wingtips aus dem Abfalleimer heraus und hielt sich einen davon an seinen Fuß. Er schien gut zu passen, so zog er seine eigenen Schuhe aus und schlüpfte in Purcells. Manuels Schuhwerk waren nur Plastiksandalen, die warf er fort. Ein wenig später sah Manuel mit Befriedigung, wie der Küchenchef einen Bottich kalter Bratensoße auf die Sandalen kippte, und als er zurück an seinen Abwasch ging, pfiff er sich ein kleines Lied vom Glück.

Schließlich erschien ein Polizist. Er legte George Purcell Handschellen an und brachte ihn in Hoffmans Büro. Ace Douglas folgte ihnen.

»Wollen Sie Anklage erheben?«, fragte der Polizist. »Nein«, entgegnete Hoffman. »Vergessen Sie's.«

»Wenn Sie keine Anklage erheben wollen, dann muss ich ihn laufenlassen.«

»Lassen Sie ihn laufen.«

»Der Mann behauptet, Sie hätten ihm die Schuhe weggenommen.«

»Er ist eben ein Krimineller. Er ist ohne Schuhe in mein Restaurant gekommen.«

»Er hat mir die Schuhe weggenommen«, sagte Purcell. Sein Hemdkragen war durchtränkt mit Blut.

»Er hat nie Schuhe angehabt. Sehen Sie ihn an. Keine Schuhe an den Füßen.«

»Sie haben mir mein Geld und auch noch meine Schuhe genommen, Sie Rohling. Zwanzigdollar-Schuhe!«

»Schaffen Sie bitte sofort diesen Dieb aus meinem Restaurant«, sagte Hoffman.

»Herr Wachtmeister«, meldete sich Ace Douglas zu Wort, »entschuldigen Sie, aber ich war die ganze Zeit hier, dieser Mann hatte niemals irgendwelche Schuhe an. Er ist ein Obdachloser, Sir.«

»Aber ich habe doch auch elegante Socken an!«, schrie Purcell. »Sehen Sie doch! Sehen Sie doch!«

Hoffman stand auf und verließ sein Büro. Der Polizist folgte Hoffman und führte George Purcell hinaus. Ace Douglas ging langsam hinterher. Auf seinem Weg durch das Restaurant hielt Hoffman an, um seine Tochter Esther von ihrer Geburtstagsparty wegzuholen. Er trug sie hinaus zum Parkplatz.

»Hör mir jetzt mal gut zu«, sagte er zu Purcell. »Wenn du mich noch einmal bestiehlst, dann bringe ich dich um.«

»Beruhigen Sie sich doch«, sagte der Polizist.

»Wenn ich dich hier nur auf der Straße erblicke, dann bringe ich dich um!«

Der Polizist sagte: »Wenn Sie Anklage erheben wollen, Kamerad, dann tun Sie es. Ansonsten geben Sie bitte Ruhe.«

»Er lässt sich nicht gern bestehlen«, erkärte Ace Douglas. »Biest«, murmelte Purcell.

»Siehst du dieses kleine Mädchen?«, fragte Hoffman.

»Meine kleine Tochter ist heute acht Jahre alt geworden. Wenn ich mit meiner kleinen Tochter auf der Straße gehe und dich dabei erblicke, dann lass ich sie auf der einen Straßenseite stehen, komm rüber zu dir und bring dich vor den Augen meiner kleinen Tochter um.«

»Das reicht jetzt«, erklärte der Polizist. Er führte George Purcell vom Parkplatz weg und nahm ihm die Handschellen ab.

Der Polizist und der Dieb gingen zusammen fort. Hoffman stand mit Esther auf dem Arm auf den Stufen von Pharao's Palace und schrie: »Willst du, dass ich dich direkt vor den Augen meiner kleinen Tochter umbringe? Was für ein Mensch bist du eigentlich? Du Verrückter! Du zerstörst das Leben eines kleinen Mädchens! Du fürchterlicher Mensch!«

Esther weinte. Ace Douglas nahm sie aus Hoffmans Armen.

In der nächsten Woche kam der Dieb George Purcell wieder ins Pharao's Palace. Es war zur Mittagszeit, und es war sehr ruhig. Der Koch bereitete gerade Hühnerbrühe zu, und Manuel, der Geschirrwäscher, war dabei, den Lagerraum für die Textilien zu säubern. Hoffman hielt sich in seinem Büro auf und bestellte Gemüse von seinem Großhändler. Purcell ging geradewegs in die Küche – nüchtern.

»Ich will meine gottverdammten Schuhe wiederhaben!«, brüllte er und trommelte mit den Fäusten an die Bürotür. »Meine Zwanzigdollar-Schuhe!«

Da kam Richard Hoffman aus seinem Büro und erschlug George Purcell mit dem Fleischklopfer. Manuel, der Geschirrwäscher, versuchte ihn zurückzuhalten, da erschlug Hoffman versehentlich auch ihn mit dem Fleischklopfer.

Esther Hoffman entwickelte sich nicht zu einer von Natur aus begabten Zauberkünstlerin. Ihre Hände waren schwerfällig. Es war nicht ihre Schuld, nur ein unglücklicher angeborener Mangel. Im Übrigen war sie ein intelligentes Mädchen.

Ihr Onkel, Ace Douglas, war drei Jahre hintereinander der beste amerikanische Zauberkünstler gewesen. Er hatte seine Titel gewonnen, ohne irgendwelche Requisiten oder Instrumente zu benutzen, außer einer einzigen Silberdollarmünze. Während eines Wettstreites hatte er die Münze fünfzehn verwirrende Minuten lang verschwinden lassen und wieder vorgezeigt, ohne dass die Sachverständigenkommission der Preisrichter bemerkt hätte, dass die Münze eine lange Zeit offen auf Ace Douglas' Knie gelegen hatte. Er plazierte sie so, dass sie leuchtend sichtbar für sie war – hätte einer der Preisrichter nur einen Augenblick von Aces Händen weggesehen. Aber sie sahen niemals weg, überzeugt davon, dass er immer noch eine Münze vor ihren Augen in seiner Hand hatte. Sie waren durchaus keine Dummköpfe, aber sie wurden irregeleitet durch sein vorgetäuschtes Aufnehmen und Fallenlassen, seine Scheintricks mit den Händen und einen heftigen Wirbel von unmöglichen Bewegungen, so täuschend, dass sie gar nicht wahrgenommen wurden. Ace Douglas vollführte Handbewegungen, denen er selbst noch nicht einmal einen Namen gegeben hatte. Er war ein Meister der Irreführung. Er verbannte jeden Zweifel. Seine Finger waren so locker und schnell wie die Gedanken.

Esther Hoffmans Zauberei dagegen war bedauerlicherweise recht trocken. Sie zeigte den berühmten Trick mit dem tanzenden Stock, den berühmten Trick mit dem Verschwinden von Milch und den berühmten Trick mit den ineinandergreifenden chinesischen Ringen. Sie zauberte Sittiche aus

Glühlampen hervor und zog eine Taube aus einem brennenden Tiegel. Sie zeigte ihre Kunststücke bei Geburtstagspartys und konnte ein Kind schweben lassen. Sie zeigte ihre Kunststücke in Grundschulen und konnte die Krawatten der Direktoren zerschneiden und wiederherstellen. Wenn es sich um eine Direktorin handelte, dann konnte sich Esther einen Ring von ihrem Finger ausborgen, ihn verlieren und dann in der Tasche eines Kindes wiederfinden. Wenn die Direktorin keinen Schmuck trug, konnte Esther einfach ein Schwert durch den Hals der Frau stoßen, während die Kinder im Zuschauerraum vor Aufregung schrien.

Einfache, kunstlose Tricks.

»Du bist noch jung«, sagte Ace zu ihr. »Du wirst besser werden.«

Aber sie wurde es nicht. Esther verdiente mehr Geld durch Flötenunterricht für kleine Mädchen als durch das Vorführen von Zauberkunststücken. Sie war eine gute Flötenspielerin, und das machte sie rasend. Wozu diese ganzen wertlosen musikalischen Fähigkeiten?

»Deine Finger sind sehr schnell«, sagte Ace zu ihr. »Mit deinen Fingern ist alles in Ordnung. Aber es geht hier nicht um Schnelligkeit, Esther. Du musst das mit den Münzen gar nicht mit einer solchen Schnelligkeit tun.«

»Ich hasse Münzen.«

»Du solltest mit Münzen umgehen, als würde es dir Spaß machen, Esther. Nicht, als würden sie dir Angst einjagen.«

»Mit Münzen ist es so, als würde ich Topfhandschuhe tragen.«

»Mit Münzen ist es nicht immer leicht.«

»Ich werde nie jemanden täuschen können. Ich kann einfach nicht irreführen.«

»Es geht nicht um Irreführen, Esther. Es geht um Führen.«

»Ich habe keine Hände«, beklagte sich Esther. »Ich habe Pfoten.«

Es stimmte, dass Esther mit Münzen und Karten nicht geschickt umgehen konnte, sie würde niemals eine gewandte Zauberkünstlerin werden. Sie hatte kein Talent dazu. Ihr fehlte auch die Haltung und das sichere Auftreten. Esther hatte Fotos von ihrem Onkel als jungem Mann im Pharao's Palace gesehen, wie er in seinem Smoking und mit seinen Manschettenknöpfen an die patrizischen Marmorsäulen gelehnt stand. Es gab bei ihm keine Form der Zauberei, die nicht einer genauen Beobachtung standgehalten hätte. Er konnte auf einem Stuhl sitzen, von allen Seiten umgeben von den größten Dummköpfen unter den Zuschauern – Leute, die ihn herausforderten oder mitten in einer Bewegung an den Arm griffen –, und er borgte sich dann von einem solchen Dummkopf einen gewöhnlichen Gegenstand aus und ließ ihn vollkommen verschwinden. Die Autoschlüssel eines anderen verwandelten sich in Aces Hand in absolutes Nichts. Waren einfach verschwunden.

Aces Nachtklubvorstellung in Pharao's Palace war ein Tribut an die vornehmen Laster gewesen: Münzen, Karten, Würfelspiele, Sektkelche und Zigaretten. Alles sollte Trinken, Sünde, Täuschungsmanöver und Geld suggerieren und fördern. Die Veränderlichkeit des Glücks. Er konnte eine ganze Vorstellung allein mit Zigarettentricks bestreiten, beginnend mit einer einzelnen Zigarette, die er sich von einer Dame unter den Zuschauern borgte. Er konnte sie durch eine Münze ziehen und gab die Münze dann der Dame. Dann zerriss er die Zigarette in zwei Hälften und stellte sie wieder her, verschluckte sie, hustete sie zusammen mit sechs weiteren erneut heraus, verdoppelte sie, verdoppelte diese noch einmal, bis er am Schluss mit brennenden Zigaretten, die heiß zwischen all seinen Fingern, in seinem Mund, hinter seinen Ohren und aus all seinen Taschen qualmten, dastand – überrascht? Nein, er war entsetzt! –, und dann, mit einem Nicken, verschwanden all die brennenden Zigaretten wieder, außer der ursprünglichen. Diese rauchte er dann genießerisch während des Applauses.

Von ihrem Vater hatte Esther ebenfalls Fotos aus der gleichen Zeit gesehen, als er noch Eigentümer von Pharao's Palace war. Er sah gut aus in seinem Smoking, doch seine Körperhaltung war von etwas schwerer Würde. Sie hatte diese dicken Handgelenke von ihm geerbt.

Als Richard Hoffman aus dem Gefängnis kam, zog er zu Ace und Esther. Ace besaß zu der Zeit ein riesiges Wohnhaus auf dem Lande, ein hohes, gelbes viktorianisches Haus mit einer Meile Wald dahinter und einem Rasenplatz wie bei einem Baron. Ace Douglas hatte mit seiner Zauberei ein beträchtliches Vermögen gemacht. Nach Hoffmans Verhaftung hatte er Pharao's Palace weiter betrieben, bis er es schließlich mit Hoffmans Erlaubnis und großem Gewinn an einen Feinschmeckergastronomen verkaufte. Esther lebte seit Beendigung der Highschool bei Ace und hatte ein ganzes Stockwerk für sich. Aces kleine Schwester Angela hatte sich von Hoffman scheiden lassen, ebenfalls mit seiner Einwilligung, und war nach Florida gezogen, um dort mit ihrem neuen Mann zu leben. Hoffman hatte nie erlaubt, dass Esther ihn im Gefängnis besuchte, und so waren vierzehn Jahre vergangen, seit sie einander das letzte Mal gesehen hatten. Im Gefängnis war er noch stämmiger geworden. Er schien kleiner, als Ace und Esther sich erinnerten, und da er etwas zugenommen hatte, war er noch mehr in die Breite gegangen. Hoffman hatte sich außerdem einen dichten Bart wachsen lassen, in einem hübschen roten Farbton. Er war leicht zu Tränen gerührt oder schien zumindest ständig dicht davor zu sein. Die ersten Wochen ihres erneuten Zusammenlebens waren für Esther und Hoffman nicht besonders angenehm. Sie pflegten nur allerkürzeste Unterhaltungen, wie zum Beispiel diese:

Hoffman fragte Esther: »Wie alt bist du jetzt?«

»Zweiundzwanzig.«

»Ich habe Unterhemden, die älter sind als du.«

Oder Hoffman erklärte bei einem anderen Gespräch: »Die Burschen, die ich im Gefängnis getroffen habe, sind die nettesten Burschen der Welt.«

Woraufhin Esther entgegnete: »In Wirklichkeit sind sie es aber wahrscheinlich nicht, Dad.«

Und so weiter.

Im Dezember desselben Jahres besuchte Hoffman eine Zaubervorstellung von Esther in einer Grundschule am Ort.

»Sie ist wirklich nicht sehr gut«, berichtete er Ace später.

»Ich finde, sie ist großartig. Sie geht großartig mit den Kindern um, und es macht ihr Spaß.«

»Sie ist ganz schrecklich. Zu dramatisch.«

»Vielleicht,«

»Sie sagt ›SIEHE‹! Das ist furchtbar. ›SIEHE DIESES! SIEHE JENES!‹«

»Aber es sind Kinder«, wandte Ace ein. »Bei Kindern braucht man nichts zu erklären, wenn man im Begriff ist, ein Zauberkunststück vorzuführen oder wenn man gerade eins vorgeführt hat, denn sie sind so aufgeregt, dass sie gar nicht merken, was da vor sich geht. Sie wissen nicht einmal, was ein Zauberkünstler ist. Sie können gar nicht unterscheiden, ob man einen Zaubertrick vorführt oder nur einfach dort steht.«

»Ich finde, sie ist sehr unsicher.«

»Kann sein.«

»Sie sagt ›SEHT DEN SITTICH!‹«

»Ihre Sittichtricks sind gar nicht schlecht.«

»Es ist nicht würdevoll«, sagte Hoffman. »Damit überzeugt sie niemanden.«

»Es soll ja auch gar nicht würdevoll sein, Richard. Es ist für Kinder.«

In der nächsten Woche besorgte Hoffman für Esther ein großes, weißes Kaninchen.

»Wenn du Zauberkunststücke für Kinder machst, solltest du auch ein Kaninchen haben«, erklärte er ihr.

Esther umarmte ihn. Sie sagte: »Ich habe noch nie ein Kaninchen gehabt.«

Hoffman hob das Kaninchen aus dem Käfig. Es war ein unnatürlich riesiges Tier.

»Bekommt es Junge?«, fragte Esther.

»Nein, das nicht. *Sie* ist nur groß.«

»Das ist aber ein außerordentlich großes Kaninchen für Zaubertricks«, bemerkte Ace.

Esther ergänzte: »Ein Hut, der groß genug ist, um dieses Kaninchen aus ihm herauszuziehen, ist noch nicht erfunden worden.«

»Sie kann sich wirklich ganz klein machen«, sagte Hoffman. Er hielt das Kaninchen zwischen seinen Händen, so als wäre es ein Akkordeon, und drückte es zu einem großen, weißen Ball zusammen.

»Das scheint es gern zu haben«, stellte Ace fest, und Esther lachte.

»Es macht ihr nichts aus. *Sie* heißt übrigens Bonnie.« Hoffman hielt das Kaninchen mit ausgestreckten Armen am Genick, so als wäre es eine große, schwere Katze. Als es vollständig ausgestreckt herunterhing, war es größer als ein großer Waschbär.

»Wo hast du sie denn her?«, fragte Esther.

»Aus der Zeitung!«, verkündete Hoffman strahlend.

Esther liebte Bonnie, das Kaninchen, mehr als ihre Zaubertricktauben und Sittiche, die zwar auch ganz reizvoll, aber eben nur Tauben waren, die wegen ihres Aussehens einfach Glück gehabt hatten. Ace liebte Bonnie ebenfalls. Er gestattete ihr, sich des gesamten großen viktorianischen Hauses zu bedienen. Ihre Kügelchen, die klein, hart und harmlos waren, kümmerten ihn wenig. Besonders gern saß sie mitten auf dem Küchentisch und betrachtete dann von diesem Platz aus Ace, Esther und Hoffman mit würdevoller Miene. Das machte Bonnie sehr katzenhaft.

»Wird sie immer so kritisch sein?«, wollte Esther wissen.

Wenn Bonnie draußen sein durfte, nahm sie dagegen mehr hundeartige Gewohnheiten an. Sie schlief dann auf dem Vorbau, lag an einer sonnigen Stelle auf der Seite, und wenn sich jemand dem Vorbau näherte, sah sie träge zu ihm auf, in der Art eines gelangweilten, vertrauensvollen Hundes. In der Nacht schlief sie bei Hoffman. Er schlief gewöhnlich auf der Seite, zusammengerollt wie ein Kind, und Bonnie lag dann oben auf seiner höchsten Stelle, die im Allgemeinen seine Hüfte war.

Als Darstellerin taugte Bonnie jedoch nicht. Sie war viel zu groß, als dass man auf der Bühne geziemend mit ihr umgehen konnte, und bei dem einen Mal, als Esther wirklich versuchte, sie aus einem Hut hervorzuzaubern, hing sie so schlaff in der Luft, dass die Kinder in den hinteren Reihen sicher waren, dass sie eine Fälschung sei. Sie erschien ihnen wie ein riesiges Spielzeug, das genauso im Laden gekauft worden war wie ihre eigenen ausgestopften Tiere.

»Sie wird niemals ein Star werden«, sagte Hoffman.

Ace sagte: »Du hast sie verdorben, Richard. So wie die Zauberkünstler seit Jahrzehnten ihre hübschen Assistenten verdorben haben. Du hast sie verdorben, weil du sie bei dir schlafen lässt.«

In diesem Frühling zogen ein junger Anwalt und seine Frau (ebenfalls jung und eine Anwältin) in das große viktorianische Haus neben Ace Douglas' großem viktorianischen Haus ein. Es ging alles sehr rasch. Die Witwe, die jahrzehntelang dort gewohnt hatte, war im Schlaf gestorben, und das Anwesen wurde innerhalb von ein paar Wochen verkauft. Die neuen Nachbarn hatten große Ambitionen. Der Mann, mit Namen Ronald Wilson, rief Ace an und fragte, ob es Probleme in der Gegend gäbe, über die er Bescheid wissen sollte, hinsichtlich Entwässerungsanlage oder Frosthebungen. Ronald hatte Pläne für einen Garten und war interessiert am Bau eines Laubengangs, der hinten vom Haus ausgehen sollte. Seine Frau, mit Namen Ruth-Ann, bewarb sich gerade um den Posten einer Nachlassrichterin des Countys. Ronald und Ruth-Ann waren hochgewachsen und hatten vollendete Manieren. Sie hatten keine Kinder.

Drei Tage nachdem die Wilsons nebenan eingezogen waren, verschwand Bonnie, das Kaninchen. Sie war auf dem Vorbau gewesen, und dann war sie auf einmal nicht mehr da.

Hoffman suchte den ganzen Nachmittag nach Bonnie. Auf Esthers Vorschlag hin verbrachte er diesen Abend damit, die Straße mit einer Taschenlampe auf und ab zu gehen, um zu sehen, ob Bonnie vielleicht von einem Auto angefahren worden war. Am nächsten Tag ging er durch den Wald hinter dem Haus und rief stundenlang nach dem Kaninchen. Er stellte eine Schale mit zurechtgeschnittenem Gemüse und etwas frisches Wasser auf den Vorbau. Mehrmals während der Nacht stand Hoffman auf, um zu sehen, ob Bonnie nicht im Vorbau war und das Gemüse fraß. Schließlich wickelte er sich selbst in Decken, legte sich in die Hollywoodschaukel auf dem Vorbau und hielt neben dem Gemüse Wache. Eine Woche lang schlief er dort draußen und wechselte das Fressen jeden Morgen und jeden Abend, damit es frisch roch.

Esther fertigte ein Plakat an mit einer Zeichnung von Bonnie (die darauf einem Spaniel sehr ähnlich sah) und der Überschrift: Großes Kaninchen entlaufen. Sie heftete Kopien davon an Telefonmaste in der ganzen Stadt, und sie gab eine Anzeige in der Zeitung auf. Hoffman schrieb einen Brief an die Nachbarn, Ronald und Ruth-Ann Wilson, und schob ihn unter ihre Tür. In dem Brief hatte er Bonnies Farbe und Gewicht beschrieben, Datum und Uhrzeit ihres Verschwindens angegeben und um jegliche Information gebeten, die sie dazu haben mochten. Als von den Wilsons keine Nachricht kam, ging Hoffman am nächsten Tag zu ihnen rüber und klingelte. Ronald Wilson erschien an der Tür.

»Haben Sie meinen Brief bekommen?«, fragte Hoffman.

»Wegen des Kaninchens?«, fragte Ronald. »Haben Sie es gefunden?«

»Das Kaninchen ist ein Weibchen und gehört meiner Tochter. Sie war ein Geschenk. Haben Sie sie irgendwo gesehen?«

»Sie ist doch nicht etwa auf die Straße gerannt?«

»Ist Bonnie in Ihrem Haus, Mr. Wilson?«

»Ist Bonnie der Name des Kaninchens?«

»Ja.«

»Wie sollte denn Bonnie in unser Haus kommen?«

»Vielleicht haben Sie ein kaputtes Fenster in Ihrem Keller?«

»Sie glauben, sie ist in unserem Keller?«

»Haben Sie in Ihrem Keller schon nach ihr gesucht?«

»Nein.«

»Kann ich nach ihr suchen?«

»Sie wollen in unserem Keller nach einem Kaninchen suchen?«

Die beiden Männer starrten sich eine Weile an. Ronald Wilson trug eine Baseballmütze, er nahm sie ab und rieb sich den Kopf, der schon kahl wurde. Dann setzte er die Baseballmütze wieder auf.

»Ihr Kaninchen ist nicht in unserem Haus, Mr. Hoffman«, sagte Wilson.

»Okay«, entgegnete Hoffman.

»Okay, natürlich.«

Hoffman ging wieder nach Hause. Er saß am Küchentisch und wartete auf Ace und Esther, um seine Erklärung abzugeben.

»Sie haben sie genommen«, sagte er. »Die Wilsons haben Bonnie genommen.«

Hoffman begann im Juli, den Turm zu bauen. Zwischen Ace Douglas' Haus und dem Haus der Wilsons stand eine Reihe Eichen, und die Blätter dieser Bäume versperrten Hoffman die Sicht in deren Wohnung. Mehrere Monate lang hatte er seine Abende damit zugebracht, das Haus der Wilsons vom Mansardenfenster aus mit einem Feldstecher zu beobachten und darin nach Bonnie Ausschau zu halten. Er konnte jedoch wegen der Bäume nicht in die Räume des unteren Stockwerks spähen und war entmutigt. Ace beruhigte ihn damit, dass die Blätter im Herbst weg sein würden, aber Hoffman fürchtete, dass Bonnie bis zum Herbst tot sein könnte. Es war schwer für ihn, das hinzunehmen. Er durfte nicht mehr zum Grundstück der Wilsons hinübergehen und durch die Kellerfenster sehen, seit Ruth-Ann Wilson die Polizei gerufen hatte. Er durfte keine Drohbriefe mehr schreiben. Er durfte die Wilsons nicht mehr anrufen. Er hatte das alles Ace und Esther versprochen.

»Mein Vater ist wirklich harmlos«, sagte Esther zu ihrer Nachbarin Ruth-Ann, obgleich sie sich selbst dessen nicht ganz sicher war.

Ronald Wilson hatte irgendwie herausgefunden, dass Hoffman im Gefängnis gewesen war, und sich daraufhin an den Bewährungshelfer gewandt, der sich dann an Hoffman wandte und ihm nahelegte, die Wilsons ab sofort in Ruhe zu lassen.

»Wenn Sie ihn nur in Ihrer Wohnung nach dem Kaninchen suchen lassen würden«, hatte Ace Douglas den Wilsons freundlich vorgeschlagen, »dann wäre das alles sehr rasch vorbei. Geben Sie ihm nur eine halbe Stunde, um sich umzusehen. Er ist doch nur besorgt, dass Bonnie in Ihrem Keller eingeschlossen sein könnte.«

»Wir sind nicht hierher gezogen, um Mörder in unser Haus zu lassen«, erklärte Ronald Wilson.

»Er ist kein Mörder«, protestierte Esther ein wenig schwach. »Er ängstigt meine Frau.«

»Ich will Ihre Frau nicht ängstigen«, sagte Hoffman.

»Er ist wirklich harmlos«, beharrte Esther. »Vielleicht könnten Sie ihm ein neues Kaninchen kaufen.«

»Ich will gar kein neues Kaninchen.«

»Sie ängstigen meine Frau«, wiederholte Ronald. »Wir schulden Ihnen überhaupt kein Kaninchen.«

Im späten Frühling fällte Hoffman die kleinste Eiche zwischen den beiden Häusern. Er tat das an einem Montagnachmittag, als die Wilsons bei der Arbeit waren, Esther bei einer Party der Pfadfinderinnen Zauberkunststücke vorführte und Ace einkaufen war. Hoffman hatte schon Wochen vorher eine Kettensäge gekauft und sie versteckt. Der Baum war zwar nicht sehr groß, aber er fiel genau diagonal über Wilsons hinteren Garten, verfehlte nur knapp ihren Laubengang und hätte fast einen beträchtlichen Teil des Grundstücks zerstört. Die Polizei kam. Nach langem Verhandeln gelang es Ace Douglas, nachzuweisen, dass sich die Eiche, die zwischen den Häusern stand, tatsächlich auf seinem Grundstück befunden hatte und er das Recht hatte, sie zu fällen. Er bot den Wilsons eine großzügige Bezahlung für die Schäden an. Ronald Wilson kam an diesem Abend wieder zu ihnen herüber, doch wollte er erst dann sprechen, nachdem Ace Douglas Hoffman hinausgeschickt hatte.

»Verstehen Sie unsere Situation?«, fragte er.

»Gewiss«, erwiderte Ace, »das tue ich wirklich.«

Die beiden Männer saßen sich eine Zeitlang am Küchentisch gegenüber. Ace bot Ronald Kaffee an, was dieser allerdings ausschlug.

»Wie können Sie mit ihm nur leben?«, fragte Ronald.

Ace antwortete nicht darauf, schenkte sich aber selbst Kaffee ein. Er öffnete den Kühlschrank und holte eine Tüte Milch heraus, roch daran und goss die Milch dann in das Spülbecken. Danach roch er an seinem Kaffee und goss ihn ebenfalls ins Spülbecken.

»Ist er Ihr Liebhaber?«, fragte Ronald.

»Richard mein Liebhaber? Nein. Er ist ein sehr guter Freund. Und er ist mein Schwager.«

»Tatsächlich«, sagte Ronald. Er drehte an seinem Ehering, als wollte er ihn festdrehen.

»Sie dachten, ein Traum habe sich für Sie erfüllt, als Sie das schöne alte Haus kauften, nicht wahr?«, fragte Ace Douglas Wilson. Er brachte es fertig, dies in einem freundlichen, verständnisvollen Ton zu sagen.

»Ja, genauso war es.«

»Und jetzt ist es ein Albtraum? Neben uns zu wohnen?«

»Ja, das ist es.«

Ace Douglas lachte, und Ronald Wilson lachte ebenfalls. »Es ist in der Tat ein ganz verdammter Albtraum.«

»Es tut mir sehr leid, dass Ihre Frau Angst vor uns hat, Ronald.«

»Nun ja.«

»Wirklich.«

»Danke. Es ist schwierig. Sie ist manchmal ein bisschen paranoid.«

»Nun ja«, meinte Ace in freundlichem, mitfühlendem Ton. »Man stelle sich das mal vor. Paranoid! Bei dieser Nachbarschaft?«

Die beiden Männer lachten erneut. Inzwischen sprach Esther im anderen Zimmer mit ihrem Vater.

»Warum hast du das gemacht, Dad?«, fragte sie. »Ein so schöner Baum.«

Er hatte geweint.

»Weil ich so traurig bin«, sagte er schließlich. »Ich wollte, dass sie das zu fühlen bekommen.«

»Zu fühlen bekommt, wie traurig du bist?«, sagte sie.

»Zu fühlen bekommt, wie traurig ich bin«, bestätigte er. »Ja, wie traurig ich bin.«

Jedenfalls begann Hoffman im Juli damit, den Turm zu bauen.

Ace besaß einen alten Pick-up-Truck, und Hoffman fuhr mit ihm jeden Nachmittag zum städtischen Schuttabladeplatz, um nach Holz und Schrottmaterial Ausschau zu

halten. Er baute das Fundament des Turmes aus Kiefern-
holz und verstärkte es mit Teilen eines alten Eisenbettrah-
mens. Ende Juli war der Turm über zehn Fuß hoch. Er beabsichtigte nicht, eine Treppe mit einzubauen. Es war also
ein kompakter Würfel.

Die Wilsons verständigten sofort das Flächennutzungs-
amt, das Ace Douglas für die unbefugte Errichtung eines
Bauwerkes auf seinem Grundstück mit einer Geldstrafe be-
legte und darauf bestand, dass die Arbeiten am Turm augenblicklich eingestellt wurden.

»Es ist doch nur ein Baumhaus«, log Esther den Beamten
an.

»Es ist ein Beobachtungsturm«, verbesserte Hoffman.
»Damit ich in das Haus der Nachbarn reinsehen kann.«

Der Beamte bedachte Hoffman mit einem langen, ausdruckslosen Blick.

»Ja«, bekräftigte Hoffman, »das ist wirklich ein Beobachtungsturm.«

»Reißen Sie ihn ab«, sagte der Beamte zu Esther. »Reißen
Sie ihn sofort ab.«

Ace Douglas besaß eine bedeutende Bibliothek von Zauber-
kunstbüchern aus alter Zeit, einschließlich mehrerer Bände,
die Hoffman selbst während des Zweiten Weltkrieges aus
Ungarn mitgebracht hatte und die schon damals alt und
wertvoll gewesen waren. Hoffman hatte diese seltenen Bücher von Zigeunern und Händlern in ganz Europa mit dem
letzten Geld seiner Familie erstanden. Einige Bände waren
in Deutsch, einige in Russisch und einige in Englisch geschrieben.

Die Sammlung enthüllte die Geheimnisse der Salon- oder
Gesellschaftszimmerzauberei, einer beliebten Betätigung ge-

bildeter Herren um die Jahrhundertwende. In den Büchern wurde nicht von Tricks gesprochen, sondern von »Zerstreuungen«, die manchmal geschickte magische Manöver, aber ebenso oft auch einfache wissenschaftliche Experimente waren. Häufig gehörte dazu die Hypnose oder der Anschein von Hypnose, sonst wären diese Dinge unter den im Übrigen leicht zu beeindruckenden Gästen nicht erfolgreich gewesen. Ein solcher geübter Verschwörer mochte einfach nur Rauch und einen Spiegel benutzen, um im Salon einen Geist herbeizuzitieren. Er mochte aus der Hand lesen oder ein Teetablett schweben lassen. Er mochte einfach demonstrieren, dass ein Ei auf der Spitze stehen oder Magneten einander abstoßen konnten oder dass elektrischer Strom eine kleine Vorrichtung mit einem Motor zum Drehen brachte.

Die Bücher waren ausgezeichnet illustriert. Hoffman hatte sie schon in den fünfziger Jahren Ace geschenkt, denn er hoffte eine Zeitlang, mit Hilfe dieser Bücher seine verlorene europäische Zauberei in Pittsburgh wiedererstehen zu lassen. Er hatte gehofft, einen kleinen Bereich innerhalb von Pharao's Palace in der Art eines herkömmlichen ungarischen Gesellschaftszimmers der gehobenen Mittelklasse einrichten und Ace mit Gamaschen und Glacéhandschuhen bekleiden zu können. Ace hatte dann jedoch nach gründlicher Lektüre festgestellt, dass die meisten dieser magischen Zerstreuungen nicht mehr einfach kopiert werden konnten. Die alten Zaubertricks erforderten allgemein gebräuchliche Haushaltsgegenstände, die häufig nicht mehr so einfach verfügbar waren: eine Schachtel Paraffin, eine Prise Schnupftabak, einen Klecks Bienenwachs, einen Spucknapf, eine Uhrtasche, einen Korkball, einen Span Lederbehandlungsseife. Selbst wenn diese Bestandteile hätten beschafft werden können, hätten sie keine Bedeutung für die modernen Zuschauer gehabt. Es wäre Museumszauberei geblieben, die niemanden beeindruckt hätte.

Für Hoffman war dies eine erhebliche Enttäuschung. Als sehr junger Mann hatte er mitverfolgt, wie der russische Scharlatan und angebliche Geisterbeschwörer Katanowsky solche *Zerstreuungen* im Gesellschaftszimmer seiner Mutter vorführte. Seine Mutter, kurz zuvor verwitwet, trug damals dunkle Kleider mit chinablauen Seidenbändern, die genau dieselbe Farbe wie die berühmten blauen Fläschchen von *Hoffmans Rosenwasser* hatten. Ihr Gesichtsausdruck war der einer entschlossenen Regentin. Seine Schwestern, in kindlichen Kitteln, betrachteten Katanowsky ganz starr vor Staunen. Da die ganze Familie im Gesellschaftszimmer versammelt war, hatten sie es alle gehört. Hoffman selbst – mit brennenden Augen von dem phosphorigen Rauch – hatte sie vernommen: die unverkennbare Stimme seines kürzlich verstorbenen Vaters, die durch Katanowskys eigenen dunklen Mund zu ihnen sprach. Eine beruhigende Botschaft ihres Vaters (in vollkommen akzentfreiem Ungarisch!). Eine erregende, vertrauliche Glaubensbotschaft.

Deshalb war es bedauerlich für Hoffman, dass Ace Douglas diese magischen Zerstreuungen nicht reproduzieren konnte. Er hätte es gern gesehen, wenn es wieder versucht worden wäre. Es muss ein zwar alter, aber sehr einfacher Betrug gewesen sein. Hoffman hätte gern noch einmal die falsche Stimme seines Vaters gehört und die Sache vollständig geklärt und – wenn nötig – noch einmal wiederholt bekommen.

Am ersten Septembertag wachte Hoffman bei Tagesanbruch auf und begann, seinen Truck zurechtzumachen. Monate später, während des Gerichtsverfahrens, würde der Anwalt der Wilsons zu beweisen versuchen, dass Hoffman im Innern des Trucks Waffen gehortet hatte, eine Behauptung, die Esther und Ace natürlich empört bestritten. Gewiss waren da Werkzeuge hinten im Truck – ein paar Schippen, ein Holzhammer und eine Axt –, aber wenn diese bedrohlich seien, dann ganz sicher nicht absichtlich.

Hoffman hatte kürzlich mehrere Dutzend Rollen schwarzes Isolierband gekauft, und bei Tagsanbruch begann er, das Band um die Karosserie des Trucks zu wickeln. Er wickelte es einmal herum und dann ein weiteres Mal über das schon vorhandene und dann immer wieder, als Panzerung.

Esther hatte zu einer frühen Stunde Flötenunterricht zu geben und stand auf, um ihre Getreideflocken zu essen. Vom Küchenfenster sah sie, wie ihr Vater seinen Pick-up mit dem Band umwickelte. Die Scheinwerfer und die Rücklichter waren bereits verdeckt und die Türen versiegelt. Sie ging hinaus.

»Dad?«, fragte sie.

Und Hoffman sagte fast entschuldigend: »Ich geh da jetzt rüber.«

»Doch nicht zu den Wilsons?«

»Ich gehe Bonnie holen«, sagte er.

Esther ging ins Haus zurück und fühlte sich ein wenig zittrig. Sie weckte Ace Douglas, der sah von seinem Schlafzimmerfenster hinunter zu Hoffman in der Auffahrt und verständigte die Polizei.

»Oh, nicht die Polizei!«, bettelte Esther. »Nicht die Polizei …«

Ace hielt sie einige Zeit an sich gedrückt.

»Weinst du?«, fragte er.

»Nein«, log sie.

»Du weinst doch nicht?«

»Nein, ich bin nur traurig.«

Als das Isolierband verbraucht war, umkreiste Hoffman den Truck und stellte fest, dass er auf keine Weise hinein konnte. Er nahm den Holzhammer hinten aus dem Truck und klopfte damit leicht gegen das Fenster der Fahrgastseite, bis das Glas gleichmäßig spinnwebartig gebrochen war. Dann drückte er das Fenster vorsichtig ein. Die Glaskristalle landeten geräuschlos auf dem Sitz. Er kletterte hinein, stellte aber fest, dass er keinen Schlüssel hatte, also kletterte er durch das zerbrochene Fenster wieder hinaus und ging ins Haus, wo er seine Schlüssel auf dem Küchentisch fand. Esther wollte nach unten gehen und versuchen, mit ihm zu reden, aber Ace Douglas wollte sie nicht gehen lassen. Er ging selbst hinunter und erklärte: »Es tut mir wirklich leid, Richard. Aber ich habe die Polizei verständigt.«

»Die Polizei?«, rief Hoffman. »Nicht die Polizei, Ace.«

»Es tut mir leid.«

Hoffman schwieg lange. Er starrte Ace an. »Aber ich geh jetzt da rein, Bonnie holen«, sagte er schließlich.

»Ich wünschte, das würdest du nicht tun.«

»Aber sie haben sie«, sagte Hoffman, und er weinte dabei.

»Ich glaube nicht, dass sie Bonnie wirklich haben, Richard.«

»Aber sie haben sie doch *gestohlen*!«

Hoffman griff sich die Schlüssel und kletterte zurück in seinen umwickelten Truck, noch immer weinend. Er fuhr hinüber zum Haus der Wilsons und umkreiste es mehrmals. Er fuhr durch den Mais in den Garten. Ruth-Ann Wilson kam herausgerannt, sie zerrte einige Ziegel aus der Erde, die ihren Fußweg säumten, und jagte hinter Hoffman her, warf die Ziegel nach seinem Truck und schrie.

Hoffman steuerte seinen Truck auf die schrägen metallenen Kellertüren des Wilson'schen Hauses zu. Er versuchte, direkt an sie heranzufahren, aber sein Motor war nicht stark genug, und die Räder versanken in dem nassen Rasen. Er hupte in langen verzweifelten Nebelhornstößen.

Als die Polizei erschien, wollte Hoffman nicht herauskommen. Er hielt jedoch seine Hände an das Steuerrad, um zu zeigen, dass er nicht bewaffnet sei.

»Er hat kein Gewehr«, rief Esther aus Ace Douglas' Haus.

Zwei Polizisten gingen um den Truck herum und untersuchten ihn. Der jüngere Beamte klopfte an Hoffmans Fenster und bat ihn, es herunterzukurbeln, aber er weigerte sich.

»Sagen Sie ihnen, sie sollen es rausbringen!«, rief er. »Bringen Sie mir das Kaninchen, und ich komme aus dem Truck raus! Schreckliche Leute!«

Der ältere Polizist durchtrennte das Isolierband an der Tür der Fahrgastseite mit einem Mehrzweckmesser. Es gelang ihm schließlich, die Tür zu öffnen, dann griff er hinein und zog Hoffman heraus. Dabei schnitten sich beide an dem funkelnden Glas des zerbrochenen Fensters. Draußen lag Hoffman dann schlaff ausgestreckt und mit dem Gesicht nach unten im Gras. Man legte ihm Handschellen an und führte ihn weg zum Streifenwagen.

Ace und Esther folgten der Polizei zur Wache, wo die Polizisten Hoffmans Fingerabdrücke abnahmen und seinen Gürtel entfernten. Hoffman trug nur ein Unterhemd, und seine Zelle war klein, leer und kalt.

Esther fragte den älteren Polizisten: »Darf ich nach Hause fahren und meinem Vater eine Jacke holen? Oder eine Decke?«

»Sie dürfen«, entgegnete der ältere Polizist und klopfte ihr mit einer Art verständnisvoller Autorität auf den Arm. »Natürlich dürfen Sie das.«

Als sie wieder zu Hause war, wusch sich Esther das Gesicht und nahm einige Aspirintabletten. Sie rief die Mutter ihrer Flötenschülerin an und sagte den Morgenunterricht ab. Die Mutter wollte einen neuen Termin ausmachen, doch Esther konnte nur versprechen, später noch einmal anzurufen. Sie bemerkte die Milch auf dem Küchentisch und stellte sie zurück in den Kühlschrank. Dann putzte sie sich die Zähne, zog wärmere Herbstschuhe an, ging zum Wohnzimmerschrank und fand dort eine leichte Wolldecke für ihren Vater. Da hörte sie ein Geräusch.

Sie folgte dem Geräusch, das von dem laufenden Motor eines Autos kam, ging zum Fenster des Wohnzimmers und zog die Gardine weg. In der Auffahrt der Wilsons stand ein Kastenwagen, mit einer Aufschrift an der Seite, die besagte, dass es ein Auto der ASPCA, des Tierschutzvereins, war. Die Fenster dieses Fahrzeugs waren mit Gittern versehen. Esther sagte laut: »Du meine Güte.«

Ein Mann in weißem Overall kam mit einem großen Drahtkäfig aus Wilsons Vordertür. In dem Käfig befand sich Bonnie.

Esther war noch niemals im Gebäude der kommunalen ASPCA gewesen, und sie ging auch an diesem Tag nicht hinein. Sie parkte ihr Auto nahe dem Kastenwagen, dem sie gefolgt war, und beobachtete, wie der Mann im Overall die Hintertür öffnete und einen Käfig herausholte. In diesem Käfig befanden sich drei junge graue Kaninchen, die er in das Gebäude trug. Dabei ließ er die Wagentüren offen.

Als der Mann im Gebäude verschwunden war, stieg Esther aus ihrem Auto aus und ging schnell zur Hinterseite des Wagens. Sie fand den Käfig mit Bonnie, öffnete ihn mühelos und zog das Kaninchen heraus. Bonnie war viel magerer als zu der Zeit, da Esther sie das letzte Mal gesehen hatte, und Bonnie beäugte sie mit einem vollkommen ausdruckslosen Blick, der besagte, dass sie Esther nicht wiedererkannte. Esther trug Bonnie zu ihrem Auto und fuhr zurück zur Polizeiwache.

Sobald sie dort auf dem Parkplatz angekommen war, klemmte sie sich das Kaninchen unter ihren linken Arm. Dann stieg sie aus, wickelte sich vollständig in die leichte Wolldecke, die sie für ihren Vater mitgebracht hatte, und ging rasch zur Polizeiwache hinein. Sie schritt an dem älteren Polizisten vorbei, der gerade mit Ace Douglas und Ronald Wilson sprach. Sie hob ihre rechte Hand, als sie in die Nähe der Männer kam, und sagte in feierlichem Ton: »Hallo, Leute.«

Ace lächelte zu ihr hinüber, und der ältere Polizist winkte ihr weiterzugehen.

Hoffmans Gefängniszelle befand sich am Ende des Korridors. Sie war nur schwach beleuchtet. Hoffman hatte schon mehrere Wochen nicht mehr gut geschlafen. Er fror und hatte Schnittwunden. Der Rahmen seiner Brille war gebrochen, und er hatte seit dem Morgen geweint. Jetzt sah er Esther herankommen, eingewickelt in die leichte, graue Wolldecke, und er sah in ihr die Gestalt seiner Mutter, die gegen die Budapester Winterkälte immer Umhänge getragen hatte. Auch in *ihrem* Gang hatte stets eine besondere Würde gelegen.

Esther trat an die Zelle heran, streckte ihre Hand zwischen die Gitterstäbe hindurch ihrem Vater entgegen, der sich humpelnd erhob, um diese Hand zu ergreifen. In einem halb wahnsinnigen Augenblick bildete er sich fast ein, sie sei eine lebende Erscheinung seiner Mutter, und als er nach ihr griff, lächelte sie.

Ihr Lächeln lenkte seinen Blick von ihrer Hand auf ihr Gesicht, und in diesem Augenblick zog Esther ihren Arm aus der Zelle zurück, fasste in die Falten der Decke, die sie umhüllte, und holte mit einer anmutigen Bewegung das Kaninchen hervor. Sie schob Bonnie – natürlich nun viel schlanker – durch die Eisenstäbe und hielt das Kaninchen in der Zelle empor, genau dort, wo nur einen Augenblick zuvor ihre leere Hand gewesen war. Und zwar so, dass Hoffman, als er von Esthers Lächeln wieder heruntersah, ein Kaninchen erblickte, wo vorher überhaupt kein Kaninchen gewesen war. Wie bei einem wirklichen Zauber war einfach aus der Luft plötzlich etwas da.

»Siehe«, gab ihm Esther zu verstehen.

Und Richard Hoffman sah das seidige Kaninchen und erkannte es als seine Bonnie. Er nahm sie in seine breiten Hände. Und dann, kurz danach, erblickte er schließlich seine eigene Tochter Esther.

Eine außerordentlich talentierte junge Frau.

Die wunderbarste Frau

Als Rose sechzehn Jahre alt und fünf Monate schwanger war, gewann sie einen Schönheitswettbewerb in Südtexas aufgrund ihres wunderschönen Ganges auf einem Laufsteg in einem entzückenden marineblauen Badeanzug. Das war kurz vor dem Krieg. Noch im Sommer zuvor war sie ein knochiges Kind mit spitzen Knien gewesen, aber die Schwangerschaft hatte ihr eben diesen plötzlichen Preis eines schönen Körpers eingebracht. Es war, als würde das Leben in ihren Schenkeln, ihrem Hintern und ihren Brüsten und nicht in ihrem Leib reifen. Man hätte meinen können, dass sie das ganze sanfte Gewicht der Mutterschaft gleichmäßig und vollkommen über ihre ganze Gestalt verteilt trug. Jene Körperteile von ihr, die sie nicht so ganz in ihren blauen Badeanzug hineinzwängen konnte, quollen gerade so viel darüber hinaus, um das Seelenleben mehrerer Preisrichter und Zuschauer durcheinanderzubringen. Sie war die unbestrittene Siegerin des Schönheitswettbewerbs.

Roses Vater bemerkte ebenfalls die Pin-up-Girl-Figur, die seine Tochter angenommen hatte, und fünf Monate zu spät begann er, sich Gedanken über den Erhalt ihrer Anmut zu machen. Bald nach dem Wettbewerb wurde ihr Zustand offenbar. Ihr Vater schickte sie deshalb zu einer Einrichtung in Oklahoma, wo sie blieb, bis sie vier Tage in den Wehen lag und einen toten Sohn zur Welt brachte. Rose konnte danach zwar keine Kinder mehr bekommen, doch die wunderschöne Figur hatte sie nun einmal und behielt sie, und schließlich heiratete sie auch, wiederum aufgrund ihres wunderbaren Ganges in einem entzückenden Badeanzug.

Ihren Ehemann lernte sie allerdings erst kennen, als der Krieg vorbei war. In der Zwischenzeit blieb sie in Oklahoma. Dort entwickelte sie ein Faible für hochgewachsene, lächelnde Männer mit dunklen Hüten. Dort fand sie auch Geschmack an Kirchgängern, Linkshändern und Wartungsmonteuren, an Fischern, Postboten, Feuerwehrmännern, Straßenräubern, Fahrstuhlmonteuren und an den mexikanischen Hilfskellnern in dem Restaurant, in dem sie arbeitete (hier wurde sie ehrerbietig »La Rubia« – »die Helle« – genannt, so als wäre sie ein wohlbekannter Gangster oder eine Kartenbetrügerin).

Sie heiratete ihren Mann, weil sie ihn am meisten liebte. Er war freundlich zu Kellnerinnen und Hunden und war in keiner Weise neugierig, was ihre Neigungen betraf. Er war selbst ein großer, kräftiger Mann, mit einem Körper wie ein riesiges Tier – muskulös und haarig. Er wählte Telefonnummern mit Bleistiftstummeln, weil seine Finger nicht in die Löcher der Drehscheibe passten. Wenn er Zigaretten rauchte, sahen sie im Verhältnis zu der Größe seines Mundes aus wie Zahnstocherspäne. Er konnte nicht einschlafen, ohne das warme Hinterteil von Rose an seinen Leib gedrückt zu spüren. Er behandelte sie, als wäre sie ein unerfahrenes kleines Mädchen. In den Jahren, nachdem sie sich einen Fernseher angeschafft hatten, sahen sie sich zusammen auf der Couch abendliche Sport- und Spielsendungen an, und er applaudierte aufrichtig den Teilnehmern, die Autos oder Boote gewonnen hatten. Er freute sich für sie, klatschte ihnen Beifall, wobei er seine dicken Arme steif ausstreckte, so wie eine abgerichtete Robbe klatscht.

Sie zogen schließlich nach Minnesota. Roses Mann kaufte

eine Herde Moschusschafe und ein kleines, festes Haus. Sie war dreiundvierzig Jahre mit ihm verheiratet, dann starb er an einem Herzinfarkt. Er war erheblich älter als sie, und er hatte lange gelebt. Rose meinte, er habe ein Leben gehabt, von dem man durchaus sagen könne, ja, es war ein gutes Leben gewesen. Ihre Trauer war voll Achtung und Liebe.

Als er gestorben war, wurde ihr die Arbeit mit den Schafen zu viel, und sie verkaufte sie, immer ein paar auf einmal. Und als die Schafe alle fort waren – verteilt über mehrere Staaten als Haustiere, Wollgarn, Hundefutter und Koteletts in Pfefferminzaspik –, wurde Rose Fahrerin für den örtlichen Schulbus. Da war sie schon fast siebzig Jahre alt.

Rose merkte sich nicht mehr so leicht Namen, aber ihre Augen waren gut, und sie war eine vorsichtige Fahrerin, wie sie es immer schon gewesen war. Man gab ihr eine ausgezeichnete Tour für Kindergartenkinder. Zuerst holte sie den Bus selbst ab, von der Haltestelle hinter den Kiesgruben jenseits der doppelgleisigen Eisenbahnschienen. Dann gabelte sie den Nachbarjungen auf, der neben der Tankstelle, in der Nähe ihres eigenen Hauses wohnte. Dann sammelte sie den weinenden Jungen ein, dann das Mädchen, deren Mutter sie immer mit einer Kordsamtweste kleidete, dann den Jungen, der aussah wie Orson Welles, dann das entrüstete Mädchen, dann den summenden Jungen, schließlich das Mädchen mit den vielen Pflastern.

An der Brücke neben dem Haus des Mädchens überquerte sie den Fluss zur Bergstraße. Dort holte sie das schwarze Mädchen, den dankbar blickenden Jungen, den drängelnden Jungen, das andere schwarze Mädchen und das atemlose Mädchen ab. Der letzte Halt war bei dem abwesenden Jungen.

Dreizehn Fahrgäste. Zwölf, wenn man den abwesenden Jungen nicht zählte, was Rose aber gewöhnlich tat.

Doch an dem speziellen Morgen, von dem diese Geschichte berichtet, fehlten der Nachbarjunge, der weinende Junge und das Mädchen mit der Kordsamtweste. Rose dachte – vielleicht *Grippe*? Sie fuhr weiter und stellte fest, dass der Orson-Welles-Junge, das entrüstete Mädchen und der summende Junge ebenfalls abwesend waren, und sie fragte sich – vielleicht *Windpocken*? Nachdem sie über die Brücke gefahren und kein Mädchen dort war, und die ganze Bergstraße entlanggefahren war, ohne dass Kinder in der Nähe waren, dachte sie mit einiger Beschämung, *Könnte heute vielleicht Sonntag sein*? Sie erinnerte sich, dass sie keine anderen Busfahrer an der Kiesgruben-Haltestelle gesehen hatte und dass auch kein anderer Schulbus die doppelgleisigen Eisenbahnschienen überquert hatte. Tatsächlich hatte sie auch gar keine anderen Autos auf den Straßen bemerkt. Nicht dass es sich dabei um Schnellstraßen handelte, aber es waren doch immerhin befahrene Straßen. Es waren Straßen, die immer benutzt wurden. Und Rose dachte leichthin: *Armageddon*?

Doch sie fuhr ihre Tour bis zu Ende. Das war eine gute Entscheidung, denn schließlich stand doch jemand dort unten an der Auffahrt des abwesenden Jungen. Tatsächlich warteten sogar zwei Leute auf sie. Sie hielt den Bus an, ließ ordnungsgemäß die vorgeschriebenen Lichter blinken, kurbelte die Tür auf und ließ sie ein. Es waren zwei alte Männer, einer klein, der andere groß.

»Eine Fahrt für euch Herren heute?«, fragte sie.

Sie setzten sich auf die Sitze gleich hinter ihrem Fahrersitz. »Es riecht Gott sei Dank sauber und passabel hier drin«, meinte der eine von ihnen.

»Ich benutze Wannen- und Kachelreiniger«, entgegnete Rose. »Jede Woche.«

Der größere Mann sagte: »Meine reizende Rosie, du siehst phantastisch aus.«

Das stimmte in der Tat. Sie trug bei der Arbeit jeden Tag einen Hut und weiße Handschuhe, so als würde sie diese Schulkinder zur Kirche oder zu einem bedeutenden Picknick fahren.

»Du könntest eine First Lady sein«, fuhr der große Mann fort. »Du könntest einen Präsidenten geheiratet haben.«

Sie musterte das breite, bequeme Abbild in ihrem Rückspiegel, und dann entfuhr ihr ein kleiner Laut der Überraschung und des Erkennens. Sie sah sich den kleineren Mann an, und wieder konnte sie ihr Erstaunen nicht verbergen. Kein Zweifel, das waren sie: Tate Palinkus und Dane Ladd. Tate war der Mann, der sie damals vor dem Krieg in Südtexas geschwängert hatte. Dane war ein Krankenpfleger gewesen, den sie während ihrer Genesung von der Niederkunft im Heim für unverheiratete Mütter in Oklahoma geküsst und zärtlich gestreichelt hatte. Das war ebenfalls vor dem Krieg gewesen.

»Ich werd verrückt!«, sagte sie. »Ich hab bestimmt nicht geglaubt, euch beide noch einmal wiederzusehen. Und dann auch noch hier in Minnesota. Wie schön.«

Dane sagte: »Ist dieser Tate Palinkus nicht ein gottloser alter Bastard. Er hat mir grade erzählt, dass er dich geschwängert hat.«

Tate sagte: »Rose, ich wusste nicht, dass du damals schwanger warst. Ich hab das erst viele Jahre später erfahren, als ich vorbeikam, um nach dir zu fragen. Das ist die Wahrheit, Rose.«

»Tate Palinkus«, entgegnete sie, »du altes Miststück.«

Dane fügte hinzu: »Sich mit einem fünfzehnjährigen Mädchen herumzutreiben. Das ist wohl so ziemlich das Schlimmste, was ich jemals gehört habe.«

»Dane Ladd.« Rose lächelte. »Du alter Dreckskerl.«

»Sie war ein verdammt hübsches Mädchen«, erklärte Tate, und Dane sagte: »Daran brauchst du mich wirklich nicht zu erinnern.«

Rose betätigte die Gangschaltung ihres Busses und wendete. Sie sagte: »Ihr beide habt mich völlig aus der Fassung gebracht.«

»Aber verlier nur nicht dieses liebliche Gesicht«, meinte Dane. »Und nicht diesen lieblichen Körper.«

Sie fuhren weiter. Und wie sich herausstellte, wartete noch jemand am Ende der Auffahrt bei dem atemlosen Mädchen, an den Briefkasten gelehnt. Ein weiterer sehr alter Mann. Rose hielt an und ließ ihn einsteigen.

»Mein Schatz«, begrüßte er sie und tippte zum Gruß an seinen Hut. Es war Jack Lance-Hainey, ein Diakon der presbyterianischen Kirche. Einst hatte er einen Wahlkampf für einen Senatorposten in Oklahoma geführt. Er pflegte Rose während der vierziger Jahre zu Picknicks auszuführen – mit Körben voll von dem echten Porzellan und echten Silber seiner Frau. Er hatte Rose beigebracht, wie man beim Sex auf einen Mann raufsteigt und wie man das Telefon in Hotelzimmern abnimmt und sagt: »Hier ist Mrs. Hainey. Könnten Sie mir eine Flasche Tonic gegen meine fürchterlichen Kopfschmerzen heraufschicken?«

Jack setzte sich auf den Platz gegenüber den anderen Männern auf der anderen Seite des Ganges und legte seinen Hut neben sich ab.

»Mr. Ladd.« Er nickte. »Das ist ein wunderschöner Morgen.«

»Das ist wahr«, stimmte Dane zu. »Was für ein großartiges Land, in dem wir leben.«

»Ja, es ist ein großartiges Land«, erklärte Jack Lance-Hainey und fügte hinzu: »Und Ihnen einen guten Morgen, Tate Palinkus, Sie fruchtbarer, geiler alter Bastard.«

»Ich wusste doch nicht, dass sie damals schwanger war, Jack«, erklärte Tate.

»Erst Jahre später habe ich es erfahren. Ich hätte sie liebend gern geheiratet.«

Und Rose sagte leise: »Na, na, na … Das ist ja ganz was Neues, Mr. Palinkus.«

Nun fuhr sie ihre übliche Bustour wieder zurück und fand den Bus vollgeladen mit all ihren alten Liebhabern. Sie hatte jeden Einzelnen von ihnen abgeholt. Beim Haus des schwarzen Mädchens holte sie ihren Cousin Carl aus Mississippi ab, dem sie einst während einer Zusammenkunft zum Erntedankfest auf dem Bett einer Tante begegnet war. Beim Briefkasten des drängelnden Jungen entdeckte sie eine kleine Ansammlung von alten Männern, die gemeinsam warteten. Es waren sämtliche Postboten ihres Lebens, aber alle ohne Uniform. Sie waren einst phantastische Trucks gefahren und hatten immer Stöße von zusätzlichen Leinensäcken für sie zum Drauflegen hinten im Truck gehabt. Sie konnte sich nicht mehr an ihre Namen erinnern, aber die anderen Männer im Bus schienen sie gut zu kennen, und sie grüßten einander mit professioneller Höflichkeit.

Beim Haus des anderen schwarzen Mädchens nahm sie zwei ältliche Veteranen auf, an die sie sich als Soldaten erinnerte, *deren* junge Kopfhaut rosa und rasiert war und deren große Ohren verlockende Griffe waren, um daran zu ziehen und sie zu führen. Die Veteranen nahmen hinter Lane und Tate Platz und sprachen über die Wirtschaft. Einem von ihnen fehlte ein Arm, dem anderen ein Bein. Der ohne Arm stupste Tate plötzlich mit dem guten Arm an und sagte: »Sie sind doch nichts als ein lausiger, nichtsnutziger, Mädchen-ein-Kind-machender-und-sie-sitzenlassender alter Drecks-kerl.«

»Er behauptet, er wusste nicht, dass sie schwanger war«, verkündete Jack Lance-Hainey, und die Postboten lachten alle ungläubig.

»Ich wusste zu der Zeit wirklich nicht, dass sie schwanger war«, erklärte Tate geduldig. »Erst Jahre später erfuhr ich's.«

»Du meine Güte«, sagte Rose, »ich wusste es ja selbst kaum.«

»Das Baby hat dir diese schöne Figur gegeben«, äußerte Tate, und ein gemeinsames Gemurmel der Zustimmung ging bei dieser Feststellung durch den Bus.

Beim Haus des dankbaren Mädchens las sie einen Mann auf, der so dick war, dass er sich selbst neu vorstellen muss-te. Er erklärte, er sei der erste Mann ihrer Schwester, und Rose rief: »Coach! Du Unruhestifter!« Er war früher Fahr-stuhlmechaniker gewesen, der sich mit Rose nachts in der Werkstatt traf und ihr beibrachte, wie man beim Mischen von einem Packen Spielkarten trickst und wie man mit of-fenen Augen küsst.

»Diese Stufen sind tödlich«, sagte er mit einem vom Her-aufsteigen roten Gesicht, und der einbeinige Veteran bestä-tigte: »Wem sagen Sie das, Coach!«

Beim Haus des Mädchens mit den vielen Pflastern nahm sie die Barkeeper aus drei Staaten mit, die es ihr damals an-getan hatten, und beim Haus des summenden Jungen holte sie einen Highwaypolizisten ab, mit dem sie, als sie beide noch jung waren, eine Nacht in Oklahoma City verbracht hatte. Er wartete zusammen mit einem Garnelenfischer und einem Mann, der einmal Feuerwehrautos gefahren hatte. Sie ließen ihn zuerst einsteigen, weil sie glaubten, er habe einen höheren Rang.

»Ma'am«, begrüßte sie der Highwaypolizist mit einem breiten Lächeln. Dann nannte er Tate Palinkus einen Mistkerl, einen Nichtsnutz, einen zwielichtigen Typ, einen Rüpel und Wüstling, weil er sie geschwängert hatte, damals, als sie noch ein Kind war, das einen nichtswürdigen Bastard nicht von einer Obstschale unterscheiden konnte.

Am Ende der Auffahrt des entrüsteten Mädchens wartete ein Richter des Oberlandesgerichts von Arizona auf sie. Er setzte sich vorn im Bus zu Jack Lance-Hainey und erklärte Rose, sie sähe immer noch gut genug aus, um sie jederzeit unter seine Robe kriechen zu lassen.

Sie entgegnete: »Euer Ehren, wir sind jetzt alte Leute.«

Er meinte: »Du bist ein Prachtkerl, Rose.«

Vor dem Haus des Orson-Welles-Jungen fand sie Hank Speilman, der auf der Straße mit Steinen Fußball spielte. Er stieg in den Bus, und die anderen Männer riefen fröhlich »Hank!«, als wären sie wirklich erfreut, ihn zu sehen. Hank verkaufte und installierte einst Öfen, und er war immer beliebt gewesen. Er pflegte mit Rose in ihrem Keller zu tanzen, dabei klopfte er den Rhythmus mit der Hand auf ihrer Hüfte. Während sie tanzten, ließ er seine Hände über sie hinweggleiten, griff dann immer wieder mit der ganzen Hand an ihren Hintern und flüsterte ihr zu: »Sollte ich jemals verloren gehen und du musst mich suchen, dann kannst du mich gleich hier an diesem Arsch finden.«

Wo das Mädchen, das stets eine Kordsamtweste trug, gewöhnlich auf den Bus wartete, stand jetzt ein großer alter Mann mit einem dunklen Hut. Er war Roses Zahnarzt gewesen. Er hatte einen Swimmingpool im Haus und eine

Hausangestellte, die ihnen die ganze Nacht hindurch wortlos Handtücher und Cocktails brachte. Er benutzte einen Stock, um in den Bus zu kommen, und seine Brille war so dick wie Brotscheiben. Er erklärte Rose, dass sie schön und ihre Figur noch immer ein Wunder sei.

Rose erwiderte: »Vielen Dank. Ich habe eben Glück gehabt mit meinem Aussehen. Die Frauen in meiner Familie altern gewöhnlich auf zwei verschiedene Arten. Die meisten sehen aus, als rauchten sie zu viele Zigaretten oder als würden sie zu viele Krapfen essen.«

»Du siehst aus, als hättest du zu viele Jungs geküsst«, sagte der Fahrstuhlmechaniker.

»Du hättest eine First Lady sein können«, sagte Lane wieder und Tate bemerkte nachdenklich: »Du warst meine *Lady first*.«

Am Lattenzaun bei dem weinenden Jungen standen vier frühere mexikanische Hilfskellner. Sie waren jetzt alt und sahen alle gleich aus, jeder von ihnen in gebügeltem weißen Anzug und mit prächtigem weißen Haar und einem weißen Schnurrbart.

»La Rubia«, riefen sie einer nach dem anderen. Ihr Englisch war nicht besser, als es früher gewesen war, aber der Veteran ohne Arm hatte in Spanien gegen die Faschisten gekämpft und konnte recht gut übersetzen.

Der Bus war so voll wie noch nie zuvor. Es war kein sehr großer Bus. Er war lediglich für Kindergartenkinder gedacht, und er diente, um ehrlich zu sein, auch nur für die Morgenklasse der Kinder. Natürlich hatte die Busgesellschaft Rose eine ausgezeichnete Tour gegeben, aber es war auch keine sehr anstrengende. So war sie im Allgemeinen zur Mittagszeit fertig. Immerhin war sie schon fast siebzig, und obgleich sie gewiss keine schwache und senile Frau war, ermüdete sie doch. Deshalb hatten sie ihr nur diese dreizehn Kinder so nahe bei ihrem Haus anvertraut. Und sie machte ihre Sache großartig, wirklich ganz ausgezeichnet. Alle sagten das. Sie war eine vorsichtige und höfliche Fahrerin. Eine der Besseren.

Sie fuhr an diesem Tag die ganze Tour zurück, mit all den alten Liebhabern in ihrem Kindergartenbus. Sie fuhr den ganzen Weg, ohne ein einziges ihrer Kinder zu sehen und ohne einem anderen Auto zu begegnen. Sie war etwas beschämt zu dem Schluss gekommen, dass es wohl Sonntag sein müsse. Sie hatte noch niemals zuvor einen solchen Fehler gemacht und wollte das ihren alten Liebhabern gegenüber auch gar nicht erwähnen, sonst könnten sie noch denken, sie würde schon schwachsinnig. So fuhr sie die ganze Tour geradewegs zurück bis zu der allerersten Haltestelle.

Das war beim Haus des Nachbarjungen, der neben der Tankstelle in der Nähe ihres eigenen Hauses wohnte. Dort wartete ebenfalls ein alter Mann, ein ziemlich großer Mann. Es war tatsächlich ihr Gatte. Die alten Liebhaber im Bus, die sich so ausgezeichnet zu kennen schienen, konnten Roses Mann überhaupt nicht einordnen. Sie waren ruhig und ehrerbietig, als er in den Bus stieg, und Rose kurbelte die Tür hinter ihm zu und erklärte: »Meine Herren, ich möchte Ihnen meinen Gatten vorstellen.«

Und der Gesichtsausdruck ihres Gatten war der eines Mannes auf einer Begrüßungs- und Überraschungsparty. Er beugte sich hinunter und küsste sie auf die Stirn. Es war der erste der Männer, der sie an diesem Tag berührt hatte. Er sagte: »Mein süßes kleines Rosenmädchen.« Sie küsste seine Wange, die moschusartig, schäfchenweich und vertraut war.

Sie fuhr weiter. Er ging den Gang des Busses entlang, der wie ein Boot schaukelte. Er war der Ehrengast. Die alten

Liebhaber stellten sich ihm vor, und nach jeder Vorstellung sagte Roses Gatte: »Ah, ja, natürlich, wie schön, Sie kennenzulernen«, dabei hielt er seine linke Hand voll Erstaunen und Vergnügen an sein Herz. Sie beobachtete das breite, bequeme Abbild in ihrem Rückspiegel und sah, wie sie ihm auf den Rücken klopften und grienten. Die Veteranen grüßten ihn, und der Highwaypolizist grüßte ihn, und Jack Lance-Hainey küsste ihm die Hand. Tate Palinkus entschuldigte sich, dass er Rose geschwängert hatte, als sie noch ein Kind in Texas war, und die weißhaarigen mexikanischen Hilfskellner mühten sich mit ihrer englischen Begrüßung ab. Der Richter des Oberlandesgerichtes sagte, er spreche hier gern für alle, wenn er erkläre, was für eine große Freude es ihm mache, Rose und ihren Gatten zu ihrer langen und ehrenhaften Ehe zu beglückwünschen.

Rose fuhr immer weiter. Bald kam sie zu den zweigleisigen Eisenbahnschienen, die sich direkt vor der Kiesgruben-Haltestelle befanden. Ihr kleiner Bus passte gerade zwischen die beiden Schienenstränge, und sie blieb auf diesem engen Raum stehen, denn sie hatte bemerkt, dass aus beiden Richtungen Züge kamen. Ihr Gatte und die alten Liebhaber zogen die Fenster des Busses herunter, lehnten sich hinaus wie Kindergartenkinder und sahen den Zügen zu. Die waren hell gestrichen wie hölzernes Kinderspielzeug, und an beiden Seiten jedes geschlossenen Güterwagens war mit Hilfe von Schablonen in Druckbuchstaben die Art der Fracht aufgedruckt: ÄPFEL, BRATENSOSSE, DECKEN, DIAMANTEN, STOFFE, SÜSSIGKEITEN ..., eine fortlaufende alphabetische Darstellung all dessen, was zum Leben gehört.

Sie sahen eine lange Zeit zu. Aber diese Güterwagen fuhren sehr langsam und wiederholten sich in neuen, fremden

Alphabeten. So langweilten sich die alten Liebhaber schließlich und schoben die Fenster von Roses Bus wieder hoch, damit es ruhiger wurde. Sie ruhten sich aus und warteten, da sie nun einmal zwischen den beiden Zügen festsaßen. Und Rose, die zeitig am Morgen aufgestanden war, zog den Schlüssel aus der Zündung, nahm ihren Hut ab, streifte ihre Handschuhe ab und schlief ein wenig. Die alten Liebhaber unterhielten sich untereinander über ihren Gatten, sie waren fasziniert. Sie sprachen ganz leise, doch sie konnte einige Wortfetzen verstehen. »Hush«, hörte sie sie immer wieder sagen, und »sh« und »she« und »and«. Und zusammen gemurmelt brachten diese Wortfetzen einen Laut hervor, der genau wie das Wort »husband«, also »Gatte«, klang. Das war das Wort, das sie jedenfalls verstand, während sie so im Bus döste, und alle ihre alten Liebhaber waren beisammen und saßen hinter ihr und waren so zufrieden, sie wiederzusehen.

Elizabeth Gilbert
Eat, Pray, Love
Eine Frau auf der Suche nach allem quer durch Italien,
Indien und Indonesien

Um drei Uhr nachts erwacht Elizabeth Gilbert weinend im
Badezimmer. Sie ist über dreißig, hat einen Mann und ein
Haus in New York, doch glücklich ist sie nicht. Sie macht
sich auf die Suche nach drei Dingen, die ihr fehlen: Freude,
Hingabe und innere Balance. Ihre Reise führt sie nach Rom,
wo sie Italienisch lernt, nach Indien, wo sie in einem Ash-
ram erfährt, dass man zur Erleuchtung nachts Böden
schrubben muss, und nach Bali, wo sie den Pfad zum inne-
ren Gleichgewicht findet. Und so zum Glück.
In der Verfilmung mit Julia Roberts wurde das Buch zum
Hit. Durch ihre Millionen begeisterter Leser:innen wurde
die Lebensgeschichte zum Klassiker.

Aus dem amerikanischen Englisch
von Maria Mill
480 Seiten, broschiert

Weitere Informationen finden Sie auf
www.fischerverlage.de

AZ 596-70809/1

Elizabeth Gilbert
City of Girls
Roman

Das Leben ist wild und gefährlich. Nach einer Jugend in der Provinz und dem Rausschmiss aus dem College, stürzt sich die 19-jährige Vivian kopfüber in das aufregende Leben Manhattans der Vierziger: Musicals, Bars, Jazz und Gangster. Um jede Ecke biegt eine neue Liebe, erst recht im Lily Playhouse, dem sympathisch heruntergekommenen Theater, für das sie Kostüme näht.

»Wie Elizabeth Gilbert erzählt, ist im Wortsinn großes Kino. Es entstehen beinahe sofort Bilder, man hört, sieht, staunt. Und lacht.« *Christine Westermann, WDR/Frau TV*

Aus dem amerikanischen Englisch
von Britt Somann-Jung
496 Seiten, broschiert

Weitere Informationen finden Sie auf
www.fischerverlage.de

AZ 596-03494/1

Elizabeth Gilbert
Das Wesen der Dinge und der Liebe

»Eine exotische Reise in die Welt der Gefühle jenseits der puren Vernunft.« *NDR*

Elizabeth Gilbert erzählt die große Lebensgeschichte einer Forscherin, die der engen Welt des 19. Jahrhunderts weit voraus ist. Alma Whittacker ist Botanikerin und hat ihr Leben eigentlich ganz den Pflanzen verschrieben. Ihre Erkenntnisse nehmen Entdeckungen vorweg, die später Charles Darwin der Welt präsentieren wird. Doch Alma versucht auch, die Dinge zu ergründen, die jenseits der Naturwissenschaft liegen. Denn was ist der Kern der Welt – und gibt es eigentlich eine logische Erklärung für die Liebe?

Roman
Aus dem amerikanischen Englisch von
Tanja Handels und Sabine Schwenk
704 Seiten, broschiert

Weitere Informationen finden Sie auf
www.fischerverlage.de

Elizabeth Gilbert
Big Magic
Nimm dein Leben in die Hand
und es wird dir gelingen

Warum nicht endlich einen Song aufnehmen, ein Restaurant
eröffnen, ein Buch schreiben? Elizabeth Gilbert vertraut uns
die Geschichte ihres Lebens an – und hilft uns, endlich an
uns selbst zu glauben. Mit bezauberndem Charme und fun-
kensprühendem Optimismus erzählt die Autorin des Welt-
bestsellers »Eat Pray Love«, wie wir Leben und Kunst in
eins bringen können: Vertraue deiner Inspiration – und ein
Leben voll Magie liegt vor dir.

»Für alle, die Lust haben, die Dinge endlich anzupacken.«
Emotion

Aus dem Amerikanischen
von Britt Somann
320 Seiten, broschiert

Weitere Informationen finden Sie auf
www.fischerverlage.de

AZ 596-03493/1